YOUNG AGE小說鮮視界！

YA!

青春滿點！活力滿載！好看滿分！

A MILD NOBLE'S
VACATION SUGGESTION

優雅貴族的休假指南。

1

著 岬 圖 さんど
譯 簡捷

◆ Contents ◆

A MILD NOBLE'S VACATION SUGGESTION

1

一位男子在此現身，氣質沉穩清靜，渾身散發貴族氣息。

剛才他一眨眼，身邊的景色就變了。

「……嗯，是不是太顯眼了？」

利瑟爾低頭看了看自己的服飾，再度抬起頭來。

現在他身在幽暗小巷中，巷子另一頭可以看見人來人往的大街，總覺得自己的打扮與大街上明朗熱鬧的氛圍格格不入。

他脫下外套，披在手臂上。可以的話，他也想解下腰上綴飾過多的佩劍，這把劍只是進城謁見用的裝飾品，但總不能把它丟了。

「希望這是我聽過的地方。」

他喃喃說著，朝大街邁出步伐。

男子本該在王城裡的辦公室和部下談話，上一秒眼前還是部下望著他的身影，下一秒忽然轉變為陌生巷弄的風景，他卻十分冷靜，沒有一點慌亂的樣子。

這並不代表他什麼感覺也沒有。利瑟爾心裡困擾歸困擾，但也知道困擾無濟於事。他生為貴族，自然熟習了自我控制的技巧。

「（果然太顯眼了……）」

利瑟爾一走出小巷，周圍便掀起一陣騷動。只是脫了一件外套不可能擋得住他的貴族氣質，利瑟爾卻也不介意群眾的目光，自顧自走在大街上。

「（語言相通。貨幣不同。貨幣價值……誰快買個東西吧？）」

他早已習慣受人矚目。利瑟爾一邊優閒漫步，一邊比對往來流通的貨幣與商品。孩子緊緊捏著銅幣買東西，主婦遞出銀幣購買蔬菜，又找回多少零錢。他一一記住眼前所見的情報，估算物價，與自己認知中的商品價值互相比較。

利瑟爾雖然以貴族特有的金錢觀管理錢財，但是不代表他不懂市價。當利瑟爾效忠的王輕裝出巡，有時他也會跟著來到市井之間。

「（貨幣價值相同，但從來沒見過這種硬幣，也不是古代的設計。）」

利瑟爾在人群中邊走邊思索，每個與他錯肩而過的人，都回頭多看了他一眼。銅幣、銀幣……應該存在價值更高的硬幣，只是在這個市場上還沒機會看見。形狀、設計都與他熟悉的貨幣不同，不過金屬價值並沒有差別。

遠方依稀可見王城的影子，可以推知這是個大國，但利瑟爾卻從未聽過類似的國家。

「（這種規模的國家，我應該有所耳聞才對。）」

利瑟爾將被風吹到頰邊的頭髮撥到耳後。總之，現在最需要的是情報，他毫不遲疑地邁開步伐。即使真的有什麼萬一，只要向王宮表明身分，尋求庇護就好。最糟的狀況下，也許會被對方當成人質，不過即使如此，敬愛的王肯定也會告訴他被挾持總比死掉好。

「（幣值更高的硬幣，還有……）」

假如與原本國家的貨幣制度相同，應該還存在金幣與水晶幣才對。利瑟爾如此猜測，笑著遠望羅列的攤販。生機蓬勃代表這是個好國家。

「（不論走到哪裡，王國的構造都大同小異。）」

王城位於最易守難攻之處，四周則聚集了貴族宅邸。隔一段距離則是做生意的黃金地段，高級店家林立，但這類商店往往不接待生客。

「（差不多是這一帶吧？）」

利瑟爾的目標不是高級商店，而是比市街品質稍微好一點的店鋪。他身無分文，正盤算著把腰間佩劍拿去換錢，它在這種時候正好派上用場。

這把佩劍主要是裝飾功能，作為武器幾乎沒有價值。利瑟爾勉強會使劍，但也不打算把它當作武器使用。

技術純熟的劍士從一間武器店走了出來，利瑟爾直接越過這家店，在隔壁的道具店門口停下腳步。道具店的招牌下方，掛著一個小小的看板，上頭寫著「本店對鑑定技術有信心」，筆跡有點缺乏自信。

「嗯。」

寫下這行字的應該是店主吧？利瑟爾滿意地點了點頭。

沒有什麼東西比態度強硬的商人更麻煩了。沒有自信確實也令人傷腦筋，不過既然特地這麼寫了，店主想必不是全無自信的人。謙虛是好事。

「歡迎光……臨？」

「您好，現在方便打擾嗎？」

店裡有一位年輕店員，正勤快地擦拭商品。語尾飄搖不定，也許是因為眼前的男人怎麼看都是貴族，卻隻身到店裡光顧，把他弄糊塗了吧。這位貴客不僅舉手投足散發出高雅氣質，身上穿的服飾也是一流作工，商人獨到的眼光看出這一點，才使得他如此動搖。
「我有東西想出售。」
「好……好的。」
從對方眼中看來，現在的自己確實像個貴族，利瑟爾微微一笑，毫不介意。
店裡沒看見其他人，眼前這位店員似乎就是店主。看上去大約二十幾歲前半，五官長相帶點稚氣，身材高眺，利瑟爾得抬頭看他，不過有點駝背。栗色的頭髮紮成一束垂在背後，自然捲的長髮隨著每個動作蓬鬆擺動。
「那……那就……從鑑定開始……」
「麻煩您。」
店主從圍裙口袋拿出單眼眼鏡戴上，動作顯得架式十足，利瑟爾邊這麼想邊遞出佩劍。一接過劍，店主立刻僵在原地。
但他的目光仍然忙碌地掃過劍身，看來驚訝之餘仍不忘進行鑑定工作，那就好。利瑟爾決定在店裡四處逛逛，等候鑑定完成。
「（道具店嗎……）」
走在街上的時候，利瑟爾曾數度聽見陌生的詞彙。
這裡存在一種人稱「冒險者」的職業，指的應該是那些身上帶著武器的人，剛才他也偶爾見到過。參照周遭的對話，不難想像那是什麼樣的行業，可能與傭兵相去不遠。
「（這裡一定就是為他們而開的商店了。）」
雖然只是他的猜測，但應該八九不離十。若真是如此，這家店開在武器店旁邊也合情合理。利瑟爾一邊思索，發現牆上張貼了地圖，一邊在腦中將它記下。
突然，一直動也不動的店主喃喃開口。
「……這裝飾非常優雅，我從沒見過這種設計。」
話聲剛落，他突然驚醒似地看向利瑟爾，旋即臉色發青，急急忙忙鞠了一躬。
「非……非常抱歉！是我多嘴，失禮了……」
「不會，受人讚美怎麼會生氣呢。」
利瑟爾沉穩回道。店主聽了面露安心之色，戒慎恐懼地抬起頭來。
這態度與其說是恐懼，不如說惶恐的成分居多，可以從中想見這裡的貴族在人民心中印象如何。
形象差得引人恐懼固然不妥，但是太過親民、被民眾視為同等之輩也是個問題。看來這個國家的貴族受到人民相當程度的敬重。利瑟爾在內心點了點頭，若無其事地開口詢問店主。
「那麼，這把劍值多少錢？」
「啊，是……估計是……兩百枚金幣。」
利瑟爾保持微笑，緩緩偏了偏頭。要是對方打算佔便宜，看了這反應想必會急忙抬高價碼。要是對自己的鑑定眼光缺乏自信，應該會再次看向那把佩劍才對。
幾乎沒有生意人想跟貴族作對，假如做了什麼虧心事，這下必定有所動作。現在的利瑟爾立場微妙，不過既然對方誤會他是貴族，沒道理不利用這項優勢。
「……？」
然而店主只是露出疑惑的表情，跟著微微偏了偏頭。

「沒事，您願意收購嗎？」
「啊，當然！」
利瑟爾嘴角帶著笑意說道。店主聽了，趕緊將佩劍擺在作業檯上，繞到檯子後頭。這證明他對鑑定結果有自信，不需要再次鑑定，也壓根沒想過要以不合理的低價收購。利瑟爾立刻決定將佩劍賣給這家店。
「（看來招牌上的宣傳名副其實。能夠應付臨時的高價交易，肯定也有門路將這把劍賣到更好的價錢……真是找到了一家好店。）」
利瑟爾一邊在心裡讚賞，一邊看著店主手腳俐落地將金幣排列到作業檯上的托盤裡。十枚金幣堆成一疊，托盤上一共二十疊，還真是燦爛奪目。利瑟爾望著這番光景，事不關己地想。
「請您確認，一共是兩百枚金幣。」
「這沒辦法弄得更方便攜帶一點嗎？」
「……？啊，您是不是沒有錢包？」
在利瑟爾的認知當中，金幣一百枚即可換成一枚水晶幣，因此他才這麼旁敲側擊地問，不過店主似乎以為他是不知道該如何攜帶大量金幣。
看店主的反應，這裡也許不存在水晶幣也不一定，那如此大量的金幣該如何帶在身上？利瑟爾才剛這麼想，店主便從貨架上取來幾種像是錢包的東西，全都是口袋大小，怎麼看都不可能裝下眼前大量的金幣。
「那個，這些是我們店裡現有的錢包。」

「謝謝。」

附帶一提，店主單純以為利瑟爾是微服出遊的貴族。貴族買東西從來不用錢包，都是事後由店家統一向家族請款，一口氣付清全額，所以店主絲毫不覺得利瑟爾的行為啟人疑竇。利瑟爾也察覺店主很可能這麼想，因此無意掩飾自己的無知。

「三個都很好看，您覺得哪一個好？」

「咦?!咦……那個，您這……」

「您覺得哪一個適合我？」

利瑟爾向驚慌失措的店主提問，像在逗著他玩。店主聽了，開始拿著幾個錢包拚命和利瑟爾比對。

店主沒有提及價格，想必是因為他換得的金幣購買錢包綽綽有餘，既然如此也沒有必要多問。利瑟爾這種金錢觀念，果然是個不折不扣的貴族。

「啊。」

這時，店主突然發出聲音，視線望向利瑟爾腰際。

「怎麼了？」

「那個，錢包當然也合用，不過您要不要考慮看看背包？」

面對含蓄的推銷，利瑟爾不明就裡地看向店主。

「錢包只能裝錢幣，但背包不但可以放錢，也可以放其他任何東西。」

「啊，這麼聽起來背包比較好。」

「好……好的！」

看起來，店主好像是注意到利瑟爾身上沒帶任何包包才這麼說。但這究竟是什麼意思？利瑟爾目送店主走向放背包的貨架，心裡不禁納悶。錢包裡放錢、背包裡放其他東西，都是理所當然的事。

「那個，您喜歡什麼樣的……」

「輕便就好。」

利瑟爾像挑選錢包的時候一樣，暗示店主幫忙挑選，店主聽了，果然又盯著放背包的架子猛瞧。貨架上有後背包也有皮箱，設計五花八門。

「像這個，您覺得如何？」

「真好看。」

店主手中拿著的是一個黑色腰包。搭配的黑色皮帶簡約有設計感，腰包本身能夠穿過皮帶固定，一樣以黑色皮革製成，上頭施有高雅銀飾。

「就這個了。」

「謝……謝謝您。」

在利瑟爾看來，只要不是特別不合品味，什麼樣的包包都好，不過店主顯然為他挑了個相當優良的好貨。他笑著點了點頭，店主見狀鬆了一口氣，表情也放鬆下來。

「腰包的錢請幫我扣掉，剩下的金幣幫我裝進去。」

「好的，但是……」

店主瞥了成堆的金幣一眼，探詢似地看向利瑟爾。

「那個……」

「沒關係，要是不信任您，我一開始就不會把劍賣給您了。」

「……是！」

利瑟爾猜想，店主大概是因為金幣還沒經過點收才語帶猶豫，便告訴他不必顧慮。看來是猜中了，店主臉上帶著高興又不好意思、想忍又忍不住的古怪笑容，開始將減去售價的金幣裝進腰包。

「（……好像怎麼裝都裝不滿。）」

裝進去的金幣數量明顯超出了容量，腰包卻一點也沒有被撐開的樣子。問問看好了？利瑟爾以閒談的口吻開口。

「我不太熟悉這些事情，真新奇。」

「咦，啊，您是說腰包嗎？帶有空間魔法的包包價格特別昂貴，數量也比較稀少……所以可供您挑選的種類也不多，真不好意思。」

店主以為利瑟爾是覺得腰包新奇，不過無所謂，以結果而言他還是問出了硬幣沒有滿出來的原因。

「（魔法……是魔術嗎？好像還是有些不同。）」

看來利瑟爾原本的世界稱之為魔術，這裡則稱為魔法。一抵達這邊，利瑟爾已經確認魔力可以順利運用，理論上魔術和魔法差異不大，不過看來兩者並非完全相同。

「（如果空間魔法數量稀少，也可能只有這類魔法例外？）」

獨自一個人能蒐集到的情報果然還是有限嗎……在利瑟爾沉思之際，店主已經將所有硬幣收進腰包。如果可以，他還想知道怎麼把東西拿出來，於是在店主遞出包包之前開了口。

「啊，請幫我把兩枚金幣換成銀幣。」
「好的。」
店主在利瑟爾眼前將手伸進包包，指間隨即捏著兩枚金幣拿了出來。看不太懂。
「這樣一共是兩百枚銀幣。」
「麻煩您了。」
和剛才一樣，店主將十枚銀幣堆成一疊，在托盤上俐落擺出二十疊。他以徵詢的眼神望了利瑟爾一眼，便直接將銀幣收進腰包當中。
「謝謝您的惠顧。」
「不會。」
利瑟爾接過店主遞出的腰包，和普通包包的重量差不多，看來內容物不會影響重量。
利瑟爾看著手中的包包，也許店主以為他不知道如何佩戴吧。
「那個，需要幫您繫上嗎？」
「當然好。」
他毫不猶豫接受了對方客氣的提議，將腰包交到店主手中。不論更衣還是其他生活瑣事，利瑟爾早已習慣一旁有人協助，不可能為此感到遲疑。
「會不會太緊？」
「不會。」
利瑟爾稍微將腰包調整到滿意的位置，接過店主代為保管的外套。他試著將外套稍微塞進包包裡，結果外套就這麼滑進腰包，簡直使人錯覺它是不是掉下去了。他再次伸手到腰包裡，順利拿出了金幣，感覺就像從一般的包包掏出硬幣一樣。

「嗯，真不錯。」

「謝……謝謝您！」

看見利瑟爾露出讚許的微笑，店主眨了兩、三次眼睛，臉上綻出笑容，接著匆忙趕到準備離開的利瑟爾前方，為他打開店門。走過店主身邊時，利瑟爾忽然朝他開口道：

「這間店真不錯，我會再來的。」

「好……好的，謝……」

店內備有稀少的空間魔法容器，數量雖然不多，但是種類已經十分齊全。考量到這家店並不是高級店鋪，做到這個地步甚至可說是齊全過頭了，想必有很好的買賣管道。

「再來？咦……再來？」

背後即將關上的門縫間漏出一句自言自語，利瑟爾聽了輕聲笑了出來。接下來找個地方過夜吧？他再次朝著大街走去。

「（還是希望能打聽到完整情報……）」

他在道具店的時候也想過，一個人能蒐集到的情報畢竟有限。利瑟爾心想，能省點功夫的話還是輕鬆的方法最好，也許多少冒點風險，找人幫忙也不錯。假如他是出於人為因素被傳送到這塊陌生土地，也許會更謹慎行動，但利瑟爾確信這件事並非人為。正因為有過其他傳送經驗，他才瞭解這種感覺。

「（該怎麼說，太……毫無預兆了。）」

話雖如此，並不代表他想把內情隨便說出去，所以可得慎選打探情報的對象。利瑟爾走進眼前的小巷，打算先靜下來好好想一想。

「（最好是不隸屬於任何國家的人，想法比較不容易偏頗。）」

這條巷子緊鄰大街，卻十分安靜。四下石磚圍繞，略為潮濕的空氣顯得有點冷，利瑟爾感受到些許涼意。

「（最好是有自己的想法，又沒有奇怪主張的人。有沒有正義感無妨，不過得遵守最低限度的道德，最好擅長交涉。）」

擅長交涉的人如非必要不會探問對方隱私，收受多少利益就會提供多少情報，也不會無緣無故向外散播得到的消息。當然，要與這種人交手，自己也得擁有相當的交涉手腕才行。不過利瑟爾生活在貴族社會當中，這方面有一定的自信。

「（啊，還有，可以的話……）」

「喂。」

低沉、略帶沙啞的嗓音忽然響起。利瑟爾一回頭，只見一名男子背對大街而立，由於逆光的關係，相貌看不太清楚。凝神細看之下，利瑟爾一瞬間以為對方是來找碴的。

「？」

因為男子看來十足的凶神惡煞。仔細觀察不難看出他相貌端正，但是渾身散發的暴戾之氣簡直糟蹋了那張臉。經過鍛鍊的身材高䠷頎長，腰間繫著一柄細長的大劍，引人注目。看他的打扮可能是傭兵，又或許這就是冒險者吧？雖然佩著劍，這人看起來一點也不像騎士。

「閣下是在叫我？」

利瑟爾心裡的想法有點失禮，臉上的微笑卻不露聲色。與相貌溫和的利瑟爾比起來，眼前的男人簡直是完全相反的類型。他拋來的視線銳利懾人，膽小一點的人看了肯定立刻逃之夭夭。

「請問有什麼事嗎？」

利瑟爾卻有禮地回應，男子聽了微微挑眉。這反應是感到意外吧？雖然表現得不太明顯。看來自己給人什麼樣的印象，這人還是有所自覺的，利瑟爾心裡覺得好笑。

接著他微微偏了偏頭，像是催促對方回應似的。男子刺探的眼神盯著利瑟爾瞧，過一會兒，他呼出一口氣，銳利的視線看向利瑟爾背後。

「有混帳，勸你別往前。」

利瑟爾本不打算走到巷弄深處，只是想找個安靜點的地方想事情，不過看來運氣不佳，前方聚集了男人所謂的「混帳」。

「（看起來不像特地為人操心的樣子。）」

這舉動是為了利瑟爾好，為了他口中那些混帳好，還是為他自己好？恐怕是後者，想必利瑟爾繼續往前對他來說並不湊巧。利瑟爾這麼想著，莞爾一笑。

「謝謝，閣下真親切。」

「……愛怎麼想隨你便。」

對方不置可否，但利瑟爾所言不假。這男人一定也可以選擇不叫住利瑟爾，直接走過去的。利瑟爾嘴角的笑意更深了。

男子說完該說的話，轉身背向利瑟爾，準備回到大街上。利瑟爾從包包掏出一枚金幣，朝他背後擲去。金幣直逼男子的後腦勺，還來不及擊中，男子便回過頭來將它一把抓住。

「喂。」

「跟我聊聊吧？」

男子眉間皺得更深了，詫異地朝利瑟爾看過來。利瑟爾又朝他遞出一枚金幣。

「麻煩事別找我。」

「不是閣下想像的那種事。」

「你是說我想像不到？」

「只是談談而已。至少對您沒有任何損失。」

男人帶著懷疑的目光打量了利瑟爾一會兒，嘖了一聲接過金幣。第一枚是感謝他的勸告，第二枚則是談話的報酬。男人領會了這層用意，指尖一邊玩弄著兩枚金幣，一邊跨出步伐。

「跟上來。」

「好的。」

想要留住看似不缺錢的人，唯有勾起對方的興趣一途。目前看來是成功了，利瑟爾追著男人的背影走出小巷，嘴角帶著笑意。

沒有特定所屬國家的冒險者。精明得足以領會利瑟爾的用意，一反凶神惡煞的外表，待人接物沉著冷靜，印象不錯。還有，可以的話……

「（如果個性有點放不下別人，那就更方便了。）」

即使放不下的對象不是自己，即使不帶好意，現在只要結果對雙方都有利，那也就夠了。看來遇見了條件相當優秀的人物，利瑟爾感謝自己的好運，跟上男人的腳步。

2

男人說自己名叫劫爾，帶著利瑟爾來到一間酒館。店裡有吧檯座位，氛圍接近酒吧，不過也設有幾張餐桌，看來是酒館不會錯。太陽還沒下山，店裡客人稀稀落落，晚一點想必會越來越熱鬧。

「借裡面那間。」

「好。」

劫爾經過吧檯的時候，順勢在上頭擺了幾枚銀幣。利瑟爾自己不太希望外人聽見談話內容，因此沒有表示任何意見。正當利瑟爾興味盎然地環視店內的時候，應該是酒館老闆的男人忽然朝利瑟爾看了過來。

「初次見面，您好。」

「……嗯。」

面對如此奇妙的組合，老闆卻什麼也沒過問，看來這裡是個適合商談機密的地方。利瑟爾跟在劫爾身後，穿過吧檯深處的門。門後是一間小包廂，擺著一張四人用的桌子，空間雖小，看起來卻十分舒適。

「劫爾先生，您在這裡真吃得開。」

「這間誰都能借。老闆，酒。」

「啊，我沒辦法喝酒。」

「啊？喂，這傢伙說他不喝。」

「我聽見了。」

利瑟爾聽著這段對話，在一旁的椅子上坐了下來。站了好幾個小時，終於能好好坐下，他稍微喘了口氣。劫爾馬上就回來了，兩手各拿著一只玻璃杯，將其中一個杯子遞給利瑟爾。

「拿去。」

「謝謝。」

都來到酒館了，不喝酒恐怕有失禮數，因此利瑟爾才事先推辭，沒想到老闆為他準備了其他飲料。玻璃杯中盛著果實水，泛著透明美麗的色彩，利瑟爾凝視了一會兒。然後不著痕跡地放下杯子，沒有就口。劫爾在他對面坐下，搖晃手中的玻璃杯，冰塊隨之發出清脆聲響，他撇嘴一笑。

「要幫你試毒嗎？」

「我要是懷疑，一開始就不會叫住您了。」

看見利瑟爾泰然自若露出微笑，劫爾在心裡咋舌。

「（那是在我出聲之後吧。……真猜不透。）」

正如他的猜測，在劫爾說話之前，利瑟爾不打算喝下飲料。當然，他並不覺得裡頭下了什麼東西，但疑心還是存在。而這份疑心直到剛才劫爾開口的瞬間才歸零，僅此而已。

既然劫爾發現了這件事，若能因此修正對自己的評價，那正合他意。利瑟爾心想，潤了潤乾渴的喉嚨。

「所以，你想問什麼？」
「先聽聽閣下的自我介紹吧。」
「你到底想知道什麼……」
「無意刺探閣下的隱私，不過只拿到情報就解散，這樣未免太無趣了。看您想談談職業或是風流情史都可以。」
利瑟爾忽視劫爾懷疑的目光，又品嘗了一口果實水。酸甜滋味滲進疲倦的身體，令人心神舒暢，頭腦也清醒不少。
利瑟爾想知道的是劫爾的立場，既然要透過這人打探情報，這可是重要資訊。除了不想換到無用的情報之外，立場也會影響利瑟爾提問的方式。看樣子劫爾十之八九是冒險者不會錯，利瑟爾之所以這麼問，一方面也是為了確認自己的猜測。
「我抽根菸。」
「請便。」
劫爾無奈地嘆了口氣，叼起一根菸。
「算了，反正你打聽一下也會知道。獨行冒險者，階級B，沒固定的女人，也不打算去找。」
「不打算定下來，不過不缺女人？」
「看在你眼裡是這樣？那可真榮幸。」
劫爾哼笑一聲，似乎提起了興致。他點亮嘴邊的菸，沒想到利瑟爾回應的竟然不是他的職業，而是感情狀況。

單獨行動的B階冒險者，目前在這個國家只有一位。一般來說，單獨行動最高只能到達階級D，因此這號人物在冒險者之間十分出名，利瑟爾聽了卻毫無反應。

「（難道這傢伙比我想的還厲害？看來也不像。）」

「畢竟閣下看來十分敏銳，該不會害您困惑了？」

這人不讓別人察覺自己的思緒，解讀對方的想法卻毫不客氣。你來我往的對話不知怎地令他過癮，劫爾捻熄原本啣在嘴邊的菸，彷彿打算盡情享受與眼前這男人的對話。

「換我問吧，問了你就會回答？」

「閣下想知道？」

「連風流史一起交代清楚啊。」

不久前的對話重演，利瑟爾覺得有趣似地笑了。看他優雅的笑法不發出一點聲音，想必答案一定是貴族不會錯了。劫爾想道，伸手去拿杯子。

「我沒有職業，也沒有任何東西可以證明身分，所以沒有身分。情史是祕密。」

劫爾伸到一半的手差點碰倒玻璃杯，趕緊扶好杯子。他朝眼前這難以揣度的男子投以鋒利的視線，那目光銳利得足以揭發一切，普通人被這樣一瞪，肯定嚇得什麼都招出來。但利瑟爾文風不動。

「……看來沒說謊，不過明知我困惑還說出這消息，真是親切啊。」

「閣下相信我沒說謊？」

「不提女人的事不就是這個意思？想測試人還是省省吧。」

利瑟爾愉快地瞇起眼睛。他原本便自認挑了個可以溝通的人，但沒想到對方能如他所願，領略他的一切用意，這下子利瑟爾也免不了樂在其中。

「說得對，要是打定主意信口開河，我大可說自己達成了百人斬。」

「太虛榮了吧。」

劫爾樂得吊起嘴角，利瑟爾則若無其事地點了點頭，兩隻手肘撐到桌上，交叉十指，換了個話題。

「自我介紹也結束了，我們進入正題吧。」

「我倒是沒聽你介紹什麼。」

「就當作是閣下問錯了問題吧。」

眼見利瑟爾露出微笑，劫爾極度不悅地皺起眉頭。這人肯定有什麼不願透露的內情，錯不了的。劫爾沒興趣揭發別人的祕密，但不可否認，確實有種提問遭到誘導的感覺。

「（算了，反正我只要交出等價的情報就行。）」

若是彼此競爭的交易自然不是這麼回事，不過這次是事前支付全額的情報交易，對他來說毫無風險，即使不知道對方的隱情也沒有大礙。假如問他想不想知道，那又是另一回事了。

「所以？」

「我想想，總而言之，先告訴我這一帶的情勢吧。」

冒險者時常跨越國境，問這一題挺安全的。

「你剛到這裡？」

「嗯，今天剛過來。」

劫爾不動聲色地刺探對方，利瑟爾也淡然回應。這男人沒有職業也沒有身分，真虧他進得了這個國家。劫爾啜了一口酒。
「最近沒什麼火藥味，平靜得很。」
「最近？」
「嗯，滿久之前商業國和魔礦國有過糾紛。不過那一帶小規模的衝突，事到如今也沒人在意。」
利瑟爾點點頭，思緒高速運轉，評估劫爾送上的情報。
他回想道具店裡看見的地圖。那看起來是張一般流通的地圖，只概略畫出周遭各國位置，不過標有聯絡都市之間的主要幹道，簡明易懂，在這個節骨眼正好派上用場。
「（從名字推論，商業國是流通中心，大概是南邊那個道路集中的國家。魔礦國，礦脈，是西南方面朝巨大山脈的國家嗎？如果是生產者與商人之間的糾紛，那倒沒什麼問題。）」
「你要嗎？」
「不了，謝謝。」
劫爾搖了搖空空如也的玻璃杯示意，利瑟爾指尖彈了彈自己的杯子推辭，裡面還殘留著果實水。劫爾到門後露個臉，沒多久單手端著新盛的酒回到房內。
「不過這個國家還真大，不知道有沒有辦法逛完。」
「要是連那兩國都想仔細逛，我看一個月也不夠，就算坐馬車還是太花時間。」
「我想也是。」
劫爾口中「這個國家」的範圍包括先前談到的商業國與魔礦國，而利瑟爾看到的那張地圖，除了那兩國以外還畫著一個國家。這國家描繪於地圖中央，正是他所在之處。

利瑟爾回想地圖上的文字，不可思議的是，這裡的文字竟然與他原本的世界並無二致。商業國馬凱德、魔礦國卡瓦納，還有……

「閣下對帕魯特達有什麼想法？」

王都帕魯特達，正是這個國家的名字。商業國和魔礦國恐怕是從屬國之類，也可能與地圖上一點一點標示出來的村莊聚落合稱為一個國家也不一定。

「這問題真籠統。」

「只是簡單說出閣下的感受也無妨。」

劫爾無法掌握對方提問的企圖，面露詫異之色，利瑟爾朝他悠然一笑，眼睛微微瞇起。劫爾輕佻地揮了揮手，像在說知道了。

「哪個冒險者都有的普通感想啦，旅店不錯，食物好吃，委託還過得去，這樣就夠了。」

「原來如此，很有參考價值。」

既然奔走各國的冒險者也在這個國家停留，無法證明身分的利瑟爾待在這裡也不會顯得特別不自然。出入境的時候就不知道了，不過至少不會立刻面臨最糟情況。

「（那就好。）」

利瑟爾在心裡愉快地低語。若劫爾所言屬實，他不必擔心住宿與三餐問題，既然是王都，人群與情報也匯集於此。釐清這裡是哪裡之前，利瑟爾都無法貿然離開，假如王都是適合當作據點的好地方，當然再好不過。

「我本來只打算問問題而已。」

既然碰到了一個頗為可靠的人物，利瑟爾定睛凝視劫爾。

「能順道拜託閣下辦些事情嗎？」

「……依你付的酬勞，目前這些情報確實不划算。」

話中帶著些許的警戒，以及興致。看來這賭局還不壞，劫爾加深了笑意。

「想拜託什麼？觀光導覽，貼身保鑣，還是要本大爺親自帶你當冒險者？」

「全部。」

聽見這爽快的答案，原本語帶揶揄的劫爾也難掩詫異，直盯著利瑟爾瞧。前兩項不難預料，沒想到就連他開玩笑補上的第三項，利瑟爾也爽快地給了肯定答案。劫爾察覺自己已經完全不可能掌握這場對話的主導權，於是嘆了口氣。

「你臉皮厚得可真乾脆。」

「哪兒的話。不必等我開口，閣下就能領會我的意思，說起話來真輕鬆。」

「不是你刻意讓人領會的嗎？」

劫爾低沉的嗓音啐道，手中的玻璃杯底摔上桌板。但眼前清廉的男子冷靜依舊。

「你腦袋夠精明，大可隱瞞自己對這一帶不熟、不是一般來歷，照樣套出情報。說到底，你一開始就打算把對話帶到這方向，沒錯吧？」

利瑟爾並未表示肯定，只是靜靜微笑，但劫爾確信這是肯定的答覆。牽扯上麻煩人物了，他想道，心裡卻意外沒有悔意。

「即使如此，做出決定的還是閣下。」

劫爾之所以叫住走進小巷的利瑟爾，並不是出於什麼古道熱腸，只是因為利瑟爾的行動對自己多少有些不便罷了。他大可忽視，卻沒有這麼做，才導致現在的狀況。

他可以不接受利瑟爾的要求，拿了兩枚金幣就走，當作是用一點情報換得了破格的高價酬謝。

「內容呢？」

即使如此，劫爾的嘴巴還是不聽使喚地問了委託內容。

「內容如閣下方才所言，前幾天可能會一起行動，許多事情需要您指點。之後我想，應該會採取必要時結伴同行的方式。」

「委託期間？」

「先訂一個月。如有必要，再以十天為單位延長如何？」

一切如他所願，利瑟爾的笑容裡帶點惡作劇意味。眼前這人究竟盤算到了什麼地步？自己這個年紀的男人，眼下卻單純為了好奇心而行動，劫爾意識到這個事實，也顫動喉頭笑出聲來。

「你要付我多少酬勞？」

「閣下能做出價值多少的貢獻？」

「哼，你以為你在跟誰說話？」

被人當成一個棋子，卻不會予人嫌惡感。這種關係最能煽動劫爾的興致，即使這層本質連本人都沒有察覺，利瑟爾一樣運用自如。

「一個月，我會掏空你所有的財產。」

劫爾說著回以一笑，笑容裡甚至帶點野性的猙獰。公會的委託已經全部完成，目前也沒有接下新的任務，他毫無理由拒絕。

「訂金免了，報酬一個月之後由你決定。」

「真破格的優待，閣下自信滿滿的態度對我來說也十分理想。」

利瑟爾尚未掌握冒險者的一般行情，不過也不打算胡亂揮霍手上的金幣。兩人手中的空杯相碰，象徵交涉成立。

「事不宜遲，能不能麻煩您幫我介紹旅店？」

「跟我住同一間旅館比較方便吧。」

「說得也是。到了旅館，就把閣下感到疑惑的事情告訴您吧。」

「那可真期待。」

兩人站起身來，玻璃杯中殘存一點酒水，雙方都沒有飲盡。利瑟爾跟在劫爾背後，心裡自誇了一番：雖然時間緊迫，找到的對象可還真理想。

單純以交涉對象而言，受利益驅動的人物確實十分理想。但是徹頭徹尾的利益主義者沒拿到好處就不會行動，一旦找到優於現狀的條件便會拆夥，不適合安頓下來結伴同行。關鍵的合作對象還是別找這種類型為上。

「（還不清楚獨行的階級B是什麼意思，但似乎不是等閒之輩。）」

這次多少有點強硬地勾起劫爾的興趣，可得小心別讓這興致冷卻了。利瑟爾心中欣然忖道，離開了來客增加、漸趨喧鬧的酒館。

3

從酒館步行約十五分鐘，便抵達了劫爾下榻的旅店。幫利瑟爾租了房間之後，兩人直接往劫爾的房間走去，彼此都認為疑問越早解決越好。

「喏。」

「打擾了。」

見劫爾開著門招呼他進去，利瑟爾也不再客氣，直接穿過門扉。單人用的房間十分狹小，房裡的傢俱除了床鋪以外，只有稍微偏高的小桌和椅子而已。據說劫爾以此為據點已有半年之久，屋內卻一點生活感也沒有。

「好整齊。」

「畢竟只有睡覺時才回來。」

房裡沒什麼東西，空蕩得令人懷疑他是不是帶著附有空間魔法的包包。利瑟爾看著劫爾腰間的腰包，順著對方的手勢在椅子上坐下。

「好了，你會解釋清楚吧。」

「別急。」

利瑟爾面露微笑，看著劫爾將佩劍立在床邊，一臉懷疑地坐到他對面。這傢伙該不會打算賣關子吧？劫爾皺起眉頭。

但利瑟爾無法立刻開始自我介紹，首先得確認一些事情，這也是為了整理自己的思緒。

「我接下來所說的事情，絕對沒有任何虛假。」
「我知道。說謊對你也沒好處。」
聽見利瑟爾誠懇地開口，劫爾似乎也意識到表明立場的必要性，於是維持同樣的表情，稍微抬起下頷表示同意。
「我是從不存在這裡的地方，來到這個陌生國家的。」
措辭模稜兩可，這點他也有所自覺。事實上，劫爾聽了也投來凌厲的視線，像在刺探這句話的本意。也許他需要一些時間思考，利瑟爾並未催促，靜候對方回應。
「不存在這裡？」
劫爾撐在桌上的手掩住嘴巴，朝利瑟爾問道，期間未曾放鬆視線。利瑟爾也尋思似地別開目光。
「是的……這裡有沒有什麼移動方式，可以從一個點直接位移到遠方的另一點？」
「迷宮裡才有。」
利瑟爾的世界也存在迷宮，那是通往另一個空間的門扉，門後是魔物肆虐的異境。他對迷宮並不熟悉，所以不清楚劫爾指的是什麼，不過既然存在類似的移動手段，說明起來就簡單了。
「我就是用那種方式來到這裡的。」
「啊？」
「今天下午，我突然出現在王都帕魯特達的巷子裡。前一秒還在自己房內，一回神就到了這裡。」

劫爾深深蹙眉，利瑟爾僅確認這表情不是出於嫌惡或猜疑，便繼續說下去。

「我到這邊之後四處逛了逛，發現跟我原本所在的地方幾乎沒有差別，正因如此，感覺才特別不尋常。」

這裡也可能是距離本國十分遙遠的土地，利瑟爾並未掌握原先所在之處的所有詳情，無法排除這個可能性。但假如是遙遠的異國，未免太相似了。

別說是語言、貨幣交易、食衣住等文化層面了，價值觀也沒有太大差別，然而一些瑣碎的常識卻存在決定性的差異。

「就好像世界的軸心偏離了一樣。」

利瑟爾將兩根食指並排，然後錯開。

即使聽來超脫現實，也無法據此否定這件事的可能性。理智卻不受常規拘束，保有靈活思路，這正是利瑟爾的特質。

「接下來的對話建立在這個前提上，如果閣下不相信，我們就談到這裡為止。」

利瑟爾展開雙手，露出和緩的微笑。

「委託期間要是有什麼狀況，我會再告知閣下。」

「說下去。」

劫爾一直保持緘默側耳傾聽，只開口說了這句話。利瑟爾眨了一下眼睛，加深了嘴角的笑意。

「閣下相信？」

「還能怎樣？」

劫爾整個人靠在椅背上，緩緩吐出一口氣。

老實說，要是利瑟爾以外的人這麼說，他聽了只會一笑置之。不過是個不諳世事的貴族在胡說八道，大可棄之不顧，從此不再跟這人扯上關係。

「要是扯謊，這也編得太爛了。」

「閣下說得沒錯。」

眼見利瑟爾好笑地表示同意，劫爾在心裡尋思。

歸根究柢，就如剛才所說，這時候撒謊對利瑟爾又有什麼好處？兩人雖然才剛認識不久，但劫爾覺得這人一點也不像那種唯恐世間不亂的愉快犯，不可能在這種狀況下採取百害而無一利的行動。用刪去法排除各種可能，最後剩下的只有「相信」一個選項，僅此而已。

「我就接受你的前提吧。」

「謝謝。」

他從利瑟爾身上，只感受到一種冷靜超然的想法：說出真相有助於提升效率。

「跑到陌生的地方，虧你還這麼冷靜。」

「萬一跑到一個路人都全裸的國家，我也沒辦法這麼鎮定。」

面對笑吟吟的利瑟爾，劫爾不禁面部抽搐。這人渾身散發出沉穩清靜的氣質，開口說這什麼話呢。

「……你說兩邊很像是吧。」

「沒錯，幾乎一模一樣。」

「不同在哪？」

「這個嘛，例如細微的名稱之類……這麼說來，融入生活當中的魔術，不，魔法，好像是這邊比較發達。我從來沒見過空間魔法。」

「那不一樣吧。」

看來空間魔法果然是特例，利瑟爾再次確認了情報提供者的重要性。正當他思索的時候，劫爾冷不防喊了他一聲。

「然後呢？」

「咦？」

「貴族大爺的自我介紹。」

劫爾帶著十足的確信催促。

「看得出來？」

「你怎麼會覺得看不出來……」

以一個貴族而言，利瑟爾的脾氣確實太過溫和，不過他怎麼看都是個不折不扣的貴族，或者是同等階級的人物。之所以予人這種感受，絕不是因為他身上的服飾作工有多精緻而已。即使穿著庶民的衣物，也不可能掩藏他高貴的出身。

這種事本人也無從自覺起，劫爾無奈地嘆了口氣。

「貴族也分很多階級吧，你是？」

「那就簡單介紹一下。我才剛繼承爵位不久，是公爵。職位是宰相，在王城效命。」

「等一下。」

劫爾忍不住打斷他。公爵可是最高爵位，宰相則是輔佐國王的最高官員，這地位可是中樞之中的中樞。劫爾本就猜測他不會是低階貴族，卻沒想到利瑟爾的位階高得出乎意料。

這男人在政界絕對屬於年輕一輩，為什麼能夠立於一人之下、萬人之上的地位？光看他的相貌不易推知年齡，但理應是二十幾歲後半不會錯。爵位憑出身決定，姑且不論，但宰相……。

「真的只是湊巧而已。」

注意到劫爾欲言又止的模樣，利瑟爾苦笑。

「我從國王兒時開始擔任導師，因此深受陛下信賴。」

這個王都也實行同樣的君主制度，劫爾對此尤其瞭若指掌。原以為聽過利瑟爾解釋便能瞭解他的底細，但這人越是說明，反而越難以捉摸。

「這些身分到了這邊都無所謂了，請閣下別放在心上。」

面對不知為何樂在其中的利瑟爾，放棄抵抗的想法首先佔據了劫爾的思緒。

「……看來我不這麼想就沒戲唱了。」

劫爾果斷接受事實。眼前這貴族心態轉換得如此之快，沒有更值得慶幸的事了。利瑟爾也樂見這種態度，要是劫爾聽了這番話對他卑躬屈膝，那就沒有意義了。這也是他選擇與劫爾合作的原因。

「國王還真年輕。」

「陛下的能力夠優秀。」

「哦？」

利瑟爾的笑容裡添上幾分自豪的色彩。

「他登基之前放浪不羈，現在國民還是稱他為『前不良國王』，很受民眾愛戴呢。」
「那是愛戴的意思？」
「真懷念。有一次以為他出去一趟，結果回來的時候已經放火燒了哪一家的宅邸，嚇我一大跳。」
「來真的啊。」
國王燒掉的那間宅邸，住的是一直沒露出狐狸尾巴的缺德貴族，不過利瑟爾省略了這一點。既然陛下受國民愛戴、受臣下敬重都是事實，其他枝微末節就無關緊要了。
「當初我就任宰相的時候，也出現了一些批判意見。」
「不難想像。」
利瑟爾教育王儲時從來不曾偏袒自身利益，不過以他的立場，關係親近總是在所難免。為王儲累積值得信任的人脈，也是安排導師的用意之一，因此利瑟爾問心無愧；但不論走到哪裡，總有些人看這種人不順眼。
「陛下只說，『你們覺得我會為了偏袒親信拔擢一個沒用的草包？』只憑這一句話就平息了批判聲浪。」
「不愧是放火燒了一間宅邸的傢伙，說服力不同凡響。」
「對吧？陛下宛如天生的王者，是極為優秀的人才。」
利瑟爾高貴的眼瞳染上鮮豔色澤，露出甜美微笑。劫爾看了意會過來，這人對他從前的學生應是百般寵溺。利瑟爾不像是會在教育上妥協的人，所以與其說是寵溺，不如說是肯定他的一切比較妥當。

不管那國王做了什麼，眼前的男人必定將之轉化為王的利益，而且視之為當然的職責。
「（碰上這種人不可能隨便放手。）」
現在那一邊肯定一團亂，劫爾開始同情利瑟爾口中的國王了。
「你回不去嗎？」
「很難說。」
劫爾扼要地問，利瑟爾也答得乾脆。
「假如我不在身邊令陛下困擾，他一定會找出讓我回去的方法。」
這不是過度信任，而是他真實的想法。如果覺得他是必要的存在，那個國王就算把不可能變成可能，也會帶著利瑟爾回去。如果王不需要他，利瑟爾也沒有了非回去不可的理由。
「你自己不想點辦法？」
「我會留意，但憑我一個人恐怕有困難。這應該是陛下擅長的領域。」
「哦？」
「所以在那之前，我打算當作放假好好享受一番。」
「你高興就好。」
雖說焦急也無濟於事，但這人實在冷靜得令劫爾佩服。考量到今後相處，消沉鬱悶也只是徒增麻煩而已，這是該慶幸的事吧。
「我的情況都告知閣下了，假如我做出什麼奇怪的舉動還請告知一聲。」
「以一個貴族來說，舉止一點也不奇怪啊。」
「閣下不是說了嗎，可以帶我當冒險者。」

他是這麼說沒錯，但劫爾本來以為這鐵定不可能。嘴上說這是難得的假期，竟然興沖沖選擇當個冒險者，貴族技能全無用武之地，莫名其妙。簡直奇怪透頂了。

「你絕對顯眼得要命。」

「咦？」

利瑟爾一臉「為什麼」的表情。劫爾才想問為什麼咧。

男人走進公會的時候，在場冒險者的眼神中都閃爍著期待。因為他優雅的舉止、清靜的氣質、穩重的表情，怎麼看都是身分不凡的人。他的眼神中蘊藏高貴之色，視線平順掃過公會內部，像在審視四周，卻不帶一丁點批判色彩。

他應該是來跟公會長打招呼的吧？看他一身輕裝打扮，說不定是來委託的。冒險者紛紛壓低聲音，竊竊私語。任誰都想要上流階級的人脈，如果這人有什麼委託，一定非我莫屬，冒險者們一面牽制其他對手，一面虎視眈眈地鎖定目標。

「這裡就是公會嗎，看來真熱鬧。」

「現在還算安靜的。」

然而，眾多冒險者的期望馬上變成了失望。一看見跟在高貴男子背後走進公會的人物，便知道這次委託輪不到他們了。

「是一刀。」

「有這麼好的客戶喔。」

某人惋惜地嘟囔道。

隨侍在貴族身側的男人正是「一刀」劫爾。提到公會中實力高強的佼佼者，絕對少不了這號人物，傳聞他的實力甚至凌駕階級S，也就是冒險者的最高階級。既然成功雇用了這人，委託就輪不到其他冒險者出手了。

「來找公會長？」

「大概吧。」

「居然請得到一刀，他不是從來不跟任何人一起行動？」

「我是沒見過。」

眾多冒險者邊看著委託告示邊閒嗑牙，目送二人走向櫃檯。

也許是因為這裡剛好空著的關係，高貴男子站到櫃檯最角落的公會職員面前。職員注意到來人，抬起原本閱讀文件的視線，異常冷淡、面無表情地開口。

「非常抱歉，公會長現在有事外出，我會負責轉告您的來意，煩請擇日再來拜訪。」

「咦？」

「啊？」

男子發出不解的聲音，職員也反問回去，語氣毫不掩飾詫異，表情卻文風不動。

「我是來公會辦理冒險者登記的。」

「啊？」

職員回問的語調更強烈了，高貴男子不知所措地看向身邊的劫爾。

「我就跟你說了。」

非常難以理解。

儘管在並非自願的情況下來到陌生國度，利瑟爾仍然一夜好眠。隔天，他為了辦理身分證明來到公會，然後在這裡完美演繹了何謂格格不入。

「咦，登記不是……劫爾？」

「不用找公會長。」

為周遭帶來期待、失落、驚愕之餘，利瑟爾仍然一副事不關己的樣子向劫爾確認。也許是見到他的舉動，發現利瑟爾認真想成為冒險者，坐在眼前的公會職員面無表情地開口。

「您腦袋正常嗎？」

「當然。」

對方好像說了滿過分的話，不過利瑟爾毫不介意地點頭。

「我是想當冒險者才過來的。」

利瑟爾之所以決定成為冒險者，並不只是為了領取身分證明。一方面這是充滿未知的職業，再加上劫爾口中的冒險者形象勾起了他的興趣，經過深思熟慮，他才一本正經地來到這裡，準備成為冒險者。

這種思維本身就已經偏離了冒險者的常軌。在場唯有劫爾能告訴利瑟爾這一點，但他卻閉口不談。這人嫌麻煩的時候就會裝作沒看見。

「……一刀沒告訴您嗎？」

平板不帶感情的聲音朝利瑟爾拋出疑問。

「一刀？」

「就是那男的缺乏品味的別名。」

「又不是老子自己取的。」

劫爾一次也沒有報上名號，但知名度相當高，利瑟爾卻一無所知。職員向劫爾投以「為什麼帶這種人過來」的露骨視線，然後再次面向利瑟爾，這時後者正開始對別名懷抱謎樣的憧憬。

「本冒險者公會基於立場，不排除拒絕國家介入的可能性，因此謝絕貴族、騎士以及類似人員登記為冒險者。」

「是。」

間隔數秒。利瑟爾等著對方繼續說下去，職員再次開口。

「謝絕貴族以及類似人員登記為冒險者。」

「……？我知道了。」

利瑟爾納悶對方為什麼重複一次，職員也納悶利瑟爾為什麼不打道回府。大眼瞪小眼，一邊是沉穩的微笑，一邊是徹底的面無表情。又過了幾秒。

「請回。」

為什麼？利瑟爾也忍不住看向劫爾。劫爾原本覺得有趣，乾脆旁觀這段對話，這下不動聲色地朝職員開口。

「不是啦。」

「什麼不是？」

「他不是貴族。」

公會裡充斥著一陣錯愕。職員定睛凝視利瑟爾，眼見對方報以微笑，他眨了一下眼睛，再次看向劫爾。

「鬼扯。」

「真的啦。」

劫爾明白他的心情，但這是不爭的事實。即使這人怎麼看都是貴族，實際上出身背景也是個貴族，存在本身除了貴族以外沒有其他可能，但現在的利瑟爾只是個無業遊民。

「劫爾說的是真的。」

利瑟爾終於瞭解對方懷疑的原因，以沉穩的語調說道。

「能不能麻煩你幫我登記呢？」

「……請稍候，我去準備必要的器材。」

公會職員一臉難以接受的樣子離開了座位。利瑟爾目送對方走遠，瞥了劫爾一眼，然後朝他走近一步，悄聲耳語。

「他為什麼懷疑我？」

「（這傢伙在講什麼啊。）」

面對劫爾露骨的視線，利瑟爾只是偏了偏頭，絲毫不為所動。他之所以這麼問，是因為今天早上共進早餐的時候，他才向劫爾請教了在公會裡不引人側目的竅門。

劫爾隨便想了幾項，反正做了總比沒做好。利瑟爾遵行不悖，換上隨處可見的衣服，稍微減少敬語，連人稱都改了。

「你不覺得效果不錯嗎？」

「不適合你。」

提出建議的劫爾說這話簡直蠻不講理，利瑟爾回以一個苦笑。這只能請他自己習慣了。

「久等了。」

這時，職員拿著幾張文件、一個球狀道具回到櫃檯。道具想必是魔道具了，凡是以魔力驅動的道具，一律統稱為魔道具。

職員將手中的東西放上櫃檯，拉開椅子坐下。玻璃珠般的眼瞳裡映不出任何感情波動，筆直盯著利瑟爾瞧。

「開始登記吧。我是公會櫃檯職員史塔德。」

「麻煩你了。」

淡然的語調，不苟言笑的表情，看上去十分冷淡。

但是利瑟爾好歹也經過貴族社會的歷練，史塔德沒有惡意，這點他還是能夠察覺的。他只是感情波動的幅度極端微小，實際上幾乎沒有感情而已，現在這是他最自然的態度。

「請詳閱這裡的說明並簽名。」

「好。」

利瑟爾握著筆，閱讀櫃檯上並排的兩張文件。

「您真的不是貴族嗎？萬一您有所隱瞞，這件事會歸咎為我的責任。」

「真的不是，你們可以儘管調查沒關係。」

「我會盡可能調查看看，方便告訴我您的出身地嗎？」

「是很遠的地方，你應該沒聽過。」

看來對話還滿熱絡的嘛，劫爾望著利瑟爾落筆書寫的模樣。史塔德刺探得露骨，利瑟爾則愉快地閃避，看他的態度是遊刃有餘，說不定還覺得公會假如能幫忙掌握一點情報，他也樂得輕鬆呢。

「劫爾，推薦人簽名。」

「嗯。」

聽見利瑟爾喊他，劫爾在利瑟爾漂亮的草體簽名底下隨便簽了自己的名字。冒險者登記一般是不必找推薦人的，但是像利瑟爾這樣身分不明的情況，推薦人就是必要條件了。這是為了防範罪犯之類的不肖之輩登記為冒險者。

「接下來發行您的公會證明，請在這裡將手指頭刺破。」

史塔德遞出球形的魔道具，木製架子支撐著碩大的玻璃球，球體頂端伸出一根玻璃針。玻璃球底下放著一張卡片。公會證明，又稱為公會卡，這就是利瑟爾的目的之一，身分證明。

「自己刺上去有點令人抗拒耶。」

「那又是另一種可怕了。」

「要不我幫你？」

利瑟爾嘴上這麼說，仍然毫不遲疑地將小指指腹按在針尖上，面不改色。劫爾心想，果然如此，他在內心聳了聳肩。

這男人獨自來到陌生的異地，一個認識的人也沒有，依然沉著冷靜，哪天真想看看他不再悠然自得的樣子。

「喂，手指。」

「啊，好了嗎？」

利瑟爾饒富興味地觀察魔道具啟動後的模樣，聽見劫爾催促，便聽話將指頭移開針尖。不曉得是不是刺得太深了，血珠幾乎快從指尖滴下，利瑟爾端詳了一會兒，突然將手指含進口中。

劫爾看了皺起眉頭，伸手將指頭從利瑟爾唇邊拉了出來，拿史塔德遞來的布壓住傷口。

「你這傢伙在奇怪的地方還真隨便。」

「你在意外的地方還真仔細。」

利瑟爾難掩笑意，劫爾則冷笑出聲。

「傷口舔一舔就好了？這種事由你來做只有一個『怪』字。」

「不知道這算不算名譽受損。」

「蠢貨。」

利瑟爾也有放鬆下來的時候。一舉一動要求完美的場合，他當然不負期望，不過到了可以敷衍了事的時候，他也常隨心所欲行動。

難得現在拋開了貴族身分，所以利瑟爾才會這麼做。不過正如劫爾所言，利瑟爾不適合這種行為，突兀得旁人都要多看一眼。形象太好也是個問題，利瑟爾常這麼想。

「一刀意想不到的一面先擺到一邊，公會證明已經完成了。」

「喂。」

一反沉默寡言的第一印象，史塔德並不算特別木訥。針對那句多餘的閒話，劫爾也只回以一句簡短抗議。

血差不多止住了，利瑟爾將布返還櫃檯，收下做好的公會卡。卡片放在魔道具底下的時候本來一個字也沒寫，現在卡片變了顏色，上頭刻著銀色的文字。

Guild: Parteda

【Lizel】

F-Rank Adventurer

內容十分簡單，僅註明國名、名字、階級而已。要不是文字背後淡淡繪著公會徽章，卡片真是簡陋到令人失望了。

名字也是參照早先署名的登記文件印上去的，利瑟爾原本冗長的名字只剩一個簡短的字，顯得更冷清了。

「劫爾，能不能讓我看看你的？」

「啊？」

劫爾莫名其妙交出他的公會卡，顏色雖然不同，不過記載的內容同樣簡單。名字那一欄只寫著「劫爾」一個單詞，會不會是假名或略稱？

「現在開始進行委託相關的說明可以嗎？」

「這個嘛……」

利瑟爾一邊將卡片收進腰包，一邊窺探站在旁邊的劫爾。這些都是他熟悉的情報，本以為他會覺得無聊，不過本人雙手抱胸，斜倚在一旁的牆壁上，似乎沒有轉移陣地的打算。

「沒事，那就麻煩你了。」

「那麼現在開始講解，歡迎隨時提問。」

利瑟爾向劫爾投以一個感謝的微笑，再次面向史塔德。不過劫爾說不定只是連找地方打發時間都嫌麻煩就是了。

史塔德從最基本的地方開始講解，內容非常簡明易懂，聽得出他徹底掌握了公會制度，擔任職員的資歷想必十分老道。偶爾利瑟爾提出疑問，史塔德也會舉出實例具體解說。只不過，聽著他缺乏抑揚頓挫的聲音，隔壁的公會職員開始打起盹來了。利瑟爾把這件事悄悄藏進心裡。

「出現在委託當中的魔物、植物，如有不懂的地方可以從公會借閱圖鑑查詢，或是到櫃檯詢問，我們也會答覆。」

「這些圖鑑可以購買嗎？」

看準流暢語調中斷的空檔，利瑟爾不曉得第幾次提出疑問。這問題稍稍偏離了公會制度，史塔德聽了閉上嘴，靜靜閉目養神的劫爾睜開了一隻眼睛。

「借閱的話我們是不收取費用的。」

「吸收知識是我的興趣。」

「真不錯的興趣。」

語調雖然不帶感情，卻不是諷刺，倒不如說史塔德這句話帶有贊同意味。

「但是公會內部的書籍全部都禁止攜出。」

「嗯？應該不是機密吧？」

「單純是冊數的問題。」

那就沒辦法了，利瑟爾表示理解。史塔德盯著他瞧了一會兒，從筆記本上撕下一頁，筆尖毫不遲疑地滑過紙面，然後朝利瑟爾遞出一張簡略的地圖。

「這是書店的位置，這家店經營範圍不限於魔物、植物，也經手各式各樣的專業書籍。不過魔物圖鑑還是公會的情報比較詳盡。」

利瑟爾接過地圖，微微一笑，雙眼溫柔地瞇起。他溫和的嗓音道出感謝，像是一種褒獎。

「謝謝你，史塔德。」

「不會。」

史塔德喃喃回道，只是凝視著利瑟爾。

「劫爾。」

聽見利瑟爾招呼，劫爾直起身來，離開原本斜倚的牆壁。利瑟爾坐姿優美，挺直的背脊絲毫沒沾上椅背，劫爾將手撐在那張用不著的椅背上，由上方探頭看著紙頁。

利瑟爾拿那張便條給他看，上頭寫著幾條道路、幾間店鋪的名稱。劫爾找到其中一個有印象的店名，看來不必擔心找不到路，於是點了點頭。

「找得到嗎？」

「嗯。」

「那我們馬上出發吧。」

利瑟爾興沖沖站起身，自從遇見劫爾以來，這大概是他最高興的時候。這人就那麼喜歡書？劫爾眼神裡淨是無奈，利瑟爾則帶著幾分歉意低頭看向史塔德。

「打斷你講解真不好意思。我今天不接委託，能不能下次再聽你說明？」
「沒問題。您也可以直接詢問那邊的一刀沒有關係。」
「不，改天再麻煩你了。」
倒不如說，原來這個人真的打算接受委託嗎？明知道冒險者有義務執行委託，史塔德還是不禁這麼想。實在無法想像眼前這人以冒險者的身分行動會是什麼模樣。
史塔德準備起身送兩人離開，動作卻突然停了下來。利瑟爾的手掌伸到他頭頂上方，史塔德反射性地想將它打落，劫爾的視線卻封住了他的行動。
「你……」
你想幹什麼。剛說出口的話語，一碰上溫柔梳理髮絲的指尖便悄然冰釋。
「貼心的好孩子。收到這張地圖，我真的好高興。」
他不明白頭頂傳來的那陣暖意，不明白利瑟爾這句話的意義。這件事太出乎意料，史塔德僵在原地。利瑟爾仍舊朝他露出微笑，就這麼離開了公會。
利瑟爾前腳剛離開，公會裡掀起一陣騷動：這人竟然膽敢對那個絕對零度做出這種事！騷動之中，史塔德板著一張神情冷漠的臉，依然無動於衷，卻沒有著手完成那份剛開始執筆的文件。
「……」
從旁人看來，也許覺得他絲毫不以為意。但是史塔德本人第一次面對這種經驗，心中萌生一股陌生的感受。他不知道如何消化這種感覺，總之先往隔壁打瞌睡的同事椅子上踹了一腳。

4

劫爾實在太小看利瑟爾了。他本來以為，不管眼前這男人的貴族氣質有多強烈、多不諳世事，他已經以自己的方式，勉強算是融入市井之間了。

但是，那全都只是因為利瑟爾配合他們的觀念行事而已，是他努力迎合的結果。此時此刻，劫爾深有體會。

「我想買下這間店裡所有的書，請問多少錢？」

「喂你慢著。」

一向行禮如儀的利瑟爾，竟寧可打斷史塔德講解也要到書店來，那時他早該猜到了。利瑟爾比表面上看起來還要興奮。

看見酷似貴族的男人現身店內，店主已經大驚失色，聽了這要求簡直快要口吐白沫，不過劫爾先把他放在一邊，低頭看向露出困擾笑容的利瑟爾。

「你幹嘛擺出一副受害者的表情。」

「我也不是什麼都沒想就這麼說。」

「我倒想知道你在想什麼才會說出剛才那種話。」

「因為你說這裡沒有圖書館嘛。」

劫爾從來沒聽說過圖書館這種設施，聽了圖書館的運作方式也毫無頭緒。半路上得知這件事，利瑟爾可真是沮喪透頂，雖然表面上看不太出來。不過一想到替代方案，他也恢復了原本的心情。

「所以我才想，如果有類似圖書館的地方就好了。」

利瑟爾也明白拿走店裡所有的書會給店家造成困擾，所以經過一番考量，才會說出剛才那句話。

「只要先支付購買所有書籍的金額，就可以隨時過來借閱想看的書了，不是嗎？」

劫爾眉頭皺得死緊，連哭鬧的孩子看了這表情都要嚇得閉起嘴巴，利瑟爾卻自信滿滿挺起胸膛。

「讀過的書我會直接放回店裡。原本書店裡賣的就幾乎都是二手書，對於經營的影響不大。」

「你這傢伙……」

「是？」

遇見利瑟爾之後，劫爾也注意到他表面上態度雖然溫和平靜，背後卻存在各種考量。利瑟爾不加隱藏自己的無知也一樣，與其說是暴露弱點，倒不如說是為了測試劫爾的反應。自己的一舉一動也許都在對方算計之中，劫爾這麼想也不只一、兩次了。

不過這種狀態他樂在其中，這方面雙方利害關係一致，倒是沒什麼問題。

「性格真惡劣。」

「咦？」

「沒什麼。」

撇開這點不談，劫爾確信這人聰明過了頭，反倒有些少根筋的地方。頭腦靈光的蠢貨、聰明的蠢貨。尤其本人有所自覺這一點更是惡質。
面對自己低頭俯視，由衷無奈的視線，臉上那道看穿一切的滿足微笑也一樣。
「……你也不是真的每一本都會看吧，自己去跟老闆談一下價格。」
「這還是我第一次談價格。」
利瑟爾老實點點頭，意氣風發地走向仍然僵在原地的店主。攏絡慌亂到了極點的店主，對他而言想必只是小菜一碟。
只要店主接受這種使用方式，接下來只要談妥價格就好。利瑟爾的提議對書店絕對沒有損失，店主不好意思收下重金，因此最後議定的金額比包下所有書籍的價錢便宜許多。交涉圓滿成立，同為愛書人，買賣雙方都笑逐顏開。
「那這整櫃的書我就借走了。」
「咦，起碼先借一半……」
「劫爾，幫我拿上面的。」
「不是有凳子嗎？」
劫爾嘴上這麼說，還是放棄似地嘆了一口氣，將書本一批一批從架上搬下來。結果利瑟爾毫不留情搬空了一整個書櫃，基本上他個性客氣、善體人意，不過扯到書的時候往往不在此限。
店主一臉哀傷地目送兩人走出書店。有空間魔法真好，利瑟爾摸著腰包，心滿意足。
「快吃午飯了。」
「啊，我想吃吃看路邊攤。」

「又來了，真不搭調……」

就這樣，兩人在路人盛大的注目禮當中，朝著目的地的攤販走去。

那之後過了三天，利瑟爾從劫爾身上學到許多事。

引人注目這點仍然沒變，不過在利瑟爾習慣之前，周遭人們先習慣了他的存在。現在即使他稍微做出一點不尋常的舉動，旅店附近的人大概都見怪不怪。

此時此刻，利瑟爾正窩在房間埋頭讀書。過去的三天內，他一開始借的那整架書已經拿去還了，又重新借了一整個書架的書。劫爾真是看傻了眼。

「我借一本。」

「請便。」

有人搭話利瑟爾還是會回應，不過視線動也不動，仍然目不轉睛盯著書頁。利瑟爾幾乎讀盡了原本所在地的所有書籍，只能等待新書推出，對他來說，這裡宛如樂園。

利瑟爾交代劫爾自由行動。為了避免身體遲鈍下來，他會接一些委託，或是潛入迷宮，閒暇之餘就在利瑟爾房裡一起讀書。他本來不特別愛讀書，不過也不討厭。

「嗯……」

這種日子持續了幾天。利瑟爾闔上手中書本，伸了個懶腰。同樣坐在床上讀書的劫爾斜眼看了看他，瞥了一眼自己手上的書。

「『我難掩驚愕，他是悠游於書架之海，取食知識維生的魚。』」

「『我眼中的他何其優美，他身邊的人卻不這麼想。』」

利瑟爾隨口背出劫爾誦讀的文章後續，露出揶揄的微笑。
「如何，優美嗎？」
劫爾簡直覺得莫名其妙。利瑟爾是什麼時候讀過這本書的，該不會整本都背下來了吧？這男人即使真的背了下來也不太令人意外，而他此時正饒富興味地等待劫爾回答。
「我覺得很蠢。」
「第一次有人這樣說。」
兩個人都面無表情。
「才中午而已呢。」
利瑟爾望向窗外，天氣真好，讀書時完全沒注意到。
「難得的好天氣，吃完午餐去公會一趟吧。」
「要接委託？」
「不好嗎？」
「一般都是一大早就去。」
貼滿公會一整面牆的委託單是每天早上更新，條件好的委託先搶先贏。
不過利瑟爾現在是初出茅廬的F階級，只能接受稍高一階，也就是E階級以下的委託，而低階級的委託鮮少有人爭奪。劫爾將手中書本放在床上，站起身來。
「要走就出發囉。」
「好的。」
正好是中午時間，待在公會的冒險者不多，可以慢慢挑選委託。利瑟爾還想繼續聽史塔德講解規則，這個時段正好。

「才剛看完書馬上接委託喔。」

「還是得稍微活動一下筋骨，好久沒坐著這麼長一段時間了。」

「已經太遲了吧？」

劫爾拿起靠在床邊的劍，繫在腰際，然後默默打量悠哉披上外套的利瑟爾。

他看起來不像是活動靈敏的體格，身上沒有佩帶武器，似乎善於操縱魔力，應該是魔法師錯不了，也看不出他有任何排斥戰鬥的意思。

「這時間沒法出遠門，選附近的吧。」

「知道了。」

既然如此，採集、討伐應該都沒問題，劫爾在腦中篩選適合的委託。雖然不知道這傢伙實力到什麼程度，不過低階委託只要有自己在，就不可能遇上什麼危險。

「想接哪一類委託？」

「首先我們得知道彼此的戰力才行。」

「那就討伐吧。」

兩人出了房門，走下略顯狹窄的樓梯。旅店的女主人一隻手拿著掃帚，正在勤奮地打掃屋內。

「我們出門一趟。」

「哎呀，利瑟爾先生。今天不給我小費嗎？」

女主人和利瑟爾相視而笑。住進旅店的第一天，利瑟爾拿到房間鑰匙的時候在櫃檯上放了幾枚銅幣，嚇了女主人一跳。

「今天也去買書啊？」

「沒有，現在要去接我冒險者生涯的第一個任務。」

「那真不得了！劫爾，你要好好保護利瑟爾先生哦。」

「好啦。」

跟一個冒險者這麼說好像不太對？利瑟爾在一旁偏著頭，劫爾對他的反應視而不見，敷衍地點點頭。劫爾長得一副凶神惡煞的樣子，許多人看了都退避三舍，這裡的女主人即使知道他的實力，態度仍然一如往常，對劫爾來說非常難得，也比戰戰兢兢的態度來得自在。

「出去要小心哦，晚餐煮愛吃的東西給你們吃！」

雖然把老大不小的成年人當成小孩子這點，他偶爾覺得有點不妥。在女主人目送之下，兩人走向攤販集中的街道，準備先吃午餐。

「史塔德。」

聽見他的聲音，正在整理文件的史塔德抬起頭來。

來登記加入公會的新手冒險者不多，待在公會內的少數冒險者，也早早結束了委託，只是閒著沒事做而已。史塔德此刻正在協助處理別人負責的文書工作，毫不遲疑地轉向聲音的方向。

「是你啊。」

「我來聽後續講解，還有來接委託。」

「很少有人登記之後隔這麼久才接第一次委託。」

淡漠的口吻一如往常，利瑟爾聽了苦笑。利瑟爾自己樂見別人直接把想法說出口，不過也覺得史塔德這種性格實在容易吃虧。

「之前你介紹的書店品項非常齊全，我忍不住讀到滿足了才過來。」

「看來你很喜歡，太好了。」

史塔德邊說邊瞥了劫爾一眼。那人正低頭看著利瑟爾，眼神裡滿是啞然和無奈，史塔德大概猜得到怎麼回事。

這人果然沒什麼冒險者的樣子。史塔德邊想，邊從櫃檯底下拿出一本冊子。

「關於後續的說明……」

「是，麻煩你了。」

「我準備了這個。」

史塔德放在桌上的是大開本的薄冊子，經過妥善加工防止損傷，不像普通的書。利瑟爾興味盎然地探過頭去，對方翻開封面，向他展示第一頁跨頁的內容。

「這是公會規章。我想你應該對這類規定有興趣，因此向公會長借了這本冊子。」

「真是求之不得，謝謝你。」

利瑟爾面露微笑道謝，史塔德目不轉睛地看著他。

「史塔德？」

「是。」

史塔德目不轉睛地看著他。

「……」

看著他。

好像在等待什麼似的。利瑟爾試著抬起一隻手，玻璃珠一般通透清澄的眼瞳隨著他的手移動視線。利瑟爾作勢將手掌伸到史塔德的頭上，他也沒有閃避的意思。

接著，指尖慢慢滑過史塔德柔順的頭髮，對方絲毫沒有抵抗。

「書籍禁止攜出，但可以在這裡隨意閱讀。」

「那我就不客氣了。」

史塔德隻字未提那隻摸頭的手，若無其事繼續說明。利瑟爾覺得年紀小的人本該如此，這樣很好，心裡多了幾分笑意。坐在隔壁的公會職員露出天崩地裂的表情看著他們。

這景象就是如此難以置信。如果伸手去摸他的頭，他認識的那個史塔德可會毫不猶豫拿筆插過去。凡是認識史塔德的人，反應大都差不多。

「你還會洗腦啊？」

「咦？」

所有人在內心強烈同意劫爾的話。

「我可以在這裡讀嗎？如果不介意的話，有問題我也想問你。」

「可以。」

公會在這個時段本就閒來無事，史塔德點點頭。利瑟爾也接受史塔德的一番美意，在椅子上安坐下來。另一方面，劫爾看他們還要花點時間，也準備走向貼著委託單的告示板。

就在這時……

「喂，喂，還真的在這啊！」

公會大門發出巨響，一名男子隨後伴著一陣喧鬧聲踏進公會。劫爾見狀厭煩地咋舌，史塔德身邊凝聚一股冰冷的氣息，彷彿暗示他的不悅。

「我看一刀也墮落了嘛。」

男子話中帶著強烈的諷刺意味，看他的外貌打扮，顯然是粗野不羈、實力至上的那種典型。他身後背著一把厚重的大劍，虎背熊腰，渾身肌肉糾結，晃著壯碩的巨軀走向劫爾，臉上掛著冷笑。

「哦，一刀要打架啦？」

「另一個是誰？」

「B階，沒聽過什麼正面傳聞。」

閒散的冒險者紛紛展現出好奇的樣子，準備看熱鬧。他們一點都不驚訝，這種程度的騷動是家常便飯。

「我才聽說那個一刀跟誰組了隊，沒想到是個溫文的小白臉哪。」

「別隨便跟老子搭話，你誰啊。」

「哈！瞧不起人嘛。」

劫爾並非當真不認識眼前的男人。自從劫爾來到王都，這人三番兩次邀請他加入隊伍，老是說只要劫爾加入，升上S階也不是夢，像傻子一樣。老實說，劫爾真想像平常一樣，無視他直接走開。

但是……他瞥了利瑟爾一眼。

「關於這項退出公會的規定……」

「……是這樣的……」

利瑟爾若無其事地提問，甚至令人懷疑他是不是沒注意到這場騷動，就連史塔德看見這態度都愣了一下，開口前沉默了一會兒。不過他的情緒似乎恢復了，利瑟爾提問的同時，史塔德身周如冰的空氣也隨之消散。

看來利瑟爾沒有離開的意思。劫爾嘆了口氣，面向那個彪形大漢。

「哎喲，這麼勇敢，快笑死我了。」

「別廢話，老子跟你沒這麼熟。有話快說。」

劫爾交叉雙臂，往身後的椅背一靠。表面上擺出聆聽的架勢，態度卻興味索然，男人看了也火冒三丈。

「老子邀你這麼多次都拒絕，現在竟然跟一個新手組隊，還真帶種啊？」

「沒組隊。」

「那是被聘僱啦？我看你喜歡獨來獨往，結果還是受不了錢的誘惑是吧，啊？」

面對男人的冷嘲熱諷，劫爾無動於衷。

劫爾長相確實十分兇惡，但可沒幼稚到這麼輕易就受人挑撥。儘管有人說冒險者就是該接受宣戰，但劫爾總先選擇忽略，留給愛打的人去打就好。

因此對劫爾來說，眼前的男子實在幼稚得很。簡而言之，他就是看不順眼，受不了劫爾不把自己放在眼裡，卻偏偏選擇了一個初出茅廬的菜鳥。

「請問一下這一條，冒險者之間發生爭執時公會的相關管理責任……」

「基本上是各人自負其責，公會不會插手，不過並不是完全放任不管。舉例來說，假如影響超出冒險者的範疇，危害到周遭的時候，公會職員也會發出警告……」

在劫爾看來，這人跟利瑟爾根本不能比。他側耳聽著險惡氛圍中平穩的提問與回答，心想這人的想法實在愚不可及。劫爾像是排遣無聊似地看向一旁。

就連這細微的舉動也令男人惱火不已，他朝著劫爾背後的存在，露出意味深長的扭曲笑容。

「還是那個小白臉很合你胃口？」

一旦放棄拉攏，便轉而詆毀對方。男子徒有這種爆發力，卻不懂得用在有益之處，劫爾懷著由衷的同情吊起嘴角。

「是比你好多了。」

看好戲的冒險者紛紛吹起口哨。誰也沒把男人的話當真，只是搧風點火取樂罷了。沒有任何人站在他這邊，屈辱扭曲了男人的面孔。

這時，劫爾忽然察覺利瑟爾回過頭來的動靜。怎麼了？劫爾低頭望向身後，看見一張刻意擺出的遲疑面孔。

「劫爾，本來的契約是一個月，但我看還是到今天為止……」

「太不純了太惡質了不敢相信。」

「蠢貨。」

利瑟爾不知為何開始配合演出，劫爾揚起手背，啪一聲拍響他的額頭。力道掌控絕妙，聲音響亮卻一點也不疼。

話說回來，利瑟爾只是在開玩笑，但抓準時機連番臭罵的史塔德是怎麼回事？跟利瑟爾可還真親近。劫爾嘆了口氣，忽略他冰冷的視線。

「但是，如果跟我搭檔損傷了劫爾的聲譽，那可就不好了。」

「啊？」

忽然間，原本完全不把男人放在眼裡的利瑟爾首度加入話題。看來他提問的時候，仍然清楚聽見了劫爾他們的對話。

「反正沒人會當真。」劫爾說。

「是我不想看到這種事發生。」

利瑟爾側身回過頭來，劫爾領會他的意思，直起身子離開了椅背。他往旁邊挪開一步，坐在椅子上的利瑟爾首度與男人四目相對。

「你的不滿我都明白了。」

看見那沉穩的微笑，男人瞬間倒抽了一口氣。他早聽見傳聞說這人簡直像個貴族，直到親眼目睹，他才明白那是什麼意思。

「但我和劫爾是透過正當的交易聯手。恕我直言，你只是局外人。」

「哈，用錢收買一刀還一臉得意喔？」

利瑟爾輕笑一聲，朝男子投以訝異的目光。

「你認為有錢就請得動劫爾？」

男子啞口無言，因為他早已一口咬定是這麼回事，剛剛才如此謾罵。

利瑟爾這句話是迂迴的諷刺，意在反問男子言下之意，是否等於承認邀請劫爾的自己也不過這點程度。不過男子究竟聽不聽得懂呢。

「假如你這麼想，那請便，開出比我高的金額收買看看吧。」

利瑟爾微微一笑，身旁的劫爾與坐在櫃檯內的史塔德，二人的視線雙雙貫穿眼前男子。

男人確實感受到一股威壓，再怎麼棘手的魔物都不曾散發出這種感覺，令人下意識相信他真的能讓這二人聽令。

「我不認為你收買得到就是了。」

「渾帳東西……！」

男人勃然大怒，公會裡的冒險者之間也倏然瀰漫一股緊張氛圍。

新手冒險者利瑟爾，竟敢斷言實力堅強的B階冒險者比自己不如，這可不是區區富豪擁有的膽量。這一瞬間，除了那男人以外的冒險者紛紛對利瑟爾刮目相看。

同時，他們也即將明白，為什麼劫爾一向獨行，眼前這人卻能勾起他的興趣。

「老子跟你花錢請的那渾蛋一樣是B階！」

「那可真厲害。」

男人呼出粗重的氣息，嘴邊浮現一抹扭曲的笑。全場只有他一人深信不疑，以為對方終於搞清楚自己惹了誰。為了挽回差點破滅的自尊，正當他準備開口……

「只不過。」

利瑟爾稍稍偏頭，只憑這一個動作，男人梗在喉頭的語句便煙消雲散。那是不許他開口的命令，強制他深信自己的一舉一動必須請示對方首肯。偏頭的動作由少女做來甜美可人，此刻卻宛如處刑的號令。

空氣倏然緊繃，所有聲響都陷入靜默，只留下利瑟爾的聲音。

「拿你這種程度的存在，跟屬於我的東西相比，令人不快至極。」

男人狂怒之下放聲大吼，話中摻雜激烈的情緒，誰也聽不懂他說了什麼。

他巨岩般的拳頭拔出背後的大劍，不消一秒的時間便朝利瑟爾揮下，而劫爾拔劍應戰甚至花不到半秒。

男人的劍從根部被斬斷，斷刃飛到空中，劫爾修長的腿隨即揚起。

「唔啊!!」

利得能切開風的踢擊直搗男人胸口，擊飛他巨大的身軀，本應承受衝擊的公會大門發出巨響，反掀出去，男人一口氣飛到建築物外頭。

同一時間，劫爾伸手捉住即將落到利瑟爾身上的斷刃。稍後掀起一陣遲來的風壓，颼然擾動公會內的空氣。

「別這樣。」

破壞聲的殘響仍在一片寂靜中迴盪，此時平穩的嗓音忽然響起。

「公會職員不得插手冒險者之間的糾紛，對吧？」

劫爾收劍入鞘，回過頭來，看見利瑟爾輕輕壓著史塔德準備舉起的左手。

「……公會只是不負責調解糾紛，沒有禁止出手。」

「那就好，我原本擔心你因此受罰。」

史塔德低頭看向重獲自由的那隻手。凝聚魔力的瞬間，受到利瑟爾壓制的時候，他確實感受到些許不滿。但一想到利瑟爾的舉動是出於擔憂，便老實接受了。

尤其利瑟爾毫不掛念眼前被踢飛的男人，更令他不由得這麼想。
「看到眼前有人互毆還是照樣整理文件的男人，真想不到。」劫爾開口。
「這次攻擊有波及我的疑慮，是不可抗力。閉嘴。」
史塔德嘴上一邊說，但他注意到了。那一瞬間自己的想法只有一個，那就是排除威脅利瑟爾的外敵。
為什麼會這麼想，他自己也不明白，只能說是被利瑟爾的氛圍煽動了。又或者，也許受人支配就是這麼回事。
「這還真是……」
劫爾愉快地瞇起眼睛，話中暗藏深意，彷彿看穿一切。史塔德聞言，抬起垂下的眼光開口，語調不帶一絲感情。
「既然能夠理解，表示你也差不到哪去。」
「我這是職責。」
劫爾迴避對方的追究，將手中的斷刃放到桌上。利瑟爾不知何時又開始繼續閱讀公會規章，此刻忽然看向劫爾。
「話說回來，你竟然沒有砍傷他。我是很慶幸啦。」
「個人責任也包括清理善後，砍了麻煩。」
「咦，那我們也要負責把門修好嗎？」
「那個只要付修理費就行。」
原來有這種規定，利瑟爾低頭看向冊子。遍尋不著相關記載，應該是約定俗成的慣例吧。該學的事情還很多。

「史塔德。這本規章還給你，謝謝。」

「不需要了嗎？」

「嗯，已經大致讀過一遍了。」

利瑟爾將冊子還給史塔德，從椅子上站起身來。畢竟他們今天的目的可不只有聆聽講解而已。

「好，來物色一下……」

第一個委託吧。剛回過頭，利瑟爾愣了一下，眨了眨眼睛。眾多冒險者終於從各種衝擊中回過神來，此刻正和其他公會職員一起關注著利瑟爾的一舉一動。

「明天再說吧？」利瑟爾說。

「我想也是。」劫爾回答。

這實在有點不好意思。利瑟爾不介意受人矚目，但不代表他希望旁人費心。

「史塔德，我們明天再來，屆時再麻煩你收取大門的修理費用。」

留下這句話，利瑟爾與劫爾一同走出公會。男人仍躺在地上，失去了意識，四周圍著一群看熱鬧的路人，不過二人絲毫不放在心上，直接回到旅店。

「哎呀，這麼早就回來啦？」

「不知道為什麼有人來找麻煩，我們差點被砍，就先回來了。」

利瑟爾照實說明，女主人聽了自然嚇一大跳，忿忿不平地說：「冒險者就是這樣，真受不了！」最後只留下劫爾的疑惑：這位太太到底以為利瑟爾是冒險者以外的什麼人啊？

5

到了夜晚，劫爾沒點燈，獨自坐在床鋪上。

他回想白天發生的事。完全沒把壯漢放在心上的利瑟爾，以及令人不悅的謾罵跟更多的謾罵。背後傳來的對話聲近在咫尺，沉穩的嗓音，接著清靜的支配降臨。

『只不過。』

氣氛確實變了。那一瞬間，利瑟爾從劫爾熟悉的姿態搖身一變，成了不同世界的存在。他一向覺得利瑟爾舉手投足充滿貴族氣質，但那時劫爾才明白，利瑟爾至今一次也不曾以貴族的身分行動。

『拿你這種程度的存在，跟屬於我的東西相比，令人不快至極。』

那聲音、那一字一句，牽引出近似本能的衝動，驅使他「保護利瑟爾」。劫爾仍記得當時高昂的情緒，宛如解開了枷鎖。

結果，他本來只打算稍微打暈那巨漢就好，卻以擊潰內臟之勢將對方整個人踢飛，還意外破壞了公會大門。

「（我的，嗎……）」

這句話只是主張自己身為雇主的權力，還是隱含別的意義？劫爾厭惡別人強迫他聽令，利瑟爾的說法卻沒有令他感到不快，想必是因為利瑟爾平常從來不曾視他為比自己低下的存在。

以利瑟爾原本的身分，受人服從本是理所當然，關係竟能拿捏得如此巧妙。劫爾壓抑住湧上喉頭的笑意，長長呼出一口氣。現在他覺得讓利瑟爾雇用是正確決定，可見多少受到這人吸引。

這次雖然受到他的氣場支配，下次想必能保持理性了。即使如此，他仍然會展現出同樣的行動，憑著自己的意志。

「又不是騎士。」

劫爾喃喃自語，笑出聲來。從自己口中說出這詞彙，實在滑稽至極。

隔天，利瑟爾的冒險者生涯終於揭開序幕。

「雖然剛開始遇上了一點挫折，不過今天天氣晴朗，很適合冒險呢。」

「那個挫折有八成是你的問題。」

二人走在一望無際的草原上，沙沙踏著腳下的草地前進。雖然出了王都，他們仍然位於清楚看得見城牆的距離，幾乎沒有魔物出沒。

天候晴朗舒爽，利瑟爾也露出愉快閒適的微笑。王都近在咫尺，並不代表魔物完全不會出沒，但利瑟爾一點也不在意。

「這個國家的憲兵還真是認真又老實，雖然我覺得滿有趣的，沒什麼不好。」

他們正在討論早上發生的事。預計一起出門的日子，利瑟爾和劫爾自然會共進早餐。今天早上也不例外，他們正一邊討論委託事宜，一邊享用旅店提供的美味餐點。

『打擾一下！聽說這裡有房客偽裝貴族身分！』

一道聲音響徹晨間的旅店，劫爾聽了皺起眉頭看向利瑟爾。

利瑟爾剛住進旅店的時候，確實曾經引起一番騷動，經過本人明確否認貴族身分之後，現在周遭人們也都知道他不是貴族了。不過，附近的孩子每次見到利瑟爾，仍然歡聲嚷著貴族大人、貴族大人，也許因此鬧出了奇怪的傳聞。

『等一下，你別隨便誣賴我們家的客人！』

『這位女士，妳是不是知道什麼？讓我過去。』

『你怎麼可以擅自進來！』

利瑟爾只是在一旁觀望事態發展，一副覺得很有趣的樣子。即使自己位於騷動中心，能旁觀的時候仍然一樣靜觀其變，這就是利瑟爾的個性。

當然，騷動波及餐廳的時候，利瑟爾的旁觀也就畫下了句點。憲兵勉強穿越女主人激烈的干擾攻勢，終於來到餐廳。一看見兩人的身影，他張開嘴巴，動也不動地僵在原地。

『這……』

『喂，這傢伙僵住了。』

『是啊，僵住了。』

利瑟爾正優雅地飲用餐後咖啡，憲兵一見到他立刻陷入混亂。

與騎士相比，憲兵和貴族少有交集。不過眼前這位憲兵擔任隊長之職，加上統率憲兵的人物是某位子爵，因此雖然機會不多，但他確實見過貴族。

就連這位憲兵隊長見到如常度日的利瑟爾，都深信不疑，直接低頭行禮。

『非常抱歉！在下進行確認時，聽說現在沒有貴族到訪城下，所以才會……！』

利瑟爾聽了忍不住笑意，劫爾則啞然啜飲咖啡。

後來，這位狼狽的憲兵帶著滿臉難以接受的表情，聽利瑟爾澄清他不是貴族，一臉欲言又止地點頭同意一切只是旁人誤會，最後得知附近孩子口中的「貴族大人」不過是個綽號，更是大受打擊。

「那位憲兵工作好認真。」

「雖然帶著非常不能釋懷的表情回去了。」

非同小可的誤會和平解決，不過憲兵直到離開的時候仍然一副無法接受的樣子。

「這麼說來，城門的守衛也多看了我一眼。」

「只是多看一眼就很好啦。」

假如利瑟爾全力展現貴族風範，他們絕對會在城門口遭人攔下，然後衛兵會聯絡王城，把劫爾當成綁架犯抓起來關。這次衛兵只是多看了利瑟爾一眼，在看見他的公會卡時露出天崩地裂的表情而已，完全還在容許範圍內。

「主要是因為你換了打扮吧。」

「對吧？不管怎麼看都是個冒險者。」

「不可能。」

「咦？」

自從那天的事情以後，劫爾對利瑟爾「普通」的標準已經降得不能再低，常常覺得「這傢伙也很努力了」，不過這和那是兩回事。

「話說回來，新手冒險者穿著最頂級裝備，感覺還真不可思議。」

利瑟爾重振精神，輕撫胸口的皮帶。他沒有穿戴任何最低限度的護胸或護手，乍看之下缺乏冒險者該有的防備，但是身上那套劫爾監修的裝備，可是防禦方面完全無需顧慮的極品。

「嗯，確實是沒按順序來。」

「果然是這樣嗎？」

「話是這麼說，但出發前誰都會盡可能做足準備。」

這麼說也是，利瑟爾聽了也直接點點頭。

「那劫爾，你送我的那些素材都是最頂級的東西囉？」

「都是剩下的，沒差。」

劫爾說得乾脆。那就好，利瑟爾心想，不過他無從得知。

劫爾給他製作裝備的那些素材，都是匠人垂涎三尺的超稀有材料。最高級的魔物素材、稀有礦石，劫爾將這些材料交給匠人，指定各種需求的時候，利瑟爾一直在旁邊接受量身，所以沒有聽見詳細情況。

附帶一提，劫爾指定的只有性能，設計完全丟給匠人決定，因此這身裝備明顯展示出他們心目中對利瑟爾的印象。

「看來我給人的印象是魔法師。」

「像我可是一身黑。」

「黑色很適合你哦。」

「囉嗦。」

劫爾邊說，邊斜眼看向利瑟爾。聽這說法，好像他不是魔法師一樣。

差不多該解決這個疑問了吧，劫爾停下腳步。利瑟爾往前走了幾步，回過頭來望向駐足原地的劫爾。

「喂，那邊。」

「嗯？……啊，虧你能發現，真敏銳。」

「習慣就好。」

順著劫爾手指的方向凝神細看，一隻比人頭還大一圈的老鼠，正在約莫五十公尺之外蠢動。

今天接受的委託，便是驅除這種叫做「草原鼠」的魔物。低階級的委託告示板上常常看見草原鼠的討伐任務，這是因為馬車行經的道路上萬一被牠們挖了洞，可能導致馬匹陷進洞裡，釀成危險。

「史塔德說這個委託沒有危險性。」

「大概是所有討伐任務裡最安全的。」

「草原鼠很弱嗎？」

「馬上就逃跑了。」

雖然草原鼠不會攻擊，沒有危險性，但是討伐並不輕鬆，因為牠們溜得很快。委託要求討伐十隻草原鼠，對某些冒險者來說是得花上一整天的工程。

劫爾低頭打量利瑟爾，他正抬手遮眼，擋住陽光，遠遠眺望那隻草原鼠。假如能運用相當程度的魔法，討伐這類魔物的適性應該不算太差，劫爾正打算催他動手。

「總之你先自己……」

下一瞬間，「砰」一聲爆裂音響徹草原。

「打中了嗎？啊，好像成功了。」

利瑟爾若無其事地確認是否成功討伐目標，看得劫爾臉頰抽搐，接著像在壓抑什麼似地嘆了一口氣。

「你這傢伙為什麼不嚇人就活不下去啊。」

「咦，不好意思。」

嚇到你了？利瑟爾回頭問道，臉上全無歉疚。隨著他的動作，那・・・東西也跟著轉向劫爾。那是一柄金屬製的長筒，劫爾見過這東西。

「是火槍嗎？」

「原來在這邊是這麼稱呼它。」

火槍是迷宮寶箱中偶爾會出現的武器，能夠擊發筒內埋藏的鉛彈，火力強大，卻存在十分罕見的缺點。

「裝填彈數打完就沒了，彈數不明，常常沒裝，子彈無法補充，最糟的是衝擊力道太強，肩膀會脫臼。」

這種武器最適合打出關鍵一擊，關鍵時刻卻派不上用場，這就是一般對火槍的評價，所以沒人使用。

「這種東西在你旁邊飛來飛去，還幹掉一隻草原鼠，老子看起來像是目擊這種事還完全不會嚇到的人？」

「我本來以為基本上沒有任何事能嚇到你。」

「我還沒悟道到那種地步。」

劫爾覺得什麼都隨便了，習慣就好。

「解釋。」

「好的。」

劫爾環視周遭，要求利瑟爾說明，利瑟爾直率地點點頭。看來周遭沒有魔物出沒，稍微悠哉交談一下也沒什麼問題。

「大致就像你說的一樣，不過在我們那邊正式的稱呼是『魔銃』。」

利瑟爾指尖一轉，飄浮在一旁的魔銃也跟著轉了一圈。

「這裡的火槍打出來的是鉛彈對吧？」

「嗯。」

「我們那邊的是像這樣。」

飄浮在半空中的槍口極其自然地對準利瑟爾頭部，誰也沒碰到扳機，劫爾卻確實目擊它扣下。

下一秒，隨著槍聲揚起一陣微風，吹亂柔軟的髮絲，利瑟爾在亂髮底下露出笑容，一副覺得很有趣的樣子。

「原來如此，看來你真的會嚇到。」

「你這傢伙……」

一隻手掌正擋在槍口與利瑟爾的頭部之間，劫爾無奈地將手放下。開槍的瞬間，眼前這男人確實微微瞠大了雙眼，當時利瑟爾目不轉睛地看見這一幕。

利瑟爾伸手將吹亂的頭髮梳理整齊，一面打量劫爾的反應。老實說，他沒想到劫爾會出手保護他。那一瞬間的動作幾乎出於反射，劫爾本人卻理所當然地接受了這件事。

「（也不枉費我昨天從旁干涉了……）」

不錯的影響，利瑟爾露出微笑。昨天公會那場騷亂，利瑟爾原本沒有必要插手，但若要把劫爾留在身邊，那是最確實的方法。

即使劫爾注意到這點也無所謂，只要他別對自己感到厭倦就好。畢竟碰上了優秀人才，不想輕易放手乃是人之常情。

「看起來很高興嘛，貴族大爺。」

「不愧是一刀，服務也非常優秀。」

兩人打趣地相視而笑，打起精神重新開始說明。

「那我繼續解釋。我們那邊的槍打出來的不是鉛彈，是塊狀的魔力。」

「但裝填問題一樣是瓶頸吧。」

「沒錯。」

與先前火槍的說明一模一樣，魔銃也無法補充子彈。不過，既然利瑟爾將它帶在身上當作主力武器使用，想必是克服了這一點，劫爾興味盎然地打量這把飄浮在近處的魔銃。

「這裡裝著子彈。」

那把槍轉向後方。據劫爾所知，它的構造與這邊的火槍無異，不過一般裝填鉛彈的六個孔洞，卻裝著像是玻璃珠的東西。

「這是類似魔石之類的東西，裝填在裡面的魔力會被發射出去。」

「類似？」

「不太確定它是什麼物質。」

能夠貯存魔力的石頭一律統稱為魔石，這些珠子似乎又有點不一樣。旁人聽了也許會想，還真敢用這種來歷不明的東西，但迷宮產出的道具等等都是如此。超乎常人的理解範圍之外，毫無道理可言，學者也早已放棄研究。

「原本子彈用完就沒了，無法將魔力傳導進去，會被排斥開來。」

叩，叩，利瑟爾以指甲輕敲了玻璃珠兩下。

「不過，只要像這樣……」

叩，當他敲了最後一下，透明的玻璃珠當中忽然閃現微小的光芒。

「這不是可以補充嗎？」

「不，這該怎麼說呢，嗯……」

利瑟爾停頓了一下，顯得有點苦惱。

「該說是犯規呢？」

「……」

「還是作弊呢？」

「……」

聽了這接近抨擊的用語，劫爾在心裡吐槽：這傢伙到底憑什麼用槍啊。不過他不會說出口，不對別人的武器指手畫腳是冒險者應有的禮貌。

「我們那邊有所謂的『傳送魔術』。」

「就是你之前說的，從一點位移到另一點？」

「沒錯，就是它。」

假如將魔力灌注到玻璃珠裡會被彈開，那麼直接讓魔力出現在玻璃珠裡就行了。對於超出理解範圍的迷宮產物來說，這理論行不通的可能性也很高，幸好最後還是解決了。

「竟然想得出這個辦法。」

「對吧？」

「啊？」

「這是陛下發現的。」

看見利瑟爾自豪的神色，劫爾說了句「原來如此」，點了點頭。

「畢竟傳送魔術本來就是敝國王族固有的魔術。」

「喂。」

這句話可不能裝作沒聽見了，劫爾忍不住開口吐槽。

「難不成……」，他向利瑟爾投以懷疑的視線，不過被對方輕鬆否決了。與陛下相提並論實在不勝惶恐，利瑟爾說著露出微笑，笑容裡沒有一絲虛偽。

「聽說幾代之前，曾經有王族女子嫁到我們家族，不過到我這一代已經幾乎沒有關係了。」

在利瑟爾長期以貴族身分效命的國家，王族是依據血統遴選出來的。王族擁有能夠使用傳送魔術的血統，這項傳統溯及數千年前，一直保守至今，沒有一位國民不以此為榮。

正因如此，為了保證王族血脈存續，過去曾經將王族女子嫁到值得信任的貴族世家，只不過那剛好是利瑟爾的公爵家罷了。

「雖然那一代的長子擁有魔術素養，仍然和平繼承了公爵家。下一代以後血脈就淡了，我父親也完全無法使用傳送魔術。」

「你剛剛不是才用嗎？」

「人家都說我這大概是隔代遺傳。」

「還真隨便。」

「對吧？」

隨便也是當然的，利瑟爾愉快地笑了。這種小事根本不成問題。

畢竟，利瑟爾的王可是歷代最強的傳送魔術使用者，那位陛下是絕對的魔術師、與生俱來的王者，除非刻意引發繼承問題，否則不可能出現任何疑慮。說到底，利瑟爾擔任王儲導師一職，一開始也是出於周遭選派，而非自願，證明了誰也不曾顧慮繼承權的問題。

「而且，我能使用的傳送魔術也真的只有最低限度而已。」

「搞不懂你的標準。」

「你想想看，我只能移動魔力而已耶。」

原本的傳送魔術能夠移動具有質量的物體，利瑟爾卻只能移動魔力。

把魔力從這裡移動到那裡，在貴族社會中有什麼意義？拿到魔銃之前，利瑟爾完全不知道這個能力該用在哪裡才好。附帶一提，他本人完全沒把這件事放在心上。

「能使用魔銃就算是賺到了。」

利瑟爾顯得心滿意足，根據劫爾的說法，他在這種地方還滿不拘小節的。

「不過衝擊力道還是太強了，所以不拿在手上，像這樣操縱使用。」

「這是怎麼搞的？」

「你看，偶爾不是會看到那種自由操縱火焰彈的人嗎？這也是同樣的道理。」

利瑟爾這麼說，劫爾就明白了。一般來說，魔法只能靜止不動，或是直線移動。不過魔法師的實力越高強，操縱也越靈活，可以控制魔法追蹤目標等等。

劫爾對魔法不甚熟悉，但他也聽說控制魔法的難度相當高，實際能夠施展這種技術的魔法師，他見過的人數也是一隻手就數得完了。

「陛下倒是毫不在乎衝擊力道，兩手各拿一把魔銃使用。」

「怪物嗎？」

「和陛下敵對的人常常這麼說。」

利瑟爾露出和煦的微笑，一揮手，魔銃便不見蹤影，和出現的時候一樣突然。劫爾朝他投以疑問的目光。

「這是祕密。」

利瑟爾和緩地拒絕。

這一點在原本的國家也是機密，所以利瑟爾不打算提起。這件事在這裡傳開來也沒有什麼意義，但是既然自己身在此地，就不能保證這裡的居民絕對不可能到那一邊去。

「話說回來，你覺得呢？」

「啊？」

「我的戰鬥能力足以當冒險者嗎？」

劫爾像在考慮什麼似地瞇起眼睛。

「大致上沒問題，不過……」

下一秒，他抓住利瑟爾的領口，將他整個人拉了過來。想必是一時之間想要抵抗，劫爾感受到對方使勁，但不是什麼了不起的力道。劫爾放開扯住衣領的手，從旁支撐利瑟爾倒下的身體。

劫爾順勢將對方扶起，利瑟爾也不客氣地抓住他的手臂，站穩身子。他毫不怪罪劫爾，逕自拉好衣服，好像什麼事也沒發生似地露出微笑。

「如你所見，我不擅長近距離搏鬥。」

「我想也是。」

利瑟爾並不虛弱，但也不擅長肢體活動，體能大概相當於非常普通的一般成年男性。實際上，利瑟爾對自己的體能也毫無期待。

雖然容易引人誤解，但貴族也是很忙的。儘管有時間在桌前勤勉處理文書工作，也沒空鍛鍊身體，就算偶爾有空閒時間，他也拿來讀書了。

「你那武器也可以應付近距離吧，射程是？」

「風屬性理論上是零到兩百公尺，但我沒辦法看得那麼遠。」

「我想也是。不用離得那麼遠，最遠待在二十公尺內。」

「我知道了。」

「延遲時間？」

「幾乎沒有。只要魔力沒有用盡，也可以連續擊發。」

兩人迅速確認完必要事項。一人是近距離，一人是中至遠距離，平衡算是相當優秀。

不必說，劫爾當然是劍士。根據本人的說法，他沒有素養所以無法使用魔法。理論上應該持有魔力，卻不能使用魔法，這是怎麼回事？利瑟爾內心感到困惑，不過沒有問出口。

「再來是……」

劫爾不打算幫忙完成這次委託，利瑟爾當然也有這層共識。他會回答利瑟爾的疑問，萬一碰上利瑟爾無法獨自抗衡的魔物，他也會出手幫忙，不過這次想必沒有這方面的危險。

不過，往後的委託也可能需要聯手應戰。對於不擅長近距離搏鬥的新手來說，需要自己這個前衛也是理所當然。既然如此，有件事情必須確認。

「喂，三隻。」

「咦？啊，好的。」

好像跟擦肩而過的人打招呼一樣，利瑟爾忽然舉起一隻手。他看也沒看隨之出現的魔銃，迅速彎曲手腕。槍聲「砰」地響起，過了數秒，一隻草原鼠在草地上倒了下去。

接著立刻又傳來兩聲槍響，連續射殺了更遠處的兩隻草原鼠，牠們正為了爭奪地盤打得不可開交。

「……看來我不用擔心被打中。」

「真失禮。」

與魔物正面對峙的時候，萬一從後面被射傷可是功虧一簣，這麼看來可以安心了。劫爾心想，再次邁開步伐。剩下六隻，利瑟爾應該能順利解決，然後就可以回公會了。

「不用提出打倒魔物的證明嗎？」

「卡片會留下紀錄。」

「哦？」

卡片的功能還真優秀，兩人邊說邊在草原上繼續前進。

他們不打算走得太遠，因此只在王都周圍閒晃尋找目標。遠方偶爾會看見其他冒險者和馬車的影子，這情景倒是有幾分趣味。

「話說回來……」

利瑟爾邊想邊悠然環視周遭，自然地向劫爾問道。

「劫爾，你為什麼是階級B？」

「啊？」

「以你的實力，應該能升上更高階級才對，昨天那個人也說他的階級是B。」

昨天來找碴的男人，是組了六人隊伍的階級B，並不是單靠個人實力贏得的評價。話雖如此，即使組了隊伍，能升上B階的人仍是少數，因此他的實力無庸置疑。

但利瑟爾不在乎一個人從上面數下來能排到第幾名，他知道某人的存在已經凌駕了一定以上的標準。

「也沒組隊，差不多就這樣吧。」

「實際上呢？」

利瑟爾的語氣難得顯得有些強硬，劫爾聽了不悅地皺起眉頭。

即使劫爾擺出這種表情，利瑟爾心裡仍有十足的把握。由於身分使然，他平時生活在重重警備之中，身邊不乏武藝高強的護衛；再加上利瑟爾識人的眼光在貴族當中亦屬出類拔萃，即使是初次見面，某種程度上也能看出對方的實力高下。

「如果真是這樣，我就無法信任公會了。」

話雖如此，在還不瞭解階級評量標準之前，利瑟爾本來絕不會妄下斷言。

而劫爾還不知道這是例外。眼見利瑟爾言下之意，甚至暗示他要重新考慮是否該成為冒險者，劫爾放棄似地嘆了口氣。

「階級A以上會接到特殊委託。」

「你是說公會的貴客，也就是貴族和富商的委託吧？聽說升到階級A以上的時候，公會會指導應對權貴的禮儀規矩。」

利瑟爾邊回想公會規章，邊表示同意。

劫爾再次邁開不知何時停下的步伐，語氣與平時並無二致。

「什麼禮節規矩麻煩得很，我也不想跟那種族群扯上關係。」

「這樣啊。」

劫爾沒有說謊，但這也不是實情，利瑟爾如此判斷。

利瑟爾並不覺得有所隱瞞的人就不值得信任，他不會說這種孩子氣的話。正因為利瑟爾心中多少有底，如果可以，他也想聽聽實情，不過並不打算逼劫爾招供。

總有一天，遲早會聽到他親口說出真相吧，不如懷著期待靜候時機到來，利瑟爾心想，悠哉跟在劫爾身後。

「喂，右手邊有一隻，勉強在範圍內。」

「好的。」

這天，利瑟爾順利打倒十隻草原鼠，和接受委託的時候一樣，向不知為何直盯著他看的史塔德回報任務完成。

6

今天，利瑟爾也和劫爾一起來到公會。自從初次委託以來過了一個星期，這段時間利瑟爾接受委託，到大街上信步閒逛，也讀了書，過著平穩的冒險者生活。

該挑哪個委託好呢？他現在也站在委託告示板前面，一一瀏覽眼前張貼整齊的委託單，周圍的低階冒險者看來稍微有點不自在。

「討伐類的委託也接過幾次了，劫爾，你也很無聊吧？」

「也不是沒事做，沒差。」

「是嗎？」

利瑟爾的目光望著告示板挑選委託，一邊不忘與劫爾閒談。不論討伐、採集，他都想趁著劫爾同行的這段時間盡可能聽取建議，因此在告示板上尋找還沒體驗過的委託類型。

「啊，那一個如何？」

利瑟爾朝著貼在委託告示板最上方的單子伸出手，本來認為勉強拿得到，不過劫爾從旁幫忙取下了，於是他又放下手臂。

「迷宮嗎，這麼說還沒帶你去過。」

「我在那一邊也沒有進過迷宮。」

【徵求迷宮品！】

階級：F～E
委託人：迷宮道具收藏家（暫定）
報酬：基本報酬六枚銀幣＋委託物品價值（需附鑑定書，價值限一枚金幣以內）
委託內容：我想取得迷宮內才有的東西。
種類不拘，限迷宮五層以內取得的物品。

「暫定？」
「匿名也可以提出委託。」
「看來這人不想只寫『匿名』二字。」
這委託人予人一種幽默的印象，感覺很有意思，利瑟爾邊想邊望向劫爾。這是他第一次接觸與迷宮相關的委託，無從判斷委託條件好壞。
「匿名不奇怪，這點不用管。既然是迷宮五層以內，階級條件也恰當。對方都自稱收藏家了，求的不是品質，是東西的數量吧。」
「原來如此。」
「報酬還算不錯。」
「那就挑這個吧。」
既然劫爾沒有表示意見，表示這不是什麼特別奇怪的委託，利瑟爾拿著委託單走向櫃檯。現在是公會繁忙的時段，櫃檯職員全都在忙碌中，利瑟爾排到其中一列隊伍後頭。前方正在辦理事務的冒險者回過頭瞥了他一眼，肩膀立刻抖了一下，戒慎恐懼地轉回前方。

看來這位冒險者第一次見到利瑟爾。這人平時確實以冒險者為業，為什麼沒有變得更像冒險者一點？劫爾的視線朝他投了過來，不過利瑟爾毫不在意。

「嗯？」

這時，他偶然注意到不遠處的桌子，公會內開放給冒險者使用的幾張桌子全都坐滿了人。

「怎麼了？」

「沒什麼，只是那裡……」

雖然鮮少看見桌邊人滿為患，這也不是不可能發生吧。只是他總覺得那些坐在椅子上的冒險者模樣不太尋常，每個人都一臉苦惱地瞪著擺在桌上的單子看。

這麼說來，最近時不時會看見類似的光景，不如問問劫爾吧？利瑟爾正要開口。

「排隊的人請往前。」

一位職員走了過來，坐進櫃檯原本空著的位置，是史塔德中斷了手邊的文件整理工作過來了。嘴上雖然說「排隊的人」，那雙眼睛卻只盯著利瑟爾一個人瞧。

史塔德冷冷無視同事意味深長的溫暖目光，利瑟爾見狀苦笑。算了，反正也正好是下一位，利瑟爾和劫爾一同走到隔壁櫃檯。

「史塔德，早安。」

「早安。」

利瑟爾打過招呼，遞出手中的委託單。看見他這次接的委託，史塔德難得醞釀出一股不情願的氛圍。雖然只是微乎其微的變化，誰也不會注意到，卻逃不過利瑟爾的眼睛。

「那麼現在開始進行委託登記，有任何疑問嗎？」

「這項委託真的帶什麼東西回來都可以嗎？」

「只要不是路邊的石頭或雜草他收了幾乎都很開心，凡是迷宮裡才有的東西好像什麼都好。」

看來史塔德知道委託人是誰，所以才擺出那種反應。

史塔德接過利瑟爾和劫爾的公會卡，熟練地辦理手續。利瑟爾凝視著那毫無冗贅的動作，看準手續結束的時候忽然開口。

「話說回來……」

「是。」

劫爾知道，辦完委託受理手續跟史塔德聊不相干的話題，還不會被他無視的，就只有利瑟爾一個人。

「他們在做什麼？」

利瑟爾望向先前看著的那幾張桌子，史塔德看了，心領神會似地點了點頭。

「幾天前發現了一座新的迷宮，我想他們是在討論攻略對策。看來不好應付，他們最近都是那副樣子。」

「但默默盯著桌子也沒用啊。」

「難纏的不是魔物，是謎題。解不開暗號會掉進陷阱，無法前進，但是魔物不強，因此所有冒險者都卯足全力想突破迷宮。」

迷宮裡可以獲得的東西，除了魔物身上的素材、隨機出現的寶箱之外，率先突破整座迷宮的人還能獲得通關報酬。尤其通關報酬可是一攫千金的好機會，魔物不強表示人人都有致富可能。

「多虧這件事，接受委託的冒險者都不夠了。」

「原來比起委託，大家還是以迷宮為優先。」

「尤其是發現新迷宮的時候。」劫爾肯定道。

冒險者不分階級高低，紛紛努力解謎，力求搶先一步突破迷宮。史塔德冷冷看了眾多冒險者一眼，指向其中一張並排的桌子。

「如果你也想探索那座迷宮，最好先到那張桌子看看，有迷宮第一道暗號的內容。」

越走進迷宮深處，暗號和陷阱的難度就越高，這是迷宮的基本知識。

公會裡公開的是第一扇門的暗號，假如連這道謎題都解不開，去了也只是白跑一趟。

「和魔物戰鬥的時候沒辦法一邊解謎，所以有些隊伍會在這邊思考攻略時發現的暗號。」

「離開迷宮之後暗號不會改變嗎？」

「幾乎不會改變，即使內容改變解題方向也大同小異。」

原來如此，顯然在這裡解謎比較省事。利瑟爾聽了也覺得有道理，回頭望向劫爾。

「要去那座新的迷宮嗎？」

「少費事，附近就有迷宮，我們去那一座。」

「好的。」

假如魔物強度有一定水準，劫爾也許會趁著獨自一人的時候過去，但這次並非如此。

他身為冒險者，卻對金銀財寶興趣缺缺，是略為罕見的存在。

不論如何，利瑟爾現在對於不知道會出什麼事的迷宮也興趣缺缺，因此並不特別覺得可惜，從史塔德手中接過了公會卡。

「我有點好奇那暗號是什麼，可以稍微看一下嗎？」

「去啊。」

「路上請小心。」

「謝謝你。」

利瑟爾接受史塔德一貫的送行，回以一貫的微笑，接著直接走向認真瞪著桌子的那群冒險者。

走近桌邊仔細一看，估據那張桌子的冒險者並不是在看公會公布的暗號。他們拿著寫著什麼筆記的紙頁交頭接耳，看那模樣就知道是史塔德口中正在攻略迷宮的冒險者。

「不好意思。」

「你……喔，嗯。」

攻略新迷宮，等於是與其他冒險者之間的競賽。這群劍拔弩張的冒險者看見利瑟爾打聲招呼，探頭看向桌子，本來正想叫囂，剛到嘴邊的威嚇又立刻吞了回去。

「原來如此。」

眼見利瑟爾將落到頰邊的頭髮撥到耳後，不知為什麼還點了點頭，冒險者們在一旁驚詫地看著他。

「這謎題真有趣，設計得很好。」

「解開了就走啦。」

「好的。」

利瑟爾一句脫口而出的感想，以及劫爾那句理所當然的話，聽得所有冒險者瞠目結舌。有些人連第一道暗號都解不開，利瑟爾卻一瞬間解讀完畢，實在難以置信。

這時，利瑟爾從桌邊直起身子，無意間看見一位年輕的冒險者。他坐在距離利瑟爾最近的椅子上，手中拿著的那張筆記，想必是他們正在破解的暗號了。

「什……怎樣？」

利瑟爾忽然朝那個冒險者彎下身來，一隻手撐在桌上，像說悄悄話一樣貼近冒險者的耳畔。看見穩重的面孔逐漸接近，他愣在原地，動彈不得。

「不好意思，剛剛無意間瞄到你的筆記了。」

聽見這句話不得不光火，這張筆記可是寫著他們花了好幾天攻略迷宮才取得的暗號。平常他們一聽之下，馬上怒吼「你這晚來的竟敢騙取我們的情報！」也沒什麼好奇怪的。

「那是古代文字的數字，排列得很整齊哦。」

但他卻發不出聲音。他無法理解那句小心不讓其他人聽見的耳語，仍舊茫然不知所措。

「喂，走了。」

「不好意思，讓你久等了。」

聽見劫爾的呼喚，利瑟爾直起上半身。冒險者戰戰兢兢地看向他，利瑟爾瞇起眼睛微笑，像是要他保守祕密。他一言不發地目送那身影離開公會，接著低頭看向下意識捏緊的那張筆記。

「呃……喂，他說什麼？」

「他是不是偷看我們的情報？」

和他同樣茫然的小隊成員紛紛過來追問，那位冒險者抱頭趴到桌上，額頭「叩」一聲撞上桌子。

「什麼偷走，根本相反啊……他才看到一下子，竟然……！」

「啥？」

「剛剛啊……」

冒險者正要開口，忽然注意到一道影子落在自己身上。你他媽有何貴幹，他正要回頭回以冒險者味十足的一句招呼，卻馬上閉起嘴巴，臉色鐵青。

這所冒險者公會裡唯一令人恐懼的一位職員正俯視著他。

「我以為接下來的話不應該在這邊說？」

「您說得是……」

後來，他向其他隊伍成員描述那張面無表情的臉從上方瞪起人來有多恐怖，說著說著都快哭出來了。

「你別亂來，小心捲入什麼鳥事。」

「別這麼說嘛，要不要被捲入我也是可以自己選擇的。」

二人出了城門，正在前往迷宮的路上。距離王都最近的迷宮徒步即可抵達，就位於現在眼前可見的那片森林之中。

「可別選上麻煩事。」

「別擔心。」

劫爾滿臉不悅，利瑟爾則朝他露出一臉溫煦的笑容。他想起剛才看見的暗號，在他原本的國家，那是久遠年代曾經使用的古代文字，其中最主流的一種，和剛才暗號裡的文字一模一樣。

「（有沒有可能是到了過去或未來？）」

有一瞬間他想，自己也許來到了不同的時間點，但想想還是不太可能。假如這裡是過去，總該有一個他聽過的地名或國名才對；假如是未來，利瑟爾原本所在的國家可是泱泱大國，卻連名字都沒有留下，未免太不尋常了。他來到這邊之後博覽群書，卻一次也沒見過熟悉國家的名字。

「嗯……」

「？」

「沒什麼。」

結果再怎麼思考也沒有答案。算了，反正兩邊沒什麼差異正好樂得輕鬆，從利瑟爾最後這個結論看來，這人也相當隨興。

「這邊的迷宮也是一扇門嗎？」

「嗯。」

迷宮的大門會在某一天忽然出現。

基本上魔物不會從門內跑出來，這扇門也不會出現在城鎮裡，非常不可思議。許多道具、礦石、魔物素材與植物只有在迷宮中才能獲得，因此成為冒險者掙錢的好地方。

在利瑟爾的國家也一樣，那邊沒有冒險者，不過迷宮同樣受到管理，傭兵偶爾會到裡頭賺取外快。

「這麼說來，這邊沒有傭兵耶。」

「有的冒險者會自稱傭兵。」

「他們不是冒險者嗎？」

「自稱只接戰鬥類委託的耍帥冒險者。」

二人一路上沒有遭遇到什麼魔獸襲擊，以散步的心情走了三十分鐘便抵達森林，再往前走一點就找到了迷宮。

略顯巨大的石造門扉上頭沒有一點苔蘚攀附的痕跡，靜靜聳立於森林當中。

「這與其說是室內的門，好像比較接近戶外的城門。」

「很普通吧。」

「那說不定兩邊的門形狀也不太一樣。」

迷宮附近除了利瑟爾與劫爾以外空無一人。

這座迷宮位於城鎮附近，難度也不高，平時常有低階冒險者來訪，想必他們現在全都一窩蜂跑到新的迷宮去了。

「你不進去？」

「啊，好的。」

利瑟爾一派輕鬆地站到門前，不過什麼事也沒發生。

「不是自動的啦。」

「不是嗎？」

看這氛圍真希望它自動打開，利瑟爾惋惜地想道。劫爾從他身邊伸手推開門板，不必花多大力氣，門便發出一點吱嘎聲往內打開了。

門的另一頭看不見應有的森林，宛如遺跡一般的石造通道向前鋪展開來。

「走囉。」

「好的。」

利瑟爾懷著初次造訪迷宮的雀躍踏進門內，門板便在他身後關上了。關門的時候是自動的。

四周不見任何照明，神奇的是一點也不覺得暗。利瑟爾看向腳邊，發現地上繪著魔法陣，正發出朦朧的光暈。

「這魔術陣是？」

「是魔法陣。之前不是說過嗎，迷宮裡有傳送類的移動方式。」

「啊，原來指的就是這個。」

「自己突破過的階層可以用這東西傳送。」

迷宮通常是由多重階層構成，有的是五層、二十層，也有的是一百層，層數因迷宮而異。所有迷宮中都有魔法陣，不過鮮少見到每個階層都設有魔法陣的迷宮。

「印象中這邊是三十層，每五層一個魔法陣。」

「你攻略到最後一層了？」

「對，所以它感應到我才會發亮。組隊就可以用，不過跟這次委託沒關係。」

這次的委託指定要在地下五層以內完成，利瑟爾不能使用魔法陣也無所謂。

「要找到迷宮品好像比較難哦。」

二人決定先隨便繞繞看，石磚打造的通道上，響起鞋底輕敲地面的叩叩聲。

「出現在迷宮當中、迷宮特有的東西……理解為尋找寶箱沒有錯吧？」

「嗯。」

所謂的迷宮品，就是純粹產於迷宮的東西。

像利瑟爾的魔銃那樣，素材、結構都不明；或是像劫爾的劍那樣，不論斬過多少次，劍刃都不會損壞。迷宮品指的就是這些理論無法解釋、擁有特殊附加價值的東西。

「開出來的也不一定都是迷宮品。」

「只能看運氣嗎？」

「就這點來說，這委託有點麻煩。」

對話完全沒有停頓，不過二人現在已經遇上魔物了。既然已經掌握彼此的實力，這次也不是討伐類的委託，沒有必要刻意讓利瑟爾獨自迎戰。

眼見劫爾邊說話邊隨手斬殺襲來的魔物，利瑟爾佩服之餘，也射殺了劫爾攻擊範圍外的魔物。雖然劫爾完全不需要幫忙，不過這委託是自己接下的，他不會全部丟給劫爾完成。

「素材怎麼辦？」

「不需要。」

畢竟這裡是第一層，不可能出現什麼特別的素材。在迷宮中打倒的魔物，只要放置不管就會受到魔力分解，因此利瑟爾聽從劫爾的意見，點點頭拋下魔物屍體繼續前進。

以一個新手冒險者來說，這絕對是錯誤的培育方式，但沒有人能夠提醒他這件事。

「沒看到寶箱耶。」

「完全是隨機的，只能繼續走，沒別的辦法。」

「不過我光是欣賞迷宮就已經很開心了。」

迷宮內部像是模仿遺跡打造而成的洞窟，隨處刻著美麗的紋樣，時而擺設著祭壇，就像其他迷宮一樣，能看見從外觀完全無法想像的夢幻景緻。如果沒有危險，這裡成為觀光名勝也不奇怪。

一般來說，冒險者會一邊繪製簡單的地圖一邊前進，但劫爾嫌麻煩懶得畫，利瑟爾也就無從得知這一點了。不過利瑟爾能夠記住路線，所以也沒有繪製地圖的必要。

「最底層有頭目對吧。」

「這邊的倒是沒那麼強。」

「是嗎？」

「大概B吧。」

劫爾口中的B，指的是B階隊伍勉強能打贏的意思。

那當然不會是場輕鬆的戰役。每座迷宮最深處都有頭目，強度遠遠凌駕途中遇見的魔物。說到底，能過關斬將見到頭目的隊伍也不多，冒險者攻略各個迷宮的時候，往往攻略到符合自己階級的層數便撤退了。

「我偶爾會直接到底層殺頭目。」

「啊，有時候看你不見人影，原來就是到這裡來了。」

「有時候是這邊，有時候是其他迷宮。」

利瑟爾的常識就這樣逐漸扭曲。

之後，二人也時而窺探轉角，時而刻意走進死路尋找寶箱，不過這一層還沒全部走完，他們沒看見寶箱，倒是先發現了通往下一層的階梯。

「要下去嗎？」劫爾問。

「下去吧，反正運氣來了一定馬上就會找到的。」

於是劫爾帶頭，走下特別陰暗、陡峭的階梯。

真希望旁邊有扶手，利瑟爾邊想，邊興味盎然地看著牆上的壁畫。那一瞬間，劫爾忽然回過頭來，猛力扯住利瑟爾肩口往下一拉。

「別掉下去了。」

聽見這句忠告時，利瑟爾已經失去平衡，劫爾的臂膀毫不費力支撐住他的身體。下一秒，有什麼東西咻地飛過利瑟爾頭頂。

聽見鏗一聲，石壁彈開某種東西的聲音，看見掉落在視野一角的碎裂石箭，利瑟爾才終於發現有陷阱發動了。

「為什麼劫爾走過去的時候沒有反應，我走過去的時候才發動？」

「第一句話是這個？」

「啊，不好意思，謝謝你。」

利瑟爾悠然站穩身子，將領子拉好。劫爾一臉無奈，看著他完全與平常無異的態度。

基於職業性質，劫爾也曾經接過護衛委託。不論委託人原本態度多麼不可一世，碰上腦袋差點被射穿的情況總會失去冷靜，他甚至見過老大不小的成年人為此大吵大鬧，卻看不出利瑟爾有任何一點動搖。

「你還真冷靜。」

「畢竟這是我唯一的長處嘛。」

利瑟爾正撿起碎裂的石箭認真觀察，聽見劫爾的話，他莞爾一笑。

儘管覺得異樣，但他打從一開始就知道利瑟爾是這樣的人。如果這種冷靜是出於自我犧牲、自暴自棄的態度，劫爾會立刻離他而去，但利瑟爾的情況絕非如此。

知道危險不會波及自己的前提之下，沒有必要驚慌失措，僅此而已。

「劫爾，你覺得是為什麼？」

利瑟爾邊問邊將石箭的碎片扔到一旁，劫爾看著這一幕心想，這雇主保護起來實在太輕鬆了。

「誰知道，只是你的頭剛好經過那個位置而已吧。」

「確實是我比較矮沒錯啦……」

迷宮就是這樣，這種事也是有可能發生的，二人迅速下了結論，繼續走下階梯。

實際上，迷宮裡這種事見怪不怪，有些陷阱總是把隊伍的人數恰巧分成兩半，也有些地方門的數量不多不少剛好等於隊伍人數等等，類似的例子屢見不鮮。迷宮見機行事的能力絕妙，冒險者都覺得「迷宮就是這樣，沒有辦法」，早已不以為意。

「碰到那種陷阱要練習反應過來，你剛剛根本杵在原地。」

「有劫爾在，所以我全力鬆懈了。」

「別鬆懈啊。」

他不知道利瑟爾這話是認真的還是找藉口。一般人說出這句話只像藉故推諉，從利瑟爾口中說出來卻像真心話，就是這樣才惡質。

劫爾嘆了一口氣，走下最後一級階梯。

「喔？」

「嗯？啊！」

視野變得開闊了些，階梯底下是個小房間，正面並排著三道門。意思應該是叫他們選一扇門走，不過也沒有那個必要了。

「找到寶箱了耶。」

「第二層就出了，運氣不錯。」

門與門之間各擺著一個寶箱，一共兩個寶箱。

寶箱不是想找就能輕易找到的東西，不過多探索幾次自然而然會出現。運氣好的話每次潛入迷宮都能找到寶箱，甚至有時候才踏進迷宮第一步，就看到寶箱擺在面前。

「一次兩個，這種狀況很常見嗎？」

「不太常見吧。但也聽過一次有十個寶箱並排在一起的例子，不是不可能。」

「聽說裡面也有可能裝著魔物。」

「偶爾。」

要我來開嗎？劫爾問道，利瑟爾聽了搖搖頭。他走到第一個寶箱前面跪了下來，伸手揭開箱蓋。上蓋由石頭雕成，理應相當沉重，卻輕而易舉打開了。

利瑟爾探頭看向箱內，忽然笑了開來。

「怎麼了？」

「你看。」

利瑟爾拿起箱子裡的內容物，給身後探頭過來的劫爾看。一看之下，他露出非常微妙的表情。

「原來也會開出這種東西呀。」

「熊布偶……」

「是泰迪熊。嗯，沒想到作工還不錯，說是限量款也不奇怪。」

利瑟爾聚精會神地觀察那隻泰迪熊。布料扎實，固定手腳的鈕釦品味獨到，胸口固定緞帶的金屬獎牌則刻有迷宮大門上的印記。

「這應該是迷宮品吧。」

「應該沒錯。」

觸感、作工都是普通的布偶，使用的卻全部都是陌生素材，是如假包換的迷宮品。

「看得出它的品質不錯，但不知道價值多少。」

「反正都要拿去鑑定了。」

「話是這麼說沒錯。」

還在另一邊的時候，利瑟爾生活中隨處都是價值不斐的物件，但要他估算布偶的價值，他還真說不出來。劫爾當然也不可能知道，不過看它的眼睛上縫著紅色寶石，大概不是特別廉價吧。

「另一個寶箱也打開吧。」

利瑟爾剛說完，開出來的是設計完全相同，縫著藍色眼睛的泰迪熊。

劫爾看向利瑟爾，總覺得他身邊彌漫著一股哀愁。畢竟第一次進迷宮、第一次開寶箱，卻連續拿到兩隻泰迪熊，他可能有點感慨吧，沒想到利瑟爾也對冒險者生活懷有美好憧憬。劫爾這麼想道，開口安慰他。

「沒關係啦，我第一個寶箱也只開到一把到處都有的劍。」

「劍不錯啊，不是很有迷宮的感覺嗎。」

安慰失敗。

仔細想想，這可是貴重的迷宮品，還沒聽說過寶箱裡開出泰迪熊的。而且迷宮裡出產的東西本來就千奇百怪，不乏引人質疑「為什麼會有這種東西」的迷宮品。利瑟爾這麼想著，回到王都之前，就已經自己振作了精神。

他原本就不是真的為此感到沮喪，不過當然，也不能說沒有任何感慨。

「找一般為冒險者開的鑑定所可以嗎？」

「可以吧，總不能拿到布行去。」

回到王都之後，為了鑑定泰迪熊，二人立刻往某間店鋪走去。老練的劍士從路旁一間武器店內走了出來，渾身散發身經百戰的氣場，不過二人直接走過了武器店，在隔壁的道具店門口停下腳步。

道具店的招牌下方，依舊懸掛著一面小小的看板，缺乏自信的筆跡寫著「本店對鑑定技術有信心」，這是利瑟爾所知的唯一一間鑑定所。

「你這傢伙運氣還真好。」

「劫爾，你也來過這家店？」

「嗯，上任老闆是個怪老頭。三年前我到這國家來，一走進店裡，老頭就大吼：『你連自己適合什麼武器都搞不清楚嗎！』還把這把劍丟給我。」

當然，劫爾補充，該收的錢也被他拿去了。是強迫推銷。

不過這把大劍劍身纖細，劫爾可以當作一般單手劍使用。雖然重量較輕，破壞力略顯不足，但劫爾過人的力量可以彌補這一點，對他來說是理想的武器。

「這老闆真熱心。那現在管店的是他兒子？」

「孫子吧，我見過幾次。那老頭還像傻子一樣跟我炫耀他們家孫子的鑑定眼光很厲害。」

「你最近就沒到這家店來了？」

「兩年沒來了，是這段時間交棒的吧。」

二人確認過道具店正在營業中，便開門走了進去。和上次一樣，一位店員在店裡勤快地擦拭商品。

「歡迎光……」

「你好，又來麻煩你了。」

「喂，你不要每次都這樣害人僵住。」

「這不能怪我，我也很無奈呀。」

利瑟爾苦笑，又喊了店主一聲。店主恍然回神似地眨了眨眼睛，他看了看利瑟爾，又看見他身後的劫爾，嚇得瞪大雙眼。

店主的目光就這麼在二人之間忙碌地游移了一會兒，接著，他似乎注意到劫爾是熟面孔，僵硬地低頭行禮。

「好……好好好久不見。」

「早就說過了，不用怕，我又不會對你怎樣。」

「不好意思……」

「劫爾，不可以欺負人家，等一下還要拜託店主幫忙呢。」

「什麼欺負，你別亂講。」

店主抬起頭來，啞然看著眼前的二人。

在他心目中，利瑟爾是個貴族，光是這二人為什麼共同行動，就令他摸不著頭緒了。再者，這二人看起來是完全相反的類型，此刻卻關係融洽地聊了開來，這點他也無法理解。

一看就知道店主深陷混亂之中，利瑟爾見狀悠然微笑。

「之前沒告訴你，其實我不是貴族。」

「……咦?!」

此言一出，店主又更加混亂了。

後來，為了等待店主恢復到可以正常鑑定的狀態，二人把僵在原地的店主放在一邊，開始物色道具店裡的商品打發時間。

7

「原來也有這種迷宮品啊……」

店主總算從僵直狀態恢復過來，讚嘆地打量那兩隻泰迪熊。

雖然他年紀尚輕，戴上那副單眼眼鏡卻依舊非常合適。表面上看起來好像沒什麼自信，不過利瑟爾知道那認真的表情值得託付鑑定工作。

「沒想到你竟然這麼不相信我當上了冒險者。」

「不……不好意思……啊，不過和上次比起來……那個，您的氣質好像比較柔和了。」

「謝謝。」

利瑟爾露出微笑，店主看了慌忙別開視線，再次看向泰迪熊。

這也難怪。劫爾看著這一幕，在內心暗自同意。據他所知，店主見過的是剛到這邊來的利瑟爾，想必更難以置信吧。

「喂，別打擾人家工作。」

「啊，不好意思。」

「不……不會。」

眼見利瑟爾時不時跟店主搭話，以觀察對方反應為樂，劫爾喊了他一聲，開始看著架子上保養刀劍的道具。這時利瑟爾也興味盎然地湊了過來，反正閒著也是閒著，二人決定趁機幫利瑟爾物色一些冒險者必需品。

不知不覺間，鑑定也結束了。也許是因為這次鑑定的東西並不常見，稍微花了點時間。

「如何，有辦法賣到一枚金幣嗎？」

既然委託單上限制價值一枚金幣以內的迷宮品，利瑟爾也希望以最高金額為目標。

「那個……這是在附近迷宮的第二層找到的，對嗎？」

「是的。」

利瑟爾不明白他這麼問的用意，不過還是點了點頭。店主將兩隻泰迪熊並排在一起，紅色與藍色的眼珠反射光線，熠熠生輝。

「布料、鈕釦、眼睛上的寶石，全部都是迷宮出產的東西。」

「以第二層來說算不錯嘛。」

隨便拿價值低廉的東西交差會影響到自己的評價，利瑟爾一開始就從劫爾那兒學到了這一點。這麼看來是不必擔心了，利瑟爾聽了點點頭，不過店主接下來說的話出乎他意料之外。

「我在想，有些人可能願意……出到五枚金幣。」

「咦？」

「啊……狂熱收藏家嗎？」

「是的。迷宮出產的布偶有很多收藏家蒐購，一隻兩枚金幣，這一對湊起來大約可以賣到五枚金幣。」

就這兩隻布偶？二人低頭看向檯子上的泰迪熊，這是利瑟爾和劫爾都不瞭解的世界。

不過假如換作書籍，利瑟爾就能理解了。他不惜重金收購珍貴稀有的典籍，所以世上存在這種收藏家也沒什麼好奇怪吧。在心領神會的利瑟爾旁邊，劫爾仍然一臉無法理解的詫異神情。

「只不過，以一般迷宮品的標準來說，它仍然屬於低等的東西……」

「迷宮品的標準？」

「就是實用性。這東西怎麼看實用性都是零，很符合第二層的水準吧。」

撇開收藏家不談，一般冒險者重視的是實用性。

出色的武器、防具自然不用說，像是不滅的提燈、常保鋒利的小刀、貴重礦石，當然都價值不斐。再來就是單純能賣到好價錢的東西，冒險者開到了也會喜出望外。

這次的泰迪熊屬於例外。迷宮以善於見機行事聞名，不過看來它不會考慮到收藏家的存在。

「深層會開到爛貨，淺層開到好東西倒不太可能，這次也還沒到壞掉的地步。」

「（壞掉？）」

寶箱的內容物不符合階層難易度時，冒險者會說這是迷宮「壞掉」了。

「確實，畢竟這只是普通的布偶而已。」

「如何，要再下去一趟嗎？」

「假如您願意的話……那個，我們店裡可以收購。」

利瑟爾拿起泰迪熊，稍事考慮。沒想到它的價格會這麼漂亮，所以他也沒有準備其他迷宮品。

劫爾說得沒錯，再跑一趟迷宮尋找替代品也是可行選項，不過……

「……不必了，就以迷宮品的價格幫我開鑑定書吧。」

「咦?!沒關係嗎……？」

「你這傢伙不會只是嫌麻煩吧。」

「被你發現了？」

一個冒險者竟然白白糟蹋難得的賺錢機會，豈有此理。劫爾看向他的眼神帶著幾分責備，利瑟爾默不作聲，只是微微一笑。幾秒鐘的沉默，店主不知所措地來回看著二人。

「……隨你便吧。」

讓步的是劫爾。早就知道會這樣了，他嘆了一口氣。

凡是冒險者相關的事情，利瑟爾從來不曾忽視自己的忠告，之所以不接納這次的建議，恐怕也不只是嫌麻煩而已。至於確切原因，劫爾就無從得知了。

「別捲入麻煩事。」劫爾說。

「好的。店主，麻煩你了。」

凝重的氣氛一瞬間瓦解，店主原本張著嘴巴愣在原地，一經利瑟爾開口，他立刻著手準備鑑定書，在蓋有店章的鑑定用紙上毫不遲疑地寫下金額。

利瑟爾探頭細看，鑑定書上記載的金額是三枚銀幣，以新手冒險者來說算是非常優秀的成績。從委託內容看來，這次任務回報的東西並不是越貴越好，繳交這種等級的物品也足夠了。

「這樣拎著直接交出去就可以了嗎？」

「隨便找個箱子裝吧。」

「那順便麻煩你包裝一下吧，難得的布偶嘛。」

看來利瑟爾早就接受了自己第一次開到的迷宮品是布偶，還刻意花錢為它包裝，一副樂在其中的模樣。

「別包得太扎實，公會要檢查內容物。」

「那在箱子上綁個緞帶就好，嗯，那個紅色不錯。」

「好……好的！」

雙手環抱大小的黑色禮物盒，加上紅色緞帶點綴，以銀色別針將緞帶固定在盒蓋上，就大功告成了。泰迪熊搖身一變，成了穩重雅緻的禮物，利瑟爾心滿意足地看著它，鑑定書則裝進宛如邀請函的信封裡。

劫爾發自內心納悶，到底是什麼原因驅使他如此努力？要裝箱確實是他說的，但沒想到利瑟爾會做到這個地步。

「幹嘛為了沒意義的事情這麼賣力？」

「這是玩心。」

「是嗎。」劫爾點頭，不再追究。

後來，二人順道去了公會一趟，順利繳交這次的委託品。不用說，史塔德面無表情地看著利瑟爾交給他的禮物盒，確認過內容物，又一言不發蓋上了盒蓋。

回到旅舍，利瑟爾一心一意沉浸在閱讀之中。

這也不限於今天，只要有任何一點空閒時間，他手邊總是拿著書本度過。除了史塔德介紹的書店之外，他也造訪過其他書店，精挑細選出內容與之前讀過的作品沒有重複的書籍，貯存在腰包裡。

一開始那家店的藏書十分齊全，所以後來他也沒有必要再包下整間書店了。

「（天色這麼晚了。）」

他望向窗外，向晚的天空已開始浮現點點星子。利瑟爾闔上手中讀到一半的書，從椅子上站起身來，走出房間，然後敲了敲隔壁劫爾房間的門。

「現在方便嗎？」

「怎麼了？」

「有些事情想請教你。」

劫爾讓他進房，兩人對坐在桌前。不像利瑟爾的房間四處擺著看完的書籍，劫爾的房間仍舊乾淨整齊，缺乏生活感。

「什麼事？」

「是關於今天早上公會裡的那個隊伍。」

「早上的公會到處都是隊伍吧。」

「就是討論新迷宮的那個呀，我稍微搭了一下話的隊伍。」

「喔，是被你多管閒事的那些傢伙。」

劫爾投以責難的視線，利瑟爾面露苦笑，卻也沒有反駁。護衛對象自己主動牽扯上麻煩事，劫爾也難免想抱怨兩句吧。

利瑟爾早已習慣受人護衛，平時行事自有分寸。但如今難得換了不同的立場，他也想做些平常做不來的事。報酬他會給得慷慨些，希望劫爾還是放棄吧。

「我想知道他們的冒險者情報。」

「真難得。你在意他們？」

「只是覺得先瞭解一下比較好。」

「先瞭解一下？我也沒多清楚。」

劫爾告訴他的是極為普通、一般流傳的情報，一方面也是因為劫爾自己對其他冒險者缺乏興趣吧。

他們年紀尚輕，不過全員都有C或D階級的水準，隊伍階級為C。接受的委託以戰鬥類居多，是冒險者當中的典型。雖然性子有點火爆，周遭的風評倒是不好不壞。

「這麼說來，看起來確實是群血氣方剛的孩子。」

「我倒是沒被挑釁過。」

「表示他們有自知之明呀。潛力如何？」

「啊？誰知道……不過升上B階應該還久吧。」

完成今天的委託，利瑟爾從階級F升上了階級E。任誰都能輕易升上E，不過之後的階級可就不是這麼回事了。

畢竟階級提升與否須由公會判斷，即使接受再多委託也不一定能晉級。原來如此，利瑟爾點了點頭。劫爾手肘往桌上一撐，朝他拋出疑問。

「然後呢，知道潛力要幹嘛？你想網羅那些小鬼？」

「沒這回事。雖然只是利用一下空閒時間，不過既然都要投資了，還是找有前途的孩子比較好吧？」

利瑟爾需要劫爾，所以才將他留在身邊，這一點劫爾有所自覺。他無意自抬身價，但是與那些小鬼相提並論也令他不快。

不是這樣就好。劫爾正在尋思利瑟爾口中的「投資」是什麼意思，這時忽然將視線轉向門口。一陣熟悉的腳步聲正朝這邊走來。

「是女主人嗎？」

「嗯。」

「啊，是來找我的。」

聽見腳步聲走過門口，利瑟爾確信女主人有事找他，於是站起身來。女主人敲響隔壁房門的同時，利瑟爾也朝走廊探出頭去。

「哎呀，利瑟爾先生，你在那邊呀。」

「不好意思，給妳添麻煩了。怎麼了嗎？」

「沒有啦，只是想問你一下喔……」

女主人啪嗒啪嗒走了回來，臉上帶著猶疑的神色，壓低聲音說道。看見她略帶緊張的表情，劫爾也起身走近站著說話的二人。

「有客人來，說是有事要找你啦，但是看那些男生的樣子實在不像是你的朋友……」

劫爾低頭看向利瑟爾，這人可沒有什麼會來旅店拜訪的朋友。

要說可能來訪的人，史塔德勉強有可能吧。但是史塔德外表正經，即使真的來訪，女主人也不會這麼形容他。

利瑟爾注意到劫爾的視線，加深了嘴角的笑意，轉向女主人問道：「是年輕小夥子嗎？」

「是呀，大概二十歲吧，看起來有點粗魯。態度也不是說很不客氣啦，但是喔，他們明明那副打扮，又裝成一副老實樣，如果他們是想對你做什麼壞事，我在想要不要把他們趕出去啦。」

「那大概是我的客人了。」

「聽你這樣講，也不是熟識的朋友對不對？那些小朋友一副愛逞兇鬥狠的樣子，跟只有外表看起來壞壞的劫爾不一樣耶，利瑟爾先生，你是在哪裡認識這種冒險者的呀？」

「不，我也是冒險者呀。」

直到現在，女主人還是會忘記利瑟爾是冒險者。

劫爾被斷定為「只有外表」，利瑟爾則被想成不諳世事的好騙少爺，二人心情都有點複雜。

「來，讓客人久等也有失禮數，我們走吧。」

「既然你都這麼說了，那好吧。不在房間談沒關係嗎？」

「樓下有椅子，就到樓下談吧，要跟你們借一下餐廳了。」

利瑟爾說服了女主人，像護花使者一樣執起她的手，溫柔地引導她轉過身去。女主人拿他沒辦法，只好邁開腳步走下階梯。利瑟爾跟在她身後，回頭朝劫爾使了個眼色。接收到利瑟爾要他跟上的指令，劫爾也鎖上房門，走下樓梯。

他邊走邊想，看來很快就會明白利瑟爾剛才那些問題的用意了。

旅舍的玄關站著四位冒險者。

等待期間他們似乎說了些什麼話，但一看見利瑟爾一行人現身，說話聲便戛然而止。

一群年輕人看起來好像在窺探他的臉色，又努力武裝自己不擺出低聲下氣的態度，利瑟爾見狀露出笑容，像是要讓他們安心。

「女主人，我想包下餐廳一下子。」
「好呀，那這段時間我就不進去了，反正到晚餐也還有一段時間啦，保險起見還是幫你掛一下準備中的牌子哦。」
「謝謝妳，我是不是該多給點小費呀？」
「哎喲真是的！」
女主人豪爽地哈哈笑著說完，便走進店後頭去了。
眼見對方沒問他們的來意便開始著手安排，這群冒險者在一旁愣愣看著利瑟爾。利瑟爾回頭看向他們，打開餐廳的門。
「請進，坐下來談吧。」
「呃……嗯。」
利瑟爾率先坐到附近的位子上。餐廳裡只有四人用的桌子，冒險者們隨便拉了隔壁的椅子過來，跟著在他對面坐下來。
只有劫爾沒坐下，他站到利瑟爾身後，雙手抱胸斜倚在牆邊，採取旁觀態勢。雖然是比手放在劍柄上好多了，但對面的冒險者們仍然坐立難安，不曉得一刀的視線什麼時候會掃到自己身上。
「然後呢，各位特地跑這一趟有什麼事嗎？」
利瑟爾柔和的嗓音問道，打破了周遭緊張的氣氛。
那和緩的聲音與男性冒險者今早聽見的聲音並無二致，正因如此，他才想起了原本到這裡來的用意。沒錯，他被眼前這二人的氣勢吞沒，甚至忘記了自己的目的。

他定睛看著利瑟爾，努力鼓舞自己，現在坐在對面的只是初出茅廬的新手冒險者。

「（太遲啦。）」

劫爾的目光觀察似地掃過四位冒險者，吐出的低語參雜幾分輕蔑之意。雖然能理解他們試圖掌握對話的主導權，但真不知道他們誤會了什麼。

打從今天早上接受利瑟爾的建言開始，主導權就不可能落入他們手中了。

「我是隊長艾恩。」

「你好。」

看來是由名叫艾恩的男生代表其他人發言，聽見他簡單的招呼，利瑟爾也微笑回應。

「多虧你早上的建議，現在我們攻略那座迷宮的進度是最快的。」

「那真是恭喜你們。」

利瑟爾表達祝賀之餘，忍不住納悶冒險者之間究竟是如何知道彼此攻略進度的。畢竟在迷宮當中，基本上不會遇見其他隊伍。

即使多個隊伍同時攻略迷宮，進了迷宮之後，內部除了自己的隊伍以外就只有魔物存在了。雖然不可思議，不過迷宮就是這樣，沒有辦法。

「如果能一路領先抵達最底層，那就太好了。」

「……關於這件事，我們想要跟你商量一下。」

「嗯？」

「我們又卡關了，幫幫我們吧。」

看來謎題出現得相當頻繁，才剛解開新的暗號，當天又再度陷入僵局，這迷宮可能很愛刁難人吧。

「我想想……」

利瑟爾早已明白對方來意，面對凝視著他的四雙眼睛，卻猶疑不決地頓了一下。不曉得知不知道劫爾覺得他性格惡劣，利瑟爾忽然朝對方張開一隻手掌。

「我要你們五成的通關報酬。」

「什麼……！」

其中一位冒險者頓時氣得探出身子，哐啷一聲響起挪動椅子的噪音。利瑟爾瞥了他憤怒的面孔一眼，視線又轉回艾恩身上。

「啊，如果最後什麼都沒拿到的話，就不必給我報酬沒關係。」

「開什麼玩笑！獅子大開口也有個限度吧！」

「那我倒想問你們。」

利瑟爾刻意打亂優雅的坐姿，悠然自得地靠上椅背，雙手擺在桌上，十指緩緩交叉。看他好整以暇的姿態，旅店的便宜椅子說不定都要跟著升格了，艾恩一行人下意識屏住氣息。

「我幫你們解開謎題，送你們到迷宮最底層，然後呢？」

「……！」

「沒你的事了，說聲謝謝就這樣算了？你們覺得有可能嗎？」

利瑟爾的聲調依舊平穩，視線未曾自艾恩身上移開，明確宣示了自己說話的對象。探出身體的男子被這氣勢壓倒，又縮了回去。

「我們打從一開始就沒這麼想，報酬當然會付。」

「是嗎？」

利瑟爾帶著笑意瞇起眼睛，艾恩等人嚇了一跳。老實說，他們本來覺得說不定有機會撿到便宜。

第一，利瑟爾看起來不缺錢。第二，早上在公會裡，他看起來對新迷宮沒什麼興趣。第一點是艾恩他們單方面的成見，至於第二點，利瑟爾也想看看迷宮裡頭是什麼模樣，算是有點興趣。

「但是五成真的太多了！」

「成果應該獲得相應的報酬，這不是理所當然嗎？」

「報酬我們也考慮過了，所以……！」

取得無償協助本來就只是最理想的情況，對方要求報酬在艾恩等人預料之中，但是利瑟爾提出的金額實在太難以接受了。

「你們不就是認為憑自己的力量不可能攻略迷宮，所以才來找我嗎？」

「只是時間不夠用而已！」

「那跟我沒有關係。」

「花那麼大力氣潛入迷宮的是我們欸，五成根本不划算。」

「所以我說過了，你們支付報酬是為了換取成果，不是為了省力。」

不論他們說什麼，利瑟爾都不動聲色地反駁，冒險者們的火氣漸漸上來了。換作平常的狀況，場面應該已經陷入一陣亂鬥，他們之所以沒對利瑟爾出手，完全是因為劫爾的存在。

正因如此，利瑟爾毫不介意地悠然開口。
「我看你們好像誤會了一件事。」
「什麼啦！」
「你們沒有立場要求我讓步，明白嗎？」
這句話與利瑟爾臉上溫煦的微笑一點也不相稱，艾恩一行人聽得目瞪口呆，一瞬間無法明白對方說了什麼。
「我也可以跟你們以外的隊伍提出五成報酬的要求哦。」
「！」
損失迷宮內獲得的一半財寶，換得率先攻略迷宮的名譽。
有沒有隊伍願意接受這種條件？毫無疑問是有的。搶先突破迷宮，對冒險者而言是無可取代的名譽，對於階級提升也有顯著影響。
現在艾恩等人之所以猶豫再三，是因為他們身為現在最接近底層的隊伍，無法完全放棄自行攻略迷宮的希望。
「……其他隊伍才不會相信一個菜鳥說的話。」
「你不是相信了嗎？」
利瑟爾露出打趣的笑容。艾恩本是被逼急了才信口胡謅，對方這麼一說更是令他啞口無言。今天早上，他只聽了利瑟爾的一點線索便相信了，不得不信。既然自己有這種感覺，其他隊伍不可能察覺不到。
「而且，光是前提就錯了。」

「前提？」

「對。假如你們能靠自己的力量攻略迷宮，就不會跑到這裡來了吧？」

艾恩不明白利瑟爾這句話的意思，皺著一張苦瓜臉，利瑟爾則像在催促他回應似地偏了偏頭。

「對，這是當然的。」

「當然啊，這不是廢話嗎……」

利瑟爾解開交錯的十指，一手放在自己胸前示意，視線轉向身後的劫爾，又緩緩轉回艾恩身上。

「我明天也可以自己去挑戰哦。」

緊接著，艾恩他們這才第一次想到這個可能性，不禁不寒而慄。

他們從來沒想過這件事。假設利瑟爾和劫爾潛入迷宮，難道他們還到不了最底層嗎？絕對不可能。

即使是他們正在攻略的中層地帶，魔物的強度也不至於陷入苦戰。既然如此，這些魔物更不可能擋住人稱「一刀」的男人，而迷宮裡的謎題也不可能攔下利瑟爾的腳步。

「我錯了，重來！」

「艾恩?!」

艾恩「砰」一聲拍響桌子，站起身來。隊友們紛紛發出詫異的聲音，不過他無暇顧及，滿腦子只想著搶先跟利瑟爾達成協議。

「我們想要最先攻略迷宮的榮譽！」

「報酬呢？」

「給你五成！不對，只收五成！拜託分五成給我們！」

聽了艾恩的話，隊友們也明白過來。自己並不是花費五成的通關報酬邀請利瑟爾協助的立場，而是利瑟爾將五成的通關報酬與突破迷宮的名譽分給他們。

從這個角度想來，這可是破格的條件。所有人都明白了，誠如利瑟爾所言，他們絕對沒有立場「要求對方讓步」，反而應該感恩戴德，這可是他們無從回報的恩情。

「我也拜託你了！」

「我們一定要搶第一個突破迷宮！」

「求求你幫幫我們！」

四個冒險者紛紛探出身子，拚命向他求情。利瑟爾見狀不禁露出微笑，真是群精明的孩子，不愧是年紀輕輕就升上階級C的人才，公會的評價可說十分恰當。

「劫爾？」

「這不是你的交易嗎，隨你高興。」

在四人死命盯著他瞧的視線當中，利瑟爾回頭問道。劫爾嘆了一口氣，看來並不反對，既然如此，想必這次合作也不至於受到其他冒險者譴責。

利瑟爾朝著那四對眼睛，瞇起雙眼惡作劇似地開口。

「成交。」

艾恩一行人嘩地發出震耳欲聾的歡呼聲，開心得簡直像是已經成功突破迷宮似的。還真有活力，利瑟爾邊想邊朝他們開口。

「我們雙方都想避免落人口實吧，看到解不開的暗號，就請你們交給史塔德——」

「咦……」

「別吧。」

「咦？」

利瑟爾原本打算提議先把暗號交由史塔德保管，自己解開暗號後再拿給史塔德轉交，不過被一臉不情願的艾恩和劫爾出聲制止了。

艾恩反對的原因，不用說，自然是因為他怕史塔德。沒有冒險者不怕史塔德的，不是討厭，而是單純的恐懼。至於劫爾，則是確信史塔德會討厭這群小鬼。

「他明明是個好孩子。」利瑟爾這句話沒有獲得任何贊同。

「那你們交給這邊的女主人吧，我在房間的時候也可以直接找我。」

「那就沒辦法一口氣推進了欸。」

「難得有機會突破迷宮，不可以偷懶哦。」

假如每次陷入僵局都離開迷宮一趟，一定會浪費不少時間，所以能解開的部分他們須自力解決，只有無論如何都想不透的謎題，才能帶回來交給利瑟爾解答。

「『利用空閒時間投資』……」

望著正在交談的利瑟爾等人，劫爾喃喃自語。

艾恩他們來訪之前的那段對話，想必是利瑟爾早已料想到這件事了。總之他打算收下五成的通關報酬，剩下五成既然都要分給別人，不如分給有意義的隊伍。就是這麼回事。

「以這種方式合作，也不至於拖累攻略步調吧？」

「嗯啊，很多隊伍光是解題就要花好幾天咧。」

「可別告訴我魔物太強……前進不了哦，我會覺得有點浪費。」

「怎麼可能！」

艾恩等人不久前才懾服於利瑟爾的氣勢，此刻卻全無退縮的樣子。是利瑟爾刻意激起他們這種情緒的，劫爾心裡如此確信，反而佩服起他來。何止駕馭自己的情緒，就連對方的情緒都能誘導，在貴族社會想必是無往不利吧。尤其利瑟爾是在下意識中這麼做，更是可怕。

稍作討論之後，艾恩便和隊友一起離開了旅店，眼神裡淨是誠懇的感謝。利瑟爾目送他們離開之後，開口向劫爾打了聲招呼。

「辛苦了。」

「你也是啊。」

劫爾也回以一笑，瞇起眼睛斜睨著他。

「看來連論戰也難不倒貴族大爺啊？」

利瑟爾聞言眨了眨眼睛，粲然一笑。

「說是論戰未免太過火了，只是小貓鬧著玩而已呀？」

利瑟爾將拇指碰上中指與無名指的前端，一開一闔擺出動物張口的動作。劫爾看見這手勢更加深了笑意，這人果然可怕，他愉悅地低語。

「那動作在這邊是狐狸的意思。」

「咦。」

8

利瑟爾起得並不早。

從前為了進城謁見，傭人會叫他起床，不過到了這邊就沒有這個必要了。更別說這邊充滿了利瑟爾從沒讀過的書籍，他時不時挑燈讀書到黎明，更加重了早上起不來的症狀。

但冒險者起得很早。

不上工的日子就不一定了，不過要接受委託的日子，冒險者在天剛亮的時候便會動身。除了起個大早爭奪條件優渥的委託之外，前往距離城鎮遙遠的迷宮時，要是不早點出發，回程就沒有馬車可搭了。沒有人喜歡露宿野外。

目前利瑟爾還不曾碰到清晨就必須行動的狀況，總是盡情睡到日上三竿，到了人們早已開始活動的時間才起床。未來無論如何都必須早起的時候，利瑟爾已經做好努力把自己挖起來的心理準備，不過以防萬一，想必還是得拜託劫爾幫忙。

「利瑟爾先生，你醒了嗎？」

最近，天還濛濛亮的時候，時不時有人來喚醒仍然沉睡夢鄉的利瑟爾。

隨著敲門聲傳來女主人喊他的聲音，才剛鑽進被窩不到三小時的利瑟爾迷迷濛濛睜開眼睛。貴族時代忙碌的時期，他一天能睡到三小時就算不錯了，但這種事情是沒辦法習慣的。

利瑟爾仍然昏昏欲睡，任憑隔壁房門打開的聲音傳入耳中。外頭響起劫爾和女主人交談的聲音，是劫爾一如往常代他出面應門了。

「喂，我進去了。」

劫爾也不敲門，就直接走了進來。

他低頭望向依然半夢半醒的利瑟爾，指尖撥開遮住他眼瞳的瀏海，露出一張迷迷糊糊、雙眼微睜的臉蛋。

「你就是每天晚上熬夜看書才起不來。要是在委託中告訴我睡眠不足動不了，我就把你丟在原地。」

「……我又沒有……那樣講過……」

「碰到緊急狀況會來不及反應，別做蠢事。」

確實如此，利瑟爾的個人狀況從來不曾妨礙到委託，即使睡眠不足也絲毫不會表露出來，只能說實在厲害。但萬一碰上緊急狀況才發現無法反應，那就太遲了。

話是這麼說，不過劫爾也不會因此沒收利瑟爾的書。對別人的興趣說三道四不會有什麼好下場，另外，單純是從利瑟爾手中把書搶走太難了。

「那群小鬼來了，你要在房裡談？」

「嗯……」

利瑟爾點點頭，卻打死不離開被窩。劫爾一臉無奈，轉告一旁正勤快地打開房內窗戶的女主人。

清晨冷冽的空氣鑽進屋內，利瑟爾身體一顫，匆匆縮進被子裡。女主人見狀邊笑邊走出房間，不久立刻傳來噠噠噠爬上階梯的輕快腳步聲。

「早安！」

「敲門。」

「對不起！」

艾恩猛地打開房門走了進來。

這個時間，大清早上工的人們才剛開始準備動身，艾恩問好的笑臉顯得格外精神飽滿。雖然經過站在床邊的劫爾一句指正，那笑容也抽搐了一下。

艾恩身為年輕冒險者，外表看起來一副桀驁不馴的叛逆模樣，態度卻十分老實。要是其他哪個冒險者敢叫他敲門，他肯定馬上回瞪一眼準備打架了，不過他可不敢對眼前這二人擺出那種態度。

「利瑟爾大哥這樣是醒了嗎？」

「勉強。動作快，不然又要睡著了。」

「遵命！」

劫爾隔著棉被搖了搖利瑟爾的身子。他緩緩從被窩探出頭來，滿臉睡意地伸出一隻手，艾恩立刻奉上寫著暗號的筆記。

女主人剛打開的窗子透進幽微的日光，利瑟爾就著光線，瀏覽筆記內容。紙上密密麻麻寫滿了暗號，不曉得是記號還是文字，利瑟爾抬起視線，看向艾恩。

「……你們昨天回程……怎麼不順道過來……？」

「昨天我們可拚命了咧，新的階層全都是迷宮，我們自己往前走了好多路，不知不覺就半夜了，還跑出一大堆魔物。」

「喔……」

利瑟爾比較希望他們半夜過來，這時間他一定醒著，不過旅店可沒辦法允許他們這麼做。旅店半夜一律上鎖，除了房客以外不許出入。

這次的迷宮搭乘馬車必須花兩小時才能抵達，回到城裡的時候無論如何都已經很晚了。利瑟爾倏然垂下拿著筆記的手，招了招另一隻手叫艾恩過來。

「怎麼了嗎，暗號我完全看不懂喔，昨天在馬車裡想了半天。」

「……」

「還是一個字都……啊?!」

艾恩正想探頭過去的時候，利瑟爾伸出手，像在稱讚好孩子似地摸了摸他的頭。艾恩頓時像觸電一樣猛然彈開，利瑟爾毫不介意他的反應，逕自遞出手中那張紙。

艾恩愣愣接過筆記，臉上明顯是紅的。

「是不是有十扇門……？」

「咦，啊……呃……啊，有！」

「先從左邊數來第二扇進去，然後是第五扇、第八、第一……接著回頭，從剛剛穿過那扇門左邊數過去第六扇門進去，再來第三、第十……」

「等……等一下，我抄一下……！」

利瑟爾應該是想誇獎艾恩他們獨自突破了好幾層吧。

不曉得是不是原本在年紀比自己小的國王身邊擔任導師的關係，利瑟爾多少有點疼愛年輕孩子的傾向，該慶幸他至少不是對所有人都這樣嗎？

說到底，這麼大年紀的男孩子被人摸頭哪會開心啊，劫爾看著羞恥到無地自容的艾恩想道。

「等等，從頭再講一次……！」

「……」

「利瑟爾大哥！別睡啊！」

「……」

看來艾恩也沒表現出嫌惡的樣子，應該沒關係吧。按照利瑟爾的說法，他「不會對討厭摸頭的孩子做這種事」，真搞不懂他是看哪裡判斷的。

後來艾恩總算成功問出暗號，道了謝離開了。隊友們在一樓餐廳等他，旅舍的女主人最近也會端出飲料歡迎他們。

「噗哧……」

利瑟爾的肩膀在被子裡抖了一下。

「別這樣捉弄年輕人取樂，性格真差勁。」

「我好心慰勞他們耶。」

利瑟爾隱忍不住笑意，也不加掩飾，便閉上眼睛挨回枕邊。有那麼幾天，利瑟爾這時會完全清醒過來，準備起床，不過今天看來是打算睡回籠覺了，劫爾見狀也走向門口。

從他背後傳來一道睡意朦朧的嗓音。

「沒有重新回迷宮一趟是對的吧？」

話聲落定，房內只聽得見酣睡的鼻息，他悄然關上房門。

這正是先前那次委託，利瑟爾選擇繳交泰迪熊的理由。假如再回迷宮一趟，肯定來不及與艾恩他們在旅店碰頭，他們會被女主人趕回去。

這群冒險者不太可能吃一回閉門羹就放棄，但利瑟爾不希望在外頭談這件事。想要避免這種情況，二人就必須在那天傍晚之前回到旅店。

「（放棄布偶，換通關報酬。不必親自出馬，還能做人情。）」

比起重新回迷宮一趟，更能輕鬆獲得報酬。

「這不是很麻煩嗎。」

劫爾顫動喉頭輕笑，回到自己的房間。利瑟爾這麼做的優點確實不少，不過劫爾這句話果然才是真相所在。

等到利瑟爾回籠覺睡醒的時候，已是日上三竿的時間了。

這時間還勉強來得及吃旅店的早餐，用完早餐後二人一同來到公會。自從上次繳交泰迪熊之後，利瑟爾還沒有到公會來過。

「D階級還沒有護衛委託呢。」

「護衛是C以上，畢竟不是能打鬥就行。」

利瑟爾升上了E階級，現在也可以接受D階級的任務了。有沒有什麼全新的委託呢，利瑟爾正看著委託告示板，櫃檯的方向忽然有人喊他。

毫無起伏的平淡嗓音，不必回頭就知道是史塔德。一旁的冒險者從來沒見過史塔德主動喊人，懷疑自己是不是聽錯了，利瑟爾和劫爾則毫不在意地走向櫃檯。

「史塔德，怎麼了？」

「請跟我來。上次那項迷宮品的委託人非常高興，希望直接向你致謝。」

「啊？」

「你也順便過來。」

為了道謝這樣動員公會，劫爾從沒聽過這種事，表情難掩詫異。史塔德只瞥了劫爾一眼，便一言不發地邁開步伐為他們領路。

「（是叫我待在這傢伙身邊吧。）」

雖然說是「順便」，但想必是這麼回事了。

他打量利瑟爾的反應，身邊那人帶著看不出想法的微笑，跟在史塔德身後走去。連自己都能注意到的事，利瑟爾不可能渾然不知，假如他明白狀況仍然決定跟著史塔德走，那就沒問題了吧。

「請在這裡稍候一下。」

史塔德帶領他們來到公會的會客室。這間會客室比起其他房間的佈置更加正式，用途確實是接待客人，但絕不是一般委託人能夠使用的房間。

史塔德看著利瑟爾在沙發上坐下，便離開了會客室。他的腳步聲才剛消失在門後，繞到利瑟爾背後的劫爾便不悅地低語。

「你這傢伙，別這樣故意釣大魚行不行。」

「你太抬舉我了。」

「喂。」

利瑟爾打趣地笑，劫爾則惡狠狠瞪著他。看他嘴角的笑意，想必這件事不全是偶然。

「是真的。我當時的確有點在意那項委託，不過關於委託人，也只覺得這人好像很有意思而已。」

利瑟爾一口氣將全身靠到沙發椅背上，仰頭看著劫爾。

「不過，我確實覺得有點不尋常。像收藏家這種表現欲強烈的人，卻沒有寫出名字，還有不論繳交什麼東西，都固定付出六枚銀幣也是。」

劫爾低頭斜睨著那纖細的髮絲滑過沙發椅背，兩手一左一右撐到他頭部兩側，沒碰到利瑟爾一根頭髮，卻壓得椅背吱嘎一響。

「然後？你不是刻意想要這個人脈，還選了這委託，為什麼？」

「因為好奇。」

還真簡單明瞭。

「要是你不高興，先到其他地方等我也沒關係呀。」

「蠢貨。」

利瑟爾明知故問，劫爾咋舌一聲放開雙手。

自己在不在場，意義可是大不相同。雖然非他所願，但一刀的名號影響力龐大，既然以冒險者身分受人雇用，劫爾也會盡可能做到最好。

「打擾了，委託人到了。」

一陣短暫的閒談之後，有人敲響了會客室的門。

聽見史塔德的聲音，二人沉默互望了一眼。就在利瑟爾起身的同時，會客室的門也猛然打了開來。

「讓你們久等了不好意思！……哎呀，我這是不是走錯房間了？」

「沒有錯請您快進去。」

一位耀眼奪目的男人，帶著滿面笑容走進室內。

他渾身貴族的盛裝打扮，卻毫不惹人生厭，反而與他十分相稱。燦爛的金髮與金色眼瞳，再加上快活的笑容，雖然年紀已經四十歲前後，看上去卻顯得年輕有朝氣。

他脫口而出的疑問被史塔德不由分說地駁回，這模樣雖然平易近人，卻絲毫無損他身為貴族的尊嚴。

「此次有幸拜謁，在下深感光榮。」

利瑟爾面帶微笑，手放在胸前行了一禮。

「我是接受您物品委託的冒險者，名叫利瑟爾。」

「這可真是驚人！」

男人眼神閃閃發光，擺出誇張的驚訝反應，隨即氣勢洶洶地走近利瑟爾。他從頭到腳毫不客氣地將利瑟爾打量了一遍，接著雙手緊緊捉住他的肩膀。

宛如綴著砂金的金色眼眸貼到最近距離，仔細審視他，利瑟爾臉上掛著不動聲色的笑容，心裡露出苦笑。看來不論是哪裡的貴族，都不乏個性強烈的人物存在。

「真沒想到竟然有像你這樣的冒險者！跟一般冒險者的印象差得太遠了，我還以為自己不小心進了其他客人的房間呢！哎呀，不好意思，我這麼說沒有惡意。」

「常有人這麼說，還請您無須介意。」

「差不多該離遠一點了吧靠太近了。」

「這還真是失禮了，請坐吧！」

語氣略顯高昂的男人，在史塔德催促之下放開了雙手。恭敬不如從命，利瑟爾依著對方的話坐了下來，但劫爾仍舊站在他身後，史塔德也站在門邊，沒有離開會客室。

「至於我呢，我想想，就叫我雷伊吧。」

「還請您多多指教。」

「我負責管理憲兵，可能不太受冒險者歡迎就是了。」

雷伊爽朗地笑著說完，介紹自己的身分為子爵。利瑟爾回握他伸出來的手，在進入正題之前開口。

「我不久之前給憲兵添了一點麻煩，也在此向子爵閣下致歉。」

「哦？你看起來不像需要他們關照的人物呀……難道人不可貌相，其實你是個浪蕩少年？」

「不是的，聽說是傳出了奇怪的謠言。」

奇怪的謠言，不久之前……雷伊喃喃自語，仰頭望著天花板尋思。接著他忽然停止眨眼，僅落下視線看向正面，隨即爆出一陣大笑。

隨著愉快的笑聲，他開懷地瞇起眼睛，重新朝利瑟爾探出身子。

「在城下出沒的貴族就是你呀！原來如此，原來如此，這也難怪！」

雷伊邊笑邊感到心服口服，甚至忍不住感嘆這產生誤會也是無可奈何。

「恕我失禮請您別笑了快說正事吧。」

這時，史塔德淡淡開口。

據利瑟爾所知，在這個國家，冒險者與憲兵之間的關係並沒有那麼緊張。這是因為雷伊與公會長彼此打好了交情，他們一人居於國內治安維護單位的頂點，一人則負責管轄一向有威脅治安之虞的冒險者。

不知是不是這個緣故，即使史塔德措辭如此，雷伊也絲毫沒有表現出責難的意思，或許知道他沒有惡意，又或許原本就不介意這種事吧。

「也是，雖然很可惜，我們還是進入正題吧。」

雷伊聳了聳肩結束了話題，利瑟爾聞言也點點頭，露出抱歉的苦笑，主動起了個話頭。

「聽說這次為了委託，勞駕您親自過來一趟……是不是我做了什麼多餘的事？」

「不是的，完全沒那回事。那個包裝、那種迷宮品，我好久沒這麼感動了！這次過來只是想向你們表達由衷的感謝而已。」

「不敢當。」

在二人禮尚往來的對話當中，史塔德將不知何時準備好的紅茶端到桌上，一時間茶香四溢。不曉得這是什麼茶葉？利瑟爾漫不經心地想。

這時，雷伊執起茶杯，端到勾勒出無懼笑容的唇畔，品了一口茶。接著他忽然張開一隻手，沒有將茶杯放回白色茶碟，卻直接放到桌上，緩緩從懷中拿出一枚金幣，代替茶杯放到碟子上。

「但是迷宮品的報酬似乎給得不夠，對你們真不好意思。」

雷伊將碟子遞給史塔德，史塔德接過它，靜靜放在利瑟爾面前。利瑟爾看也沒看茶碟一眼，只是露出困擾的微笑。

「以包裝費用來說實在太多了。」
「多出來的金額代表我的感動！當然，這也不過是表面上的說法而已。」
嗯，雷伊逕自點了點頭，真摯的眼神凝視著利瑟爾。
「既然你準備了如此不凡的包裝，不可能不明白那兩隻泰迪熊的價值。」
「鑑定結果並沒有錯。」
「卻也不是事實的全部。」
不愧是自稱收藏家的人，看東西的眼光精準無誤，完全看破了「有些人可能付出五枚金幣」的價值，這件事理論上只有利瑟爾他們知道。
沒有在這時拿出五枚金幣，正表示了他的誠意。正因為雙方遵守委託書上指明的金額，此刻才能以委託人與冒險者的身分會面。
「這是您的意願？」
「沒錯。」
雷伊愉快地表達肯定之意，像在測試對方。
利瑟爾若有所思地垂下眼簾，接著伸手端起紅茶。挺直的背脊文風不動，他將茶杯湊近唇邊，緩緩傾斜。利瑟爾放低手腕，朝著史塔德粲然一笑，像在讚許紅茶的滋味，又將視線轉回雷伊身上。
「那我就心懷感激收下了。」
他放下茶杯，蓋住盤中的金幣，不發出任何一點器皿碰撞的聲音。舉止自然不做作，卻洗練優雅，雷伊看了也忍不住聳起肩膀。

「真是的，這樣子竟然說是冒險者，真該叫年輕人多跟你學學。」
「哪裡的話，實在不敢當。」
「不必謙遜！畢竟你是一刀選擇的人呀。」
雷伊帶著惡作劇般的笑容，以戲劇化的動作張開雙臂。
「我被他拒絕了一次，照這樣看來，我才應該少說兩句吧？」
雷伊以前曾經向劫爾提出護衛委託。當時，他打算微服私訪商業國馬凱德，平時隨侍身側的憲兵總長卻不便同行。
既然如此，不如從公會找一位本領高強的冒險者吧。出於好奇，他向傳說中的一刀提出指名委託，卻被拒絕了。這位拒絕「某子爵」護衛委託的男人，這次卻接受了利瑟爾的委託。
「好了，我也想知道一刀在你身上感覺到了什麼。」
「只是時間上剛好配合得來而已。」
利瑟爾邊說邊瞥向劫爾，後者默默搖了搖頭。劫爾本人完全不記得這回事。
「時間也差不多了。」
雷伊原本興致盎然地看著二人的互動，這下站起身來，說他待得太久了。利瑟爾也配合對方起身，一同走向門邊，在他準備低頭行禮，恭送貴客離開的時候……
「不必多禮。」
雷伊伸手制止了他的動作，掌心抵在利瑟爾胸前柔和地使力，利瑟爾順勢緩緩直起正要彎下的腰。

「利瑟爾閣下是吧，我想跟你打好交情。」
「榮幸之至。但是在下一介E階級冒險者，何德何能榮膺子爵閣下青睞……」
「不。」
掌心依舊放在他胸口，雷伊揚起一笑，增強了身居高位的氣場。
金色眼瞳投以看透一切的銳利目光，利瑟爾平穩的表情卻絲毫不為所動。透過眼角餘光，雷伊瞥見劫爾眼中沁著警戒之色，史塔德表現出些許不快，他卻沒有放手。
他彎腰湊近利瑟爾，壓下聲音中活潑開朗的色彩，以低沉深邃的嗓音耳語。
「只是我個人認為，最好還是與你打好關係而已。這是貴族的直覺，你相信嗎？」
抵在胸前的手掌，傳來利瑟爾自己的心跳。他垂下目光，緩緩瞇起眼睛，面露微笑。
「既然您這麼想，在下無從否定。」
雷伊微微瞠大雙眼，忍不住笑出聲來，隨即抽開了手。
「那再好不過了！下次務必到我的宅邸一敘，讓我跟你們介紹我引以為傲的迷宮收藏品！」
雷伊快活地說完便離開了。走出門外，他拐彎的方向並不是公會大門，多半是從後門或其他管道回去吧。
利瑟爾放鬆下來，吁了一口氣。史塔德託了其他公會職員送客，此刻目不轉睛地看著利瑟爾走了過來。
「不好意思，給你添麻煩了。」
「史塔德，你不必道歉，承蒙子爵閣下關照是我們的榮幸。」

「二位不妨在這裡稍微休息一下。」

「謝謝，就這麼辦吧。」

史塔德像在窺探利瑟爾臉色似的，望著他看了一陣子。利瑟爾拍了拍他的頭，表達自己沒有生氣，史塔德便仍舊一臉淡漠地走出了會客室。看在利瑟爾眼中，史塔德身上彷彿飛出了小花，也許是放下心來了。

「話說回來，劫爾，你拒絕過子爵的委託？」

「這種委託我全拒絕了，應該是其中一個吧。」

利瑟爾走向沙發，拿起盛著紅茶的茶杯遞給劫爾，收下杯子底下的金幣。

他在沙發上坐了下來，劫爾也一邊飲盡杯中冷掉的紅茶，一邊坐到利瑟爾對面，理所當然地開口問道。

「所以呢，跟你想的一樣？」

利瑟爾沒有回問他指的是什麼事。

「大致相同，真的就像你說的。」

「得有那種地位才能指使公會辦事吧。」

雷伊抵達之前，二人討論過接下來進來的究竟是什麼人。

設法直接接觸，又能指示公會準備會客室的人物，使得他們想起當時那位憲兵。那天早上，憲兵說他進行過「確認」。

為了確認王都的貴族是否到訪城下，他勢必請示過上級，也就是雷伊的判斷。雷伊今天想必是到公會確認這件事，雖然當事人已經澄清了嫌疑，保險起見還是必須防範萬一。

「看起來那傢伙倒沒想到接委託的就是我們。」

「本來應該是想向公會長確認，順便道謝吧。」

驚訝的反應多半不是演出來的，如果是這樣，利瑟爾不可能沒發現。

「然後？嫌疑洗清了沒？」

「我想是洗清了不會錯。」

「哦，根據是？」

「你看，他臨走前確認過了呀。」

利瑟爾指了指自己胸口，劫爾看了也出聲表示理解，似乎覺得有點掃興。

臨走之際，雷伊的掌心抵在他胸口。即使利瑟爾直起身子，那隻手掌也未曾放開，他一定感受到了。

雷伊已經自報名號，說他負責管理憲兵，假如利瑟爾是來自其他國家並偽造身分的貴族，聽見他的疑問，一定會視之為一種監視。再怎麼故作冷靜，也無法連心跳都控制得天衣無縫。

「我看你即使說謊也能騙過心臟。」

「很難說。」

「你倒是否認一下啊。」

利瑟爾認真開始思考可能性，劫爾覺得他有點誇張。

「雷伊大人，看來贈送您禮物的那位冒險者，是非常值得景仰的人物呢。」

「嗯？」

「您的喜悅都寫在臉上了。」

搖晃的馬車當中，聽見年老僕從的話，雷伊摸了摸自己的臉。他撫過下顎確認，表情確實十分鬆懈。有了這層自覺，他更壓抑不住愈發深沉的笑意。

「你聽我說！那位冒險者竟然就是冒牌貴族事件的嫌疑犯！」

「哎呀……哎呀，這可真是。看來嫌疑已經洗清了？」

「是啊。本來以為是哪裡逃亡過來的沒落貴族，結果完全不是這麼回事。說是這麼說，不過本來就幾乎無所謂嫌疑就是了，哈哈。」

雷伊愉快地笑出聲來。

經過某位憲兵長確認之後，嫌疑本來就已經接近於零，而且利瑟爾也沒有濫用貴族之名做什麼傷天害理的事。

話雖如此，萬一有其他國家的貴族潛入國內，那可就傷腦筋了。雷伊跑一趟公會，只是想為了精美的泰迪熊道謝，順道向公會打探一下那位貴族冒險者的情報。碰巧見到本人，純粹是運氣好而已。

「那樣的人物怎麼可能沒落呢。」

雷伊的自言自語沒有傳到僕從耳中。

貴族隻身離開母國並成為冒險者，代表什麼樣的情況？弊端遭人揭發，舉國為敵，喪失了足以換得他國庇護的財產，與其一死，還不如自力更生，這時貴族才有可能成為冒險者。唯有失去了所有歸宿，這種情況才可能成真。

正因如此，利瑟爾絕不一樣。

「有幸直接跟他面談是我運氣好。」
「哦？難得出現讓您如此中意的人。」
「這是當然，像他那樣的人輕易出現可不得了。」
雷伊低頭看向自己的一隻手掌，緩緩握起拳頭。
那毫無動搖的心跳，不僅澄清了嫌疑，更鮮明地傳達出利瑟爾對雷伊毫無懼意。那不是平民看見貴族應有的心跳。
而是居於更崇高的位置，清明廉潔，憑一己之意使人下跪稱臣的心跳。
「真是可怕。」
「雷伊大人？」
「……嗯，若能跟他建立友誼就再好不過了。好，下次必定招待他們到我的收藏室逛逛！」
雷伊端正卻不惹人生厭的臉龐染上快活的笑容。僕從見狀點了點頭，這才是大人物的風範。

9

那天中午，艾恩他們突破迷宮的消息終於在冒險者之間傳了開來。

大家都說僅憑冒險者的知識絕對不可能攻略那座迷宮，因此各式各樣的臆測也甚囂塵上。艾恩一行人自然飽受各方人馬糾纏，不過當事人樂得要飛上雲霄，相形之下那也只是不足掛懷的小事了。

再怎麼說，他們打倒頭目之後，在迷宮最深處找到的財寶可是多達千枚的金幣，不高興才奇怪。

附帶一提，那些金幣沒有裝在寶箱裡，而是撒在小房間的地板上，所以難得找到財寶，艾恩他們卻沒辦法發自內心高聲歡呼。

「艾恩他們沒有打迷糊仗呢。」

「不敢騙你吧。」

「不是不敢騙一刀嗎？」

利瑟爾打趣地笑了。

二人坐在一開始相遇的時候光顧的那間酒館裡。不久前，艾恩他們才剛興高采烈地衝到旅舍突襲，表達甚至可以說是誇張的謝意，留下五成的通關報酬。

事不宜遲，他們現在肯定在哪裡的酒館大肆散財了吧。利瑟爾坐在吧檯，手中拿著和先前一樣的果實水，看向坐在身旁的劫爾。

「他們分到的報酬是每人一百二十五枚金幣，這算多嗎？」
「湊齊高一個檔次的裝備一下子就沒了。要是想早日升階，這點錢根本不夠。」
「資本還真重要。」
利瑟爾望著吧檯內羅列的酒瓶，啜了一口果實水。甜味比之前淡了些，符合利瑟爾偏好的口味。
「很好喝。」
「……」
利瑟爾微微一笑，老闆只是對上眼點了個頭。老闆本來就話少，從不對顧客鞠躬哈腰，但是調酒手腕一流，所以這裡的客人總是絡繹不絕。不過到了現在這種深夜時分，來客也只剩下他們二人了。
利瑟爾靜靜放下玻璃杯，從腰包裡拿出一個布袋。袋子以黑色布料縫製而成，袋口綁著銀線，利瑟爾將它放在吧檯上的時候，發出硬幣摩擦的細微聲響。
劫爾看也不看袋子一眼，直接望向利瑟爾。
「這一個月來謝謝你。」
利瑟爾低垂的視線緩緩抬起。
那雙眼眸只是看著別人，便能醞釀出一股清靜氣質，此刻流露出慈愛的笑意，甜得醉人。原來如此，在這副表情寵溺之下，年輕孩子總是被他馴得服服貼貼也不奇怪。劫爾看著這雙眼睛，事到如今終於領會箇中原委。
「你沒有掏空我所有的財產耶。」

「誰叫你在期限之前大撈特撈了一筆。」

利瑟爾一雙眼睛揶揄似地勾成兩彎月牙，劫爾皺起眉頭別開視線。

他咋舌一聲，那本來就是為了套出利瑟爾的來歷，隨口說出的玩笑話。利瑟爾明知如此，還刻意出言調侃，這聲咋舌是對此表達抗議。

「所以？」

「嗯？」

「怎麼給得這麼多。」

劫爾低頭看向擺在手邊的錢袋。他知道裡頭裝的肯定是金幣不會錯，也知道以一個月的隨行費用來說，這金額顯然太多了。

這一整個月竭力汲取新知的利瑟爾不可能不知道行情，既然如此，也不會是他弄錯了。劫爾沒有伸手去拿錢袋，撐在桌上的那隻手將酒杯一傾。

「是我感謝的心意，還有預約。」

「預約？」

這說法使他起了疑心。

劫爾早已注意到利瑟爾打算留他在身邊，直到利瑟爾回到該回去的地方之前，想必自己也會與他共同行動吧。

「假如下次還有什麼事，能不能再請你幫忙？」

一直以來，他總是毫無緣由地這麼想。

「……」

「……興趣真惡劣。」

「不好意思。」

「你到底想怎樣？」

「只要你隨自己的意思行動就好。」

看見利瑟爾臉上清靜的微笑，他的疑問便轉為確信。一旦注意到就不難明白，這是很簡單的道理。這男人只知道服從以及使人服從的方法，為了避免這兩種情況，才交由劫爾決定。

「我不想束縛你。」

劫爾放開利瑟爾的手，捉住那手臂往前拉近自己。利瑟爾沒有抵抗，那雙眼睛順勢靠了過來。劫爾猛烈的眼光對上他的，視線銳不可擋，甚至滲出幾分殺氣，他開口說道。

「給我聽好。」

令人不悅至極。不想束縛？還真敢說。不論一開始的契機是什麼，即使當一枚隨他利用的棋子，劫爾採取的行動從來不曾違背自己的意志。

「這是我的意思，我自己期望的事，輪不到你插嘴。」

利瑟爾雙唇微啟，綻出一抹微笑。看見那雙眼瞳裡添了幾分高貴之色，甜美地漾開，劫爾明白自己一定給出了利瑟爾期待的答案。

這也無所謂，反正自己早已逃不出他的掌心。湧上唇邊的笑意揚起他的嘴角，劫爾將手邊裝著金幣的袋子落在利瑟爾面前。

「可別讓我膩了。」

「我會努力不負期待的。」

兩人相視而笑，恢復了原本的氣氛，酒館老闆放下心來，鬆了一口氣。兩人跟老闆道了歉，那天夜裡相對而飲，直至酒館打烊。

隔天，繼前一天的大新聞之後，冒險者之間又有一項驚天動地的消息不脛而走。

據說「一刀」劫爾終於組了隊伍。區區一個冒險者組隊的消息竟鬧得如此轟動，這可是前所未見。

認識劫爾的人斥之為無稽之談，知道隊友是利瑟爾的人半信半疑地接受了事實，至於他們熟識的人，聽了則是偏了偏頭：「原來那兩人還沒組隊啊？」

「這樣真的好嗎？」

「史塔德，你不高興嗎？」

「不高興但不反對。」

今天的公會比平時匯集了更多矚目，史塔德露骨地朝著話題中心人物拋出不甘願的目光。

「怎麼，不許搶走跟你要好的傢伙？」

「誰跟誰要好了？」

「你這傢伙竟然沒自覺喔。」

史塔德無視那道啞然的嗓音，繼續辦理委託結案手續。

但他不是沒注意到劫爾細微的變化。他遇見利瑟爾之前鋒利的氣質沉潛了下來，該說是多了幾分從容嗎？他甚至覺得劫爾身為冒險者的水準又提升了一個層級。

是好是壞，對史塔德來說都無所謂，他只是看不順眼。

「……請不要因為他現在不是你的護衛對象就讓人家遭遇險境。」

「你以為你在跟誰說話。」

說到底，史塔德在乎的也只有這一點而已，卻還沒有跟利瑟爾要好的自覺，也難怪劫爾受不了。當事人利瑟爾聽了心想，難得組了隊伍，隊友之間應該彼此對等才對，不過沒說出口。

沒多久，結案手續順利辦好了，利瑟爾正要接過公會卡的時候，史塔德忽然抓住他伸出來的手。

「那你說說看這是怎麼回事啊說一套做一套的傢伙。」

從利瑟爾袖口的縫隙，隱約可見一道環繞手腕的瘀青。史塔德放開他的手，利瑟爾好笑地理了理袖子開口。

「是劫爾哭著叫我不要丟掉他。」

「才怪。」

劫爾嘴上否定，眉頭卻皺得死緊。史塔德見狀，察覺了那道瘀青的元兇是誰，淡然的眼睛蘊著不悅瞪向劫爾。

劫爾卻只是苦澀地咋舌一聲，別開了視線。既然覺得心虛，表示他不是刻意弄傷利瑟爾，只要知道這點就夠了。史塔德將公會卡交還到利瑟爾手中。

「謝謝你。」

「不會。還有，有一項東西要交給你。」

史塔德拿出一封信。

「這封信混在今天早上寄給公會長的信件當中，檢查過內容後發現應該是寫給你的信。」

「給我的？」

信封上沒有收件人，也沒寫任何文字，樣式卻十分奢華，會寄這種東西到公會的人物，除了某人之外想不到其他可能。利瑟爾收下信封，翻到背面，右下角以流暢的筆跡寫著「Mr. Bear」。

不必想也知道，寄件人當然是上次剛見過面的雷伊子爵了。附帶一提，利瑟爾向旅店女主人打聽了雷伊的印象，據說他「從年輕到現在都是王都女性的夢中情人，是眾所公認的中年美男」。

「公會長怎麼說？」

「不知道，我直接拿過來了不過沒有問題。」

看來是史塔德按往例分類信件的時候發現了這封信，依據信封與寄件人推測應該是寄給利瑟爾的信件，於是確認內容後便逕自拿到櫃檯來了。

這樣好嗎？利瑟爾邊想邊看向坐在史塔德隔壁的公會職員，對方朝他點了點頭。重視效率的史塔德沒有其他意思，他們都再清楚不過了。

「這種情況不會構成權力介入嗎？」

「冒險者經常更換住處，因此寄給冒險者的信件雖然不多，大多都是直接送到公會，這也沒有辦法。而且如果是私事，就更沒有理由拒絕了。」

「原來是私事呀。」

既然確認過信件內容的史塔德這麼說，想必不會錯。信上沒寫收件人，恐怕也是為了讓職員檢閱信件內容，表示這不是以貴族身分對公會、對冒險者施壓的信件。

不愧是與公會關係匪淺的人物，思慮也十分周詳。利瑟爾的所有信件往來必定經過檢閱，因此絲毫不以為意，當他正要從信封中取出信紙的時候……

「你要在這邊讀嗎？」

「咦？」

利瑟爾不明白史塔德的疑問是什麼意思，看見他疑惑的樣子，劫爾嘆了一口氣。

也許是傳聞使然，此刻他們比平常更受周遭矚目。利瑟爾想必不是沒注意到旁人的視線，只是他生活中的一舉一動本就受人注目，時常習慣性忽略別人的目光。

「那不是什麼值得昭告天下的寄件人吧。」

「啊，原來是這麼回事。」

真的不想被人知道的事，利瑟爾能藏得很好，因此劫爾也只是提點了他一句。

「反正看不出內容也不知道寄件人是誰，沒關係吧。」

「是不知道啦……」

但那個與新手冒險者不相稱的奢華信封，肯定會引發諸多猜測。利瑟爾的來歷現在儼然成為街頭巷尾的八卦話題，這下子免不了又要火上加油了。

利瑟爾將落下的頭髮撥到耳後，氣質高雅地讀著信，對這些事毫不在意。

「你也真隨性。」

「嗯……？」

聽見劫爾無奈的嗓音，利瑟爾回以含糊的微笑，讀完了手中的信。

「這位閣下真有行動力。」

「啊？」

「你看。」利瑟爾遞出那封信，劫爾接過信件，視線落到紙面上，一行一行讀下去。

行文充滿貴族氣質，恭敬有禮，換句話說就是拐彎抹角，內容倒是簡單明瞭。

我想炫耀收藏品，順便拜託你們一件事情，所以請你們過來一趟。就這樣。

「你怎麼打算？」

「不知道耶，感覺上即使拒絕了他也不會介意。」

「你不想去？」

「只是說這也是一種選擇而已。難得組了隊伍，也應該考慮你的意見吧？」

「隊長不是你嗎。」

這個隊伍的代表是利瑟爾，公會裡也是這麼登記。

以冒險者之間的常識來說，隊長一般由隊伍中階級最高的人擔任。利瑟爾不知道這條規矩，不過一開始也覺得劫爾身為一流的冒險者，應該由他擔任隊長才對。

但是本人卻不願意。

『要我領導你？別開玩笑了。』

既然劫爾都一臉理所當然地這麼說了，利瑟爾也不打算強迫他，於是率領B階隊員的E

階隊長就這麼誕生了。

「劫爾，如果你不想去的話我們就拒絕吧。」

「有必要的話沒差。」

利瑟爾凝視著劫爾。

假如劫爾這句話言不由衷，利瑟爾會面不改色地拒絕雷伊的邀請，不過看來並非如此。

「（表示他不是討厭所有貴族，只是特定貴族讓他看不順眼？）」

利瑟爾確信劫爾曾經與貴族扯上關係。

恐怕是騎士，或是與騎士相關的貴族之類。這只是利瑟爾的猜測，不過應該八九不離十。話雖如此，跟這次的邀約應該沒有關係。

「既然如此，機會難得，我們就去一趟吧。」

「倒是你想去嗎？反正對你來說也不稀奇。」

不過是區區的貴族。劫爾話中暗藏諷意，利瑟爾聞言微微一笑。

「畢竟昨天才剛見過面，今天就捎來信件，這可是熱烈的歡迎呢。」

迅速的應對，證明了雷伊對他們的重視。子爵寧可排開既定的行程來招待他們，如實表現出二人在他眼中的價值。

「而且我也想看看子爵收藏的迷宮品。」

「畢竟你從來沒開出什麼像樣的迷宮品嘛。」

「那到底是怎麼回事，運氣因素嗎？」

繼泰迪熊之後，利瑟爾仍然沒開到過任何帶有冒險者色彩的迷宮品，寶箱裡放的往往是高級茶葉之類的東西。

「啊，史塔德，你知道地點嗎？」

「只知道在中心街深處。」

不只是這個國家，各地的重要行政機關通常都集中在中心地帶，這也是利瑟爾剛來到這個世界第一天的感想。貴族也一樣居住於王城周邊地帶，中心街區四周有河川圍繞，簡單劃分出內外界線。

東西南北四個方位建有渡河的大橋，橋上有騎士站崗把守，不過出入相對自由。許多平民都在中心街區工作，也有不少商人出入。

雖說是中心街區，外圍仍然人來人往，十分熱鬧，利瑟爾他們也可以隨意進入。

「到了中心街的大橋就可以租借馬車，搭上馬車應該可以直接抵達目的地。」

「一般的冒險者也能租借馬車嗎？」

「無緣無故租借馬車確實會招致懷疑，不過有子爵的信就沒問題了。」

一般而言，大橋上的馬車專供居住在中央地帶的有錢人使用，是富豪的御用馬車。要是冒險者打算搭乘馬車，肯定會遭人懷疑。如果是接受貴族委託的高階冒險者也就算了，區區的E階級冒險者，就算帶著親筆信也不可能放行。

「尤其是你，我想完全不需要擔心。」

不過，史塔德是這麼想的。利瑟爾完全不需要任何證明，便能極其自然地搭上馬車。不對，應該說有人會主動幫他牽馬車過來。

「公會這邊會事先提出通知。以那位子爵的個性，今天就登門拜訪應該也沒有問題。」

「那我們就悠哉吃個午餐再出發吧。」

「嗯。」

午餐過後。

馬車安靜無聲地奔走在鋪設平整的道路上，利瑟爾坐在車內，眺望窗外的風景。劫爾坐在他對面，馬車氣派十足，即使劫爾伸直那雙長腿也還有多餘空間。

「沒想到他們真的看臉就放行了。」

「還很自然幫你準備了馬車。」

「我這身打扮是冒險者吧？」

「不是普通的冒險者吧，素材比貴族的衣服還高級。」

「你的衣服不是也一樣嗎……」

冒險者的裝備，要不是購買現成的，就是自備素材向匠人訂製。資金、材料綽綽有餘的冒險者會選擇後者，穿戴外觀設計符合自己喜好的裝備。

利瑟爾身上沒有配戴金屬裝備，看起來沒那麼像冒險者。是這個緣故嗎？本人一臉懊惱。劫爾看了心想，那不是服裝的問題吧。不過他沒說出口，畢竟這一點當事人無能為力，總該顧慮一下他的心情。

「我應該試著看起來更，嗯……逞兇鬥狠一點嗎？」

「省省吧。」

利瑟爾差點若無其事地走上歧途，就在劫爾阻止他的時候，馬車微微晃了一下，停了下來。過一會兒，馬車夫打開車門，隨侍在門邊。

劫爾先下了馬車。利瑟爾緊跟在後，付了銀幣給車夫，沒有目送馬車走遠，便直接看向站在眼前的人物。

「歡迎二位大駕光臨。」

「哪裡，我們才要感謝子爵閣下盛情邀約。」

開啟的大門中央，站著一位儀態優雅的年老男性，看他的打扮想必是執事了。老人行了漂亮的一禮，他身在此地，正是為了以滿面笑容迎接二人到來。

「在下奉命為二位領路，這邊請。」

二人跟在帶路的老紳士身後，走進宅邸大門，穿越庭院，進入玄關，然後停下了腳步。

「這還真壯觀。」

迎接他們的是一座寬敞的玄關大廳，牆上掛著大大小小五花八門的畫作，呈現出氣勢磅礴的景象。

利瑟爾一一瀏覽每幅畫作，忽然偏了偏頭，因為畫中的題材完全不是他熟悉的事物。有些畫著冒險者斬殺魔物的情景，有些則是相反，另外也有幾幅畫作繪著迷宮內部的風景，或是迷宮的大門。

「劫爾，這是……」

「這當然也是我引以為傲的迷宮品！看來二位已經開始欣賞了。」

雷伊猛地打開門扉現身，蓋過了利瑟爾剛脫口而出的問句。他微微張開雙臂朝二人走來，宛如演員般帶著戲感的動作與他十分相稱。

「你們來得真好，歡迎，歡迎！」

「今日感謝子爵閣下盛情……」

「別這麼拘謹，我已經決定把你們當作親近的朋友了。」

雷伊快步走近，阻止利瑟爾道出來訪的社交辭令。說要把冒險者當朋友，還真不可思議，利瑟爾看著雷伊在眼前停下腳步。

看來這人的個人空間本來就比較狹窄，站得好近。

「您別這麼說，實在不勝惶恐。」

「不，別說這麼傷感情的話！」

利瑟爾後退一步，與燦然生輝的金髮和笑臉拉開距離，雷伊立刻又湊近一步。

「二位務必以對待彼此的態度對我就好，別嫌棄我厚臉皮哦？」

上位者主動請晚輩放鬆態度的時候，有兩層意思：可能是真的發自內心這麼想，也可能是為了觀察晚輩的反應。

這次是前者吧，利瑟爾如此判斷。他瞥了不發一語的劫爾一眼，又將視線轉回雷伊身上。

「那麼，恭敬不如從命……」

「太拘謹啦！」

「那我就不客氣了。」

「來！你也是！」

「……囉嗦。」

不僅無意測試對方，甚至主動要求縮短距離，看來雷伊真的沒有其他意思。利瑟爾露出苦笑，看著他滿意點頭的模樣。

「好了，我來為你們介紹吧。」

「啊，在那之前……」

利瑟爾叫住正要轉身的雷伊，開始低頭翻找腰包，抓住了要找的東西。他四下尋找執事的身影，但老紳士不知何時離開了，於是利瑟爾直接將手中的包裹遞給雷伊。

包裝是白橙相間的條紋，以黑色緞帶封口，一看就知道是個禮品。雷伊接過包裹，眼神閃閃發亮。

「這是伴手禮。」

「～～～!!!太美妙了！你太棒了！」

打開包裝，出現了一隻黃寶石眼睛熠熠生輝的泰迪熊。這是利瑟爾值得紀念的第二回寶箱內容物，雷伊看了簡直興奮到不能自已。

他原本就有華貴顯赫的氣質，此刻更是百花齊放，激動地張開雙臂要給利瑟爾一個感謝的擁抱。劫爾拉住利瑟爾的手臂讓他躲開了。

「都幾歲了，冷靜點吧大叔。」

「沒關係的，看見收禮的人這麼開心，這份心意也沒有白費了。」

「太美妙了！我來到了幸福的巔峰！啊，竟然有幸見證這種奇跡！」

雷伊的熱情絲毫不見冷卻，老執事不知道從哪裡走了過來，終於鎮定了他的情緒。泰迪熊也交到執事手中，想必會與先前那兩隻布偶擺在一起展示吧。

雷伊帶領二人來到一間會客室，房內高尚典雅地展示著繪畫與迷宮品。

利瑟爾坐到沙發上，望著其中特別巨幅的畫作。畫中果然是某座迷宮的風景，非常寫實、細膩地描繪了冒險者的身影。

「畫作的題材該不會是實際存在的人物吧？」

「沒有錯！說它是迷宮過去的記憶，應該比較容易理解吧？」

寶箱中開出畫作的機率不高，不過每一座迷宮都有機會出現。

繪畫不好攜帶又佔空間，也不算特別值錢，是冒險者敬謝不敏的迷宮品。擁有空間魔法包包的冒險者少之又少，沒有辦法搬運畫作的冒險者，往往就這樣把它丟在迷宮裡。

「簡單說就是銘謝惠顧的爛貨。」

「這樣啊，不過聽起來還滿有意思的。」

「對吧？真是太令人難過了，這可是世上獨一無二、絕無僅有的東西，竟然不明白它的價值！」

「怎麼可能扛著這種東西在迷宮裡行動。」

「這我也不是不明白，只是以我的立場，還是希望冒險者加把勁努力一下嘛。」

雷伊身為收藏家，想必不願見到繪畫被當作沒有價值的爛貨吧。

雖然表面上聳了聳肩膀，不過雷伊算是比較體諒冒險者的貴族了。他明白畫作搬運困難，也知道許多畫作乏人問津，賣不到好價錢，真是難解的問題。

「明明有些繪畫的價錢比普通寶石還要高出一大截呢，唉。」

「是這樣呀？」

聽見雷伊搖頭感嘆，利瑟爾望向劫爾。

「高價品確實是這種價位，普通的畫也一樣。不常見就是了。」

「啊，原來如此。」

「要不然就是題材特別珍貴，像是頭目、迷宮特有的神祕景象，還有你們這些冒險者囉。」

寶箱裡開出來的繪畫，大半都是迷宮裡平凡無奇的通道、牆壁、門板之類。當畫面捕捉到珍貴的景色、關鍵的瞬間，或是魔物出現在畫作之中，它的價值就可能隨之飛漲。

最值得一提的應屬偶爾映入畫框的冒險者了。假如畫中描繪了S階級的隊伍或知名冒險者，畫作便能賣到驚人的高價。

「那劫爾應該很不得了哦。」

「誰知道。誰想看見自己出現在畫……」

「當然，我這收藏了一幅！你們一定很想看吧？」

「住手。」

利瑟爾勸住皺起眉頭並由衷表露嫌惡的劫爾，點了點頭表示一定要看看。雷伊露出看好戲的笑容，向一旁待命的僕人指示了幾句。

僕人立刻搬來一幅蓋著布幔的畫框。那布幔一掀開，劫爾帶著不悅至極的表情別過臉，利瑟爾則興味盎然地凝視那幅畫。

「劫爾真適合入畫。」

「囉嗦。」
約有一公尺寬的畫框當中，繪著劫爾以冷酷眼神斬殺某種魔物的身影。被他斬殺的對象太過巨大，看不出所以然，從龐大的身軀看來想必是哪一座迷宮的頭目吧。
「真是的，一刀再加上頭目，這幅畫可是價值不斐哦。據說是從迷宮深層開到的，看來迷宮也很清楚這畫面有多珍貴。」
「順帶一問，這幅畫當時是多少錢呢？」
「至少要四十枚金幣吧。我是靠門路買到的倒還好，要是在拍賣場上可能會喊到一百枚金幣以上。」
「劫爾，你看，你多受歡迎呀。」
利瑟爾伸手催促劫爾看畫，那隻手卻被劫爾煩悶地捉住，扔到一旁去。
「受歡迎的都是實力高強的冒險者嗎？」
「實力當然也是一點，不過相貌還是主要因素吧。在拍賣場上也一樣，之所以猜測價格會超過百枚金幣，也是因為不難想像千金小姐們爭相出價。」
「相貌嗎……」
利瑟爾看了那幅畫一會兒，接著定睛凝視劫爾的臉龐。
本來他一向只覺得劫爾相貌兇惡，仔細一看，原來如此。去掉眉間的皺摺，不難看出他五官端正得無可挑剔，畫中的劫爾正是如此。
修長的眼尾、直挺的鼻梁、削薄的嘴唇，五官比例堪稱完美，慵懶的視線散發出一股男性魅力。

「喂。」

也許是利瑟爾盯著他觀察太久的緣故，劫爾原本一直避開他的視線，此刻卻苦著一張臉看向利瑟爾。他放棄似地嘆了一口氣，舉起一隻手。

就這麼一把抓住利瑟爾的頭，大手遮住了那雙眼睛。

「你的視線真煩人。」

「不好意思。」

「喂，該收起來了吧。」

雷伊正極為愉快地看著他們倆，被劫爾惡狠狠地一瞪，他悠然笑出聲來，指示僕人將繪畫搬出去。利瑟爾這時才終於從劫爾掌中獲釋。

利瑟爾撥了撥微亂的頭髮，看向不久前還擺著畫作的位置。

「哪一天我也會出現在畫裡嗎？想到這種畫也許由不認識的人擁有，還真有點不好意思。」

「要是出現了你的畫，不論出多少錢我都會買回來，放心吧！」

這麼一來，繪著利瑟爾的畫就一定會掛出來展示了。雖然比起素未謀面的人還是好一點，利瑟爾的心情有點複雜。

「話說回來，子爵想要拜託我們什麼事？」

「啊，對了。」

利瑟爾為了岔開話題開口一問，雷伊便遞出了一封信。信件以蠟印彌封，想必是正式文書了，利瑟爾伸手接了過來。

信封沒什麼分量，完全無法猜測信中內容。他看向雷伊，後者宛如策畫惡作劇般意味深長的笑容映入眼簾。

「你們也有機會訪問馬凱德吧，有需要的話儘管拿去用。」

利瑟爾打量著雷伊遞出的信封。有需要的話拿去用，這也就是說……

「像我這樣的冒險者，恐怕沒有機會用到它。」

「我倒不這麼想。」

果真如此，利瑟爾點點頭。

聽了利瑟爾的話，劫爾也領略了這封信背後的意義，狐疑地看著雷伊。這也不奇怪，畢竟才見過第二次面，沒道理受到如此盛情對待。

「巴結諂媚也未免太露骨了。」

「有機會當然要好好巴結，畢竟我可不想輕易放手呀。」

你怎麼打算？劫爾的視線投了過來，利瑟爾面露苦笑，收下了這封信。

「還不知道能否滿足子爵閣下的期待。」

「不，只要對你有幫助就好，你們隨意處置它無妨。」

看見信封離開自己手邊，雷伊心滿意足地笑了，他站起身來。

「好了，可以進入今天的正題了。讓你們盡情欣賞我的收藏吧！」

看來對雷伊來說正題現在才要開始，他意氣風發地走在前頭，為二人帶路。

後來，利瑟爾和劫爾真的盡情欣賞了收藏品，當然，是看到雷伊盡情為止。

10

利瑟爾獨自走在街上。

這條街上的店面，比起一般攤商林立的街道稍微高級了一些。一面小型招牌上寫著「本店對鑑定技術有信心」，利瑟爾認出上頭缺乏自信的筆跡，走進那家店裡。

像平常一樣，店裡只有一位店員，一刻也不得閒地整理架上的商品。勤勉的模樣令人忍不住微笑，利瑟爾靜靜帶上門。

「賈吉。」

「利……利瑟爾大人！」

「不對吧？」

「利瑟爾……大哥……」

賈吉一面輕聲哀號，一邊改過了稱呼，利瑟爾聽了說了句「很好」，露出微笑。

每次潛入迷宮，取得迷宮品，利瑟爾都會到這裡鑑定，差不多也希望賈吉習慣了。話雖如此，利瑟爾也知道他只是個性客氣才保持距離，心裡對自己是十足的仰慕。

「對了，恭喜二位組成隊伍……！」

「嗯，連你都聽說了？」

「是的。二位今天沒有一起行動？」

「我們也不是隨時都黏在一起呀，大家都是大人了。」

雖說這是間專為冒險者開設的店鋪，不過連冒險者以外的人都聽說了組隊的事，看來消息傳得比想像中還廣。

這純粹是劫爾的知名度使然。利瑟爾獨自行動的時候，誰也不會注意到他就是傳聞中的人物，一部分也是因為乍看之下看不出他是冒險者的關係。

拜此所賜，不認識利瑟爾的冒險者都一口咬定：過了這麼久終於看到劫爾結交戰友，這人一定是個驚天動地的強者。

「……情況……還好嗎？」

「嗯？」

「那個……對劫爾大哥心懷憧憬的冒險者還滿多的，萬一有人找你麻煩……」

正如賈吉所言，自從組成隊伍以來，糾纏劫爾的冒險者也變多了。

其中大多數冒險者都是來要求加入隊伍的，劫爾每天都滿臉不耐地裝作沒看見。這時候利瑟爾常常也在現場，每個冒險者一對上他的視線，往往不敢置信地多看一眼，然後連要找碴都忘記了，就這麼默默離開。

「某種程度上我也是有辦法自衛的，別擔心。」

「這樣啊……？……??」

語尾微妙上揚，看來是半信半疑。畢竟自己長得也不是一副看上去就實力剽悍的體型，這也沒辦法，利瑟爾毫不介意。

賈吉看起來一臉擔憂，利瑟爾露出微笑加以安撫，並從腰包裡取出了一個砂漏。

「不說這個了，麻煩你幫忙鑑定這東西。」

「啊，好的！」
一個手掌大小的砂漏放到賈吉手中。
「……這是『不狂砂漏』。」
「是什麼特別的砂漏嗎？」
「不管使用幾次，都可以準確計時三分鐘。」
這究竟是厲害還是不厲害呢，利瑟爾忍不住面無表情地接過砂漏。
利瑟爾最近也會潛入迷宮中層或深層，卻遲遲沒開到效果像樣的東西，寶箱給他的迷宮品都沒什麼迷宮味。一開始是泰迪熊，再來是迷宮魔物的造型玩偶、弄不髒的茶具組、被偷走會自動回到身上的錢包等等，全都是從寶箱裡開出來顯得很不可思議的東西。
最近，每次利瑟爾發現寶箱，劫爾總會露出壞心眼的笑容。如果身邊的人也開出這種怪東西，他倒沒有意見，偏偏劫爾總是開出武器防具、稀有礦石，他實在難以接受。
「寶箱裡的東西應該更……該怎麼說……偏偏就是開不出來。」
「我……我倒是看了很多稀奇的東西，覺得很開心……喲？」
「你真是好孩子。」
看見賈吉微微彎下腰來安慰他，利瑟爾伸出指尖溫柔撫摸他的額頭。被他一碰，賈吉倏地挺直了背脊，利瑟爾笑著將鑑定完畢的砂漏收回腰包。
大多數冒險者鑑定道具之後，除了特別實用的物品之外往往直接出售，不過利瑟爾總是將這些東西帶回去，反正總有某些用途。多虧如此，雷伊的伴手禮也才有了著落。
「話說回來，上次的包裝評價很不錯哦。」

「啊，這……這樣啊……！」

賈吉仍然害羞地用手壓著頭，聽見利瑟爾這麼說，他露出開心的笑容。

這家店明明不是特別大，卻不知為何應有盡有。那天前往雷伊的宅邸拜訪之前，利瑟爾也順道過來了一趟，目的當然是包裝那隻黃色眼睛的泰迪熊。

在劫爾依舊無法理解的凝視之下，利瑟爾和賈吉一起精心點綴了那天的禮品。

「那次也是物品委託嗎？」

「不是，上次是給雷伊子爵的伴手禮。」

「這樣啊……咦，那個……」

「他開心得不得了呢。」

利瑟爾露出和煦的微笑，賈吉決定就此停止思考，再想下去太可怕了。

雖然利瑟爾說自己「只是個E階級冒險者」，但賈吉打從一開始就不相信，現在對自己的判斷更是確信不疑。

「子爵的宅邸裡有好多畫作，都是迷宮品。」

「啊，收藏繪畫的人好像滿多的耶。」

「也常有人帶著畫作到你的店裡來嗎？」

「有時候會有，我只負責鑑定而已。」

賈吉收購的迷宮品，有時也會直接擺在店裡販賣。

大部分的道具店會將實用物品留在自家販賣，假如想要取得沒有用處的淺層迷宮品，就只能像雷伊那樣提出委託了。

賈吉也不例外，畢竟沒有人會到道具店來買畫，所以店裡並未陳列畫作。

「子爵家有一幅劫爾的畫，聽說非常昂貴。」

「劫爾大哥的繪畫……」

賈吉試著想像了一下。

畫作上顯現的是迷宮內的景象，所以恐怕是劫爾跟魔物打鬥的情景吧。怎麼想都很恐怖，自己可不敢把這種畫掛在牆上。

「（但是，假如換成利瑟爾大哥的話……）」

他悄悄看了利瑟爾一眼。

剛遇見他那時尊貴的氣質沉潛了下來，但是一見面便知道那種氣質並沒有消失。無論將頭髮撥到耳後的動作，還是悠然微笑的臉龐，都最適合捕捉到畫框之中了。

利瑟爾氣質如此，他與魔物對峙的光景，任誰看了一定都移不開目光。賈吉自有身為鑑定士的堅持，此刻腦海中浮現的價格，卻高得令他懷疑自己是不是偏袒親近的人。

「雖然子爵說他也想要我的畫作，不過這種事情怎麼想都覺得很不好意思。」

「這樣啊，原來這個價格也有辦法脫手……」

「劫爾看了也害羞得不得了，真有趣……嗯，賈吉？」

「咦?!」

發現自己無意間喃喃說出聲來，賈吉突然驚醒似地眨了眨眼睛。

怎麼了嗎？利瑟爾抬頭看著他問道。賈吉忙說沒事，搖頭如浪鼓，利瑟爾見狀便不再追究，微微一笑。

「那這邊只鑑定繪畫，不會收購囉？」
「啊，不是的，只是不擺在店裡販賣而已，還是會收購的，有轉賣管道。」
「轉賣管道？」
「有專門販賣迷宮品畫作的店家，收購的畫作會賣到那邊。」
真適合瘋狂愛好者的店舖，雷伊聽了一定很開心吧，倒不如說他可能已經知道這家店的存在了。
「在王都嗎？」
「不是，在商業國那邊，老闆是我祖父的朋友。」
所謂的商業國只是俗稱，原本的名稱是馬凱德，是名副其實的商賈聖地。在雷伊的宅邸裡，利瑟爾才剛聽過這個地名。
王都帕魯特達、商業國馬凱德、魔礦國卡瓦納，是這個國家的三大都市。後二者雖然稱為「國」，但實際上它們都是都市，只是因為性質上各自具備獨立機能，所以人們如此比喻而已。
「商業國離這邊很遠嗎？」
「不會，沒有那麼遠……搭馬車大概五天能到吧。」
「那邊好玩嗎？」
「嗯，非常熱鬧，什麼東西都有，觀光客好像也很多的樣子。」
像是繪畫專賣店那樣，凡是能賺錢的生意，在馬凱德一應俱全，新型態的買賣也接連誕生，因此商人、店家之間競爭激烈，也是馬凱德的特徵所在。

看來是個熱鬧繁華、生機蓬勃的都市，利瑟爾聽了也點頭。雖然在劫爾口中，那是個又吵又亂、鬧不下來的都市就是了。

「……利瑟爾大哥，你打算去馬凱德嗎？」

「咦，為什麼這麼問？」

賈吉忽然猶豫不決地開口，好像不好意思直說。

「那個，其實我爺爺住在馬凱德。」

「啊，就是劫爾說的上一任店主？」

聽見利瑟爾這句話，賈吉點了點頭。

他的身高甚至超越高挑的劫爾，動作卻像小動物一樣。看起來一點也不突兀，是因為賈吉散發出來的氛圍嗎，還是因為他有點娃娃臉呢？劫爾老是說，幸好這傢伙沒像到那老頭。

「那個……！」

「嗯。」

賈吉猶豫不定，視線四處游移了一陣，終於怯生生地看向利瑟爾。

「我最近打算去拜訪爺爺，所以……如果方便的話……」

賈吉越說越失去自信，利瑟爾在一旁靜靜等待。他已經注意到賈吉想說什麼，但是利瑟爾可沒有那麼寵晚輩，不打算凡事都出手幫忙。

「如果二位計畫到馬凱德一趟的話，希望你們擔任我的護衛，跟我一起過去！」

「但是，我還沒有接過護衛委託耶？還是找有經驗的冒險者比較好吧。」

利瑟爾說得有理，賈吉輕輕發出一聲哀號便閉上了嘴。

如果只是接受護衛委託倒是沒有問題。利瑟爾個人的階級是E，不過與劫爾組隊之後，他也被視為等同於隊伍階級的D階，可以接受C階的護衛委託。

個人的委託也必須經過公會，這是因為公會沒有經手的委託不會計算在冒險者的委託達成數當中。假如想私下委託冒險者幫忙，會採取指名委託的形式辦理。

「（對我來說是沒有問題。）」

利瑟爾邊看著正在尋找措辭、支支吾吾的賈吉一邊想道。

他本來就想到馬凱德見識一次，而且賈吉經商，擁有自己的馬車，再加上原本就有交情，擔任他的護衛想必十分自在愉快。但是為了他好，利瑟爾還是認為習於擔任護衛的冒險者比較合適，畢竟劫爾也說他很少接受護衛委託。

「你不願意嗎……？」

「沒有不願意呀。來，別擺出那種表情。」

總覺得賈吉背後紮成一束的栗色鬈髮也顯得有點無精打采，他垂頭喪氣地看向利瑟爾。利瑟爾伸出手，緩緩撫過他的臉頰。

泫然欲泣的眼角帶著熱度，有些發紅。利瑟爾將拇指輕輕壓在上頭降溫，賈吉瞇起了眼睛，看起來很舒服。

「你平時都怎麼辦？也有需要進貨的時候吧。」

「有幾個從爺爺管店的時候就認識的冒險者，有時候還會過來光顧，我都是拜託他們幫忙。」

「為什麼不向公會提出委託呢？」

「……我不想找那些……被這家店的名氣吸引過來的人。」

賈吉的祖父在一代之間就讓這家店繁盛起來，是道地的商人。

這裡絕對不販賣劣質商品，所以價格也有一定門檻，低階級的冒險者幾乎與這家店無緣。但是鑑定眼光精準無誤，再加上拜託老闆就什麼都買得到，在識貨的內行人之間評價相當優秀。

「（要把這件事也當作一種宣傳，對賈吉來說還是太難了嗎……）」

對於賈吉來說，祖父的存在實在太龐大了。光憑利瑟爾從劫爾那邊聽說的事情，就知道這也無可厚非，畢竟上一代店主可不是泛泛之輩。

利瑟爾倒是認為，考慮到那位上一代店主的性格，就算是自己的愛孫，他也不會讓無能的草包繼承店鋪，所以賈吉大可更有自信一點。

「說得也是，我明白你的心情。」

賈吉打算不依賴祖父的人脈前往拜訪，想必是為了證明自己已經成了獨當一面的商人，想要培養自信心。

既然如此，應該更努力聘僱冒險者才對呀。假如說到這個地步，是不是對他太嚴苛了？利瑟爾的手離開賈吉的臉頰，露出微笑。

「無論如何，你都不想找其他冒險者？」

「也沒有到……無論如何的地步……但是……」

「但是？」

聽見利瑟爾溫和沉穩的問句，賈吉摸著還殘留餘溫的臉頰，轉過臉去別開視線。過了一會兒，他沒有將臉轉回來，僅以目光瞥向利瑟爾。

「我還是最希望……跟利瑟爾大哥你們……一起過去。」

喉間擠出的聲音略為顫抖，帶著幾分撒嬌意味。賈吉發自內心想著，真想找個洞鑽進去，他伸手遮住發紅的臉頰。

他窘迫得甚至無法好好站著，一隻手撐在桌上支撐著身體，從指間戰戰兢兢地偷瞄利瑟爾。

那張臉龐僅有短短一瞬間浮現出訝異之色，隨後立刻轉為沒轍的笑容。賈吉看了心想，這人就是這樣才無可奈何，他拚命支撐住即將一屁股坐到地上的身體。

「……！」

是那寵溺的視線不好。

是那寵溺的氛圍不好。

利瑟爾總讓人覺得不論再怎麼撒嬌都會受到接納，是他不好。

賈吉也不懂自己對著客人在想什麼，但是不這麼想，他無法穩住自我。賈吉也非常拚命了。都多大年紀了，像什麼話，他在心裡狠狠斥責自己。

「不用這麼害羞呀。」

「對不……！」

利瑟爾見狀毫不介意，在這強烈到說不出話的羞恥當中，這點大概是他唯一的救贖。

看見賈吉掩在臉上的手正在顫抖，利瑟爾難掩笑意，朝他揮了揮手。

「今天我就先回去了。至於護衛的事，我會以接受為前提跟劫爾商量看看。」

「麻……麻煩……你了。」

賈吉用力點點頭，利瑟爾在作業檯上的銀色托盤裡擺上幾枚銅幣，作為砂漏的鑑定費用，隨後便走出店外。

確認他已經離開，賈吉抓著桌子，搖搖晃晃地蹲下身來。他緩緩呼出一口顫抖的氣息，將發熱的臉頰壓在冰涼的桌上降溫。

賈吉就這麼愣愣地盯著門板，回想自己透過鑑定眼光導出的，利瑟爾的身影。

「他應該不只是……一個溫柔的人而已……」

反正他對自己的溫柔毫無偽裝，所以無所謂吧。賈吉頂著停止運轉的腦袋，心不在焉地喃喃說道。

「就是這麼回事，所以賈吉最近應該會過來向我們提出指名委託。」

「賈吉啊。」

走出賈吉的道具店之後，利瑟爾沒有其他行程，便直接來到公會。

時間正好過了中午，是冒險者人數減少的時段。和煦的日光照進公會，坐在史塔德隔壁的職員閒閒沒事，開始打起瞌睡。

附帶一提，利瑟爾踏進公會的瞬間，史塔德便火速從新手登記櫃檯移動到委託櫃檯坐了下來。

「咦，你們認識？」

「鑑定迷宮品人手不夠的時候我們會委託他來幫忙。」

一問之下才知道，原來公會一開始是請求賈吉的祖父協助。老店主以精準的鑑定聞名，他一聽，便帶著年幼的賈吉來到公會。當時賈吉已經嶄露才華，鑑定迅速而精確，公會原本還有些不安，看了他的實力之後也大表歡迎。

「我們姑且算是同年，所以各方面交談機會不少。」

也可以說是因為年幼的史塔德從來不主動與周遭交流，所以身邊的大人們催促他去跟賈吉互動吧。

「看來你們很要好呢。」

「熟到受不了他缺乏自信的態度，算是有點交情。」

史塔德從不說謊、不搪塞敷衍，只會漠然說出真心話。換言之，這麼說代表他認同了賈吉的鑑定眼光吧，利瑟爾的眼神中也不禁流露幾分笑意。

史塔德凝視著利瑟爾臉上的表情，忽然開了口。

「你要到馬凱德去了？」

「嗯？」

利瑟爾回問，但史塔德頓了一下。和他對話的時候，回應一向迅速即時，像是一種反射，這種情況還真少見。

「是打算移動據點的意思嗎……」

史塔德喃喃說道，依舊板著一張面無表情的臉，視線直勾勾地望著利瑟爾。據點，利瑟爾在心中重複了一次。

看來史塔德以為利瑟爾打算就此轉移陣地到馬凱德，不再返回王都了。冒險者確實鮮少持續待在同一個城市，但是利瑟爾還不打算更換據點。

「不是，只是去觀光一下就回來了，畢竟沒去過那裡呀。」

「這樣啊。」

史塔德聞言眨了一下眼睛，想必是鬆了一口氣。利瑟爾輕撫他的頭髮。面無表情接受摸頭的模樣十分荒誕滑稽，不過並不是反感，所以利瑟爾毫不介意，指尖梳過他柔順的髮絲。史塔德若有所思地開口。

「但還是暫時見不到面了。」

「史塔德？」

怎麼了嗎？利瑟爾出聲問道，史塔德只是若無其事地回以一個問句。

「你今天打算接受委託嗎？」

聽見利瑟爾否定的答案，史塔德便倏地站起身來。

「接下來是我的休息時間，想請你陪我出去一下。」

「如果你不嫌棄的話，當然好。」

利瑟爾面露微笑接受了他的提議，看向後頭滿臉驚愕的職員。有什麼問題嗎？他微微偏了偏頭，所有職員看了全力比手畫腳表示否定，並比了個請便、請便的手勢恭送他們出門。

該不會……，利瑟爾看了職員的反應，向史塔德拋出問句。

「……史塔德，你是不是很少休息？」

「不累就沒有必要休息。」

還真的被他猜中了。

平常，即使其他職員催他去休息，史塔德也不領情，這下子卻主動安排了休息時間。眾多職員驚訝的同時，看見利瑟爾的身影也明白了其中緣由，尤其在公會任職已久的資深職員，更是感動得不能自已。

比較資淺的職員，則抱著一點看好戲的心態旁觀史塔德的變化。像剛才還坐在史塔德隔壁打瞌睡的職員，就毫不掩飾臉上意味深長的笑容。

「我們到外面去吧，麻煩你稍等一下。」

「慢慢來就好。」

利瑟爾目送史塔德帶著淡漠的神情，快步走進後頭。彷彿看見他經過隔壁職員身邊的時候踢了他的椅子一腳，是錯覺嗎？

「（只是情緒沒有表現出來而已，還真是直率。）」

利瑟爾帶著笑意想道，離開了櫃檯。

他走過冒險者稀稀落落的公會內部，來到委託告示板前方。不知道有沒有什麼適合的委託呢，他才剛這麼想，正要瀏覽第一張委託單，史塔德便回來了。

「久等了，我們走吧。」

他依舊穿著公會職員的制服，不過沒看見平時別在領子上的徽章。沒有站在櫃檯另一側的史塔德，看起來有幾分新鮮感。

「想好要去哪裡了嗎？」

「附近有一間很好喝的咖啡店，可以嗎？」

「那還真令人期待。」

史塔德原本直盯著利瑟爾看，聽了他的回答，便不發一語邁開步伐，走向公會外頭。看來他很開心。某種意義上，利瑟爾覺得他的心情還滿好懂的，不過總是難以獲得其他人贊同，畢竟史塔德的情緒也鮮少產生正向波動。

正如史塔德所說，那家店就在附近，從公會徒步兩分鐘就到了。只是站在店門口，便依稀傳來咖啡豆的香氣。史塔德打開門，說聲請進，邀請利瑟爾走進店裡。一踏進店內，迎接他的是木質裝潢的舒適空間。

室內稱不上寬敞，已經零零散散坐了幾桌客人。二人在桌前相對而坐，各點了一杯咖啡。

「在公會以外的地方看見史塔德，有種不可思議的感覺。」

「業務之外跟你搭話，是不是太厚臉皮了？」

「不會，我很高興喲。」

利瑟爾微微一笑。史塔德點點頭，回了句「這樣啊」，看向利瑟爾擺在桌上的手。注意到他的視線，利瑟爾解開交錯的手指，將兩隻手掌朝上，平攤在桌子上展示給他看。史塔德伸出一隻手，指尖從其中一隻手掌，輕撫到手腕上端。利瑟爾雖然覺得有點癢，仍然任他擺佈，史塔德瞥了他一眼，視線落到那隻手腕上，眼中似乎帶點滿意的色彩。

「瘀青不見了。」

「劫爾本來就沒有認真呀。」

「如果那個一刀真的哭著求情，我還真想看看。」

店員端來了二杯咖啡，史塔德也放開手。

利瑟爾一笑帶過，看來他不打算說出實情。史塔德也想過，既然他沒有否認，也許真是這麼回事。但以利瑟爾的個性而言，是真是假都不意外。

他邊想邊看向啜飲咖啡的利瑟爾。

「真好喝。」

「合你的口味就太好了。」

感受到利瑟爾的隻字片語逐漸揚起他的心情，史塔德也喝了一口咖啡。

其他職員強制他休息的時候，史塔德多半都會到這家咖啡店來。他從來沒帶誰一起來過，卻也不後悔邀請利瑟爾同行。

感受到的只有一種不可思議的自在，史塔德自然而然享受著這種前所未有的感覺。

「喂，你就是那個跟一刀組隊的小子？」

正因如此，出現這種人攪局的時候，史塔德真是不悅到了極點。

「老子還以為是什麼強者咧，沒想到喔。」

「你是不是付他錢叫他跟你組隊啊，我是勸你不要這樣炫耀啦，你不配。」

店門口的鈴聲「叮鈴鈴」響起，推門進來的是三個冒險者。

想必他們是從採光良好的大窗戶外頭看見利瑟爾，又確認過劫爾不在，才進來糾纏。

利瑟爾不動聲色，僅以視線環顧店內。何必挑這種地方呢，他嘆了口氣。店裡還有其他客人，要找碴也不該到這種地方亂來。

「有什麼話就到外面說吧。史塔德，不好意思，下次再……」

「我不要我想跟你待在一起。」

利瑟爾正要起身，卻被史塔德阻止了。

他臉上表情淡然，嗓音卻正好相反，帶著危險的威脅意味，毫不掩飾自己的不悅，手則抓著利瑟爾的手臂加以挽留。

利瑟爾忍不住為難地露出苦笑。第一次看見他如此坦率的模樣，雖然惹人憐愛，但他不打算連累史塔德。

「史塔德，我下次一定會再陪你來的。」

「我現在就要你陪。」

「乖乖聽話，好不好？」

「只要能讓你留在這裡不管變得多任性我都無所謂。」

看見史塔德淡漠地說出這些話，三個男人瞠大眼睛，好像看見了不可能發生的異象。實際上確實如此，在遇見利瑟爾以前，這一幕不可能發生。

「……喂、喂，你們把人晾在一邊太囂張了吧？」

眼見二人忽視他們自顧自交談，冒險者們強自壓下心中的動搖，暴躁地開口說道。其中一人的拳頭「砰」一聲砸上桌板，隨著那聲鈍重的敲擊音，杯盤也喀啦喀啦搖動。

「小鬼，你跟這小子很要好嘛，啊？搞清楚，現在是我們在說……」

「是啊很要好。」

史塔德散發的氛圍陡然一變，令人寒毛直豎。

那雙眼睛不再是看著利瑟爾的時候，那種淡泊漠然、深處卻有所渴求的眼神。與「絕對零度」之稱相稱的銳利視線射向男人，流轉的魔力奪去周遭的溫度，使人錯覺自己脖子上抵著一把銳不可當的冰刃。

「所以要是敢攪局，我無法保證你們的性命安全。」

「……!!」

啪的一聲，史塔德接觸桌子的指尖迸現出冰柱，襲向男人的拳頭，冰晶猝不及防攀上他粗壯的臂膀。

痙攣般的聲音鑽出男人的喉頭，他忙將刺痛難耐的手臂從桌邊拔開，隨之響起一陣碎冰剝離的細碎聲響。手臂雖然離開了桌子，但手肘以下已經完全結冰了。

「喂，這是……怎……」

「慢著，不要碰！」

他想撥下手臂上的冰晶，它卻散發出懾人的寒氣，似乎連碰到冰晶的手指都要一起凍結，男人頓時不知所措，臉色鐵青。

「不趕快加溫整條手臂就要切掉囉。」

冒險者們呆愣在原地，史塔德再也不看他們一眼，彷彿這件事已經與他無關。萬一在這裡鬧出騷動可就不好了，利瑟爾露出苦笑，從旁勸了一句。

「溫度突然升高會有危險，記得慢慢加溫哦。」

聽見這句話，男人們忽然回過神來。似乎察覺這不是開玩笑，自己的手臂真的面臨危機了，他們發出不成聲的慘叫，慌慌張張跑出店外。

不過看那種程度，別擱置太久應該沒有大礙。利瑟爾隔著大窗目送冒險者們跑遠，接著轉過頭來，朝著店裡戰戰兢兢看向這邊的客人開口。

「不好意思，打擾各位了。」

看見利瑟爾露出抱歉的笑容，在座的客人也鬆了一口氣，店內恢復了原本的氣氛。幸好那幾個冒險者擋在他們桌邊，其他客人沒看見發生了什麼事。是不是離開比較好呢？利瑟爾看向咖啡店的店主，對方微微一笑，朝他搖了搖頭。

「真是間不錯的店。」

史塔德正嘩啦嘩啦撥去桌上的冰屑，聽見利瑟爾開口，抬頭向他看去。

「不過，不可以做危險的事情哦，史塔德。」

「會被你討厭嗎？」

「不會，我只是擔心你。」

「好高興。」

有了跟利瑟爾要好的自覺之後，史塔德就不再客氣了。以前當然也沒有客氣的意思，只是有所自覺之後，他表達好感的方式也更加直接。

看見史塔德略顯得意的樣子，利瑟爾露出沒輸的笑容，朝他伸出手。

這天晚餐，利瑟爾正好跟劫爾同時用餐。

「不知道為什麼，年輕的孩子好像都很喜歡我。」

「你竟然沒自覺喔，太誇張了。」

利瑟爾回想這一天的情形，朝劫爾這麼說，卻遭到他不留情面的指摘。當然，利瑟爾和他們來往的時候，本來就打算盡可能培養友好關係，但是即使考慮這一點，還是覺得自己格外受到他們喜歡。

「嗯，不過碰到特別疼愛的孩子，我可能真的會比較寵一點吧。」

「……我懶得吐槽了。」

「什麼意思嘛。」

眼見劫爾皺起眉頭，利瑟爾也不滿地回嘴。話說回來，他接著開口，提起了賈吉護衛委託的事。

11

利瑟爾認為好感是可以灌輸的。

碰到努力獨當一面的商人，購物時便將一切交由對方決定，表達最大程度的信任。碰到不懂得依賴別人，冰冷不帶感情的職員，就透過掌心傳達毫無保留的憐愛。

相識之初明確表達好感，在對方心裡留下印象。此後對方若有所渴求，便持續給予，不會頻繁得令人習以為常，也不會罕有得令人以為即將失去，等到它成為對方不可或缺的存在，那就成功了。

乍聽之下好像某種卑劣的手段，但絕非如此。

面對想要親近的對象，表達善意是理所當然，只是利瑟爾能夠選擇精準無誤的方式示好而已。想要換得別人的好感就得付出努力，就是這麼單純。

畢竟自己釋出的善意，以及對方懷抱的好感，都沒有一絲虛假。

「我知道你除了做生意以外就是個拖拖拉拉的蠢材，麻煩你盡可能快點回來。」

「怎麼罵我蠢材……」

「回答呢？真是的除了身高以外一點長進都沒有。」

「好痛！」

利瑟爾即將啟程前往商業國馬凱德，此刻面帶笑容看著史塔德和賈吉打鬧，站在他身邊的劫爾則一副很想叫他們動作快點的樣子。

不過看見史塔德揍了賈吉的時候，利瑟爾還是開口制止了。一行人在史塔德目送之下，算是平安踏上了離開王都的旅程。

「史塔德總是對我好刻薄哦。」

難得看到賈吉直接將不滿說出口。這二人感情還真好，利瑟爾苦笑。

坐在略微搖晃的馬車當中，利瑟爾回頭看向賈吉駁馬的背影。從那道背影再看過去是一望無際的草原，只要沒有魔物出沒，這風和日麗的天氣想必會勾起人們慵懶的睡意吧。

「賈吉，你的馬車真不錯。」

「搭起來很舒服嘛，真不像載貨馬車。」

「謝……謝謝。」

賈吉自己擁有的馬車，用途當然是搬運貨物。

車廂是堅實的木造材質，不過使用的木頭是魔物素材，因此據說比布篷馬車還輕，搭起來像高級馬車一樣少有顛簸，以個人持有的馬車而言確實太高檔了。

正因為賈吉的道具店時常經手迷宮品和魔物素材，才有辦法訂製這樣的馬車。

「原來有了空間魔法還是需要馬車載貨。」

「對呀，排斥空間魔法……應該說，排斥魔法本身的素材和道具也很多。」

「原來如此，下次也讓我看看吧。」

「好……好的！」

利瑟爾和賈吉背對背坐著閒談。

這馬車畢竟是運貨用，所以座椅只有馬車夫背後架著的一片板子，足以讓三人並排而坐。不過在賈吉的體貼之下，板子鋪上了坐墊和靠墊，坐起來非常舒適。

「風吹起來真舒服。」

「是啊。」劫爾同意。

風裡帶著一點泥土香氣，從利瑟爾和劫爾背後吹來，朝著正前方不斷流逝的風景吹拂而去。

馬車後方可以敞開裝卸貨物，為了方便車夫一邊駕馬一邊拿取行李，位於車夫座椅後方的部分也可以打開。現在車上沒有特別需要小心搬運的商品，因此兩處的門都是完全敞開的。

「我本來想像的比較接近那種，上面只搭著一張篷子的馬車。」

「咦，怎麼會，不可能讓二位搭那種車……！」

「多虧你的用心，坐起來非常舒適，謝謝你。」

賈吉坐在比較高的位置，所以利瑟爾和劫爾的後腦杓對著賈吉的背，不過不妨礙對話。經過馬匹反覆踩踏自然形成的道路上，響著規律的馬蹄聲。

「說起來是舒適過頭了。」

「不好嗎？」

「沒。」

感受到利瑟爾不解的視線，劫爾無奈地回了一句。

沒錯，以冒險者的首次護衛任務來說，這可是破天荒的待遇。一般執行馬車護衛委託的時候，冒險者會被丟到貨物之間的夾縫，在廉價馬車的顛簸中一邊忍受暈車之苦，一邊耐著腰痛走完全程。

這次經驗作為利瑟爾的首次護衛委託究竟如何呢？劫爾想道，一扭頭轉向後方，從敞開的車夫座位再向外望去。

「劫爾？有什麼東西嗎？」

「……沒注意到我們，繼續前進。」

「好……好的！」

雖然完全不知道附近有什麼魔物，賈吉握住韁繩的手仍然緊繃起來。利瑟爾跪在椅子上，探出上半身，還是什麼也看不見。

「是什麼魔物呀？」

「風切狼群，大概吧。」

「大概？」

「感覺很像。」

劫爾打了個呵欠，整個人靠到椅背上。還是什麼也感覺不到，利瑟爾又往外看了一次。

「劫爾，你常提到氣息或殺氣之類的，但我完全感覺不出來。」

「習慣而已。」

「要怎麼習慣呢？」

「啊……到察覺不到氣息就會死的地方待一陣子之類的？」

劫爾話剛說出口，一股不祥的預感使得他看向利瑟爾。

果不其然，利瑟爾一副認真考慮中的樣子，劫爾見狀只說了句「省省吧」。這是個聰明絕頂，卻會面不改色做出蠢事的男人，根據以往經驗，劫爾已經深有體會。

二人的對話中散發危險氣息，聽得賈吉瑟瑟發抖，劫爾看向那背影，嘆了一口氣。

「喂，雇主，你知道該怎麼辦吧。」

「咦，呃……是？」

「有魔物出沒的話？」

「停下馬匹，躲到馬車裡！」

賈吉也去過商業國好幾次了。

當然，每次出發到商業國都有護衛同行。來回大約十天的旅途期間，從來沒有哪一次沒遇到魔物的。有魔物朝著馬車過來的時候，賈吉有辦法通知護衛，魔物對馬車沒有興趣的時候，他也多少練就了一點直接駕車從旁通過的膽量。

每次遭遇魔物襲擊，他都一臉快哭出來的樣子從車夫座位躲進馬車裡，所以很習慣了。

「這時候我們負責討伐，馬要是被盯上了記得把繩索切斷。」

「好的。」

一般來說大致是這樣吧，劫爾邊對利瑟爾說明，邊看向車廂的天花板。

劫爾說明的語氣粗暴，前後也不連貫，不過只講重點，對利瑟爾來說簡明易懂。

「喂，上面能開嗎？」

「上……上面？」

「天花板。」

「啊，是的，可以推開……劫爾大哥竟然看得出來。」

正如賈吉所說，車廂天花板的門是向外推開，這一側沒有把手。

這是為了從上方也能搬運貨物設計的吧。利瑟爾必須聚精會神，非常仔細看才勉強看得出接縫，真佩服劫爾能注意到。

「既然這樣……喂，就算被魔物發現，距離五十以外還是照樣前進。」

「……啊?!」

「每次都停下來也浪費時間。」

賈吉一臉不敢置信地回過頭來。

一般的狀況下，只要確認魔物朝著馬車過來就得立刻停車，光是這樣就很恐怖了。賈吉認識的冒險者實力也絕對不差，但是從來沒有聽他們下過這種指示。

「是……是用魔法嗎？但是，魔法沒有辦法連續使用，聽說也很難從馬車上瞄準……」

「不是魔法，你放心，這傢伙會搞定。」

「嗯，沒有試過從馬車上瞄準耶……不知道打不打得中。」

「邊走邊打還百發百中的傢伙說什麼傻話。」

劫爾語調裡滿是無奈，他手肘撐在椅背上，朝下看向利瑟爾。

不知道會不會成功，他嘴上雖然這麼說，臉上卻沒有一點不安的神色。畢竟就連一邊說話、一邊行走的情況下，利瑟爾幾乎都能準確打中劫爾指示的方向。

雖然馬車在行進當中，不過本人保持靜止不動，這對他來說是小菜一碟吧。

「真是的，魔力操縱可是很細膩的。」
「反正你辦得到不就好了。」
「應該是辦得到沒錯。」
利瑟爾發了句牢騷，劫爾明白他說得沒錯。
操縱魔力本來需要龐大的集中力，必須全神貫注才能發動攻擊。利瑟爾能夠邊走、邊說話邊進行這項作業，表示他的思考能力異於常人吧。
不過這麼做理論上也會累積相應的疲勞，所以萬一魔物數量太多，劫爾便打算自己動手。
「不過也真虧你做得到……灌注魔力、固定射線、調節後座力？」
「再來就是單純扣下扳機，不過這動作調整成一個步驟就能扣下去了。」
「不懂。」
利瑟爾之前也隱約察覺到了，劫爾對魔法完全沒興趣。
「利瑟爾大哥，你說的是……火槍嗎……？」
僵在原地的賈吉恢復了動作。
線索這麼多，被他發現也不奇怪。利瑟爾面露微笑，與劫爾交換了一個眼色。他本來就不打算對賈吉隱瞞武器的事，一方面也包含確認的用意。
「讓你看看吧，來。」
「咦，等……等一下……！」
利瑟爾假裝從腰包中拿出魔銃，從身後的窗子遞了出去。
賈吉看見那把武器突然出現在他腰際，慌忙確認前方的道路是一直線，接著單手接過那柄金屬長筒，拿到手邊。

沉甸甸的重量是如假包換的火槍不會錯，利瑟爾竟然把這東西當作武器，賈吉腦中頓時混亂不已。

「這樣好嗎？」

「沒關係。」

劫爾輕聲低語，利瑟爾聞言也微微點了點頭。

以賈吉的眼光，一定會識破這把槍不同於這邊的火槍。話雖如此，利瑟爾無意揭露自己來自異地的事實。

「咦，奇怪？」

賈吉盯著魔銃看了一陣子，忽然偏了偏頭，不愧是他優秀的鑑定眼光。

「這不是普通的火槍，對吧？」

「沒錯，所以才有辦法使用。」

「子彈是水晶、魔石……啊，不對，應該是魔力吧。但是沒辦法補充……？」

劫爾早已料到賈吉有能力看穿這把槍的不同，不過聽見如此詳細的鑑定結果，就連他也忍不住佩服。即使接觸到這邊不可能存在的道具，都有辦法看穿它的性質，只能說賈吉的本領實在優秀。

「你說得沒錯，沒辦法灌注魔力進去對不對？」

利瑟爾回過頭去，朝賈吉露出高興的微笑。

「嗯，雖然沒聽說過能把魔力當作子彈的火槍……但畢竟是迷宮品嘛。」

迷宮就是這樣，沒有辦法。這個觀念賈吉也明白，畢竟冒險者是他買賣往來的對象。這點對利瑟爾來說真值得慶幸，因為只要搬出這句話，什麼事情都解釋得通了。

「我打開那個寶箱的時候，幾乎所有魔力都被吸走了。可能是這個關係，它可以例外接受我的魔力。」

「只接受利瑟爾大哥的魔力……？它看起來不像魔力能通過的素材，原來也有這種事呀。」

賈吉發出一聲大開眼界的讚嘆。劫爾見狀在內心吐槽，沒這種事。

這麼說好像在欺騙賈吉一樣，利瑟爾多少也有點罪惡感，不過既然有其必要，他會斷然接受。作為補償，他絕不會曲解賈吉的鑑定結果。

「啊，但是後座力之類的……」

「當然有後座力，使用的時候有一些應對措施。」

聽著二人和睦的對話，劫爾心想原來如此，望著土地上交錯的轍痕。

賈吉擁有優異的鑑定眼光，假如能矇混過他這一關，要說服其他人一定也沒有問題。往後也許有機會在外人面前使用魔銃，先想好一套說詞也不壞。

「就是這麼回事了，劫爾。」

「知道了。就當作我目擊這件事就行了吧。」

「真不愧是劫爾。」

利瑟爾輕聲耳語，不讓賈吉聽見。這套說法需要說服力吧，劫爾朝他點點頭。

身上帶著好東西，一定會有人硬是提出無憑無據的指控找碴。先不提利瑟爾，敢跟劫爾唱反調的人可不多。

「啊……」

就在賈吉把魔銃還給利瑟爾的時候。

他一抬起頭，便看見視野中有東西在蠢動，忍不住發出一點聲音，用力握緊韁繩。

「喂，別嚇傻了。」

「好……好……好的。」

劫爾也注意到了吧。他轉過身來，眉間蹙得更深，定睛看向前方。

草原經過眾多馬車踩踏，形成一條沒有長草的天然路徑，道路兩側延伸的草原上，有些花草出現了顯然不同於風吹的搖動。沙沙沙，有什麼東西撥開草叢，朝著這裡逐漸逼近。

「劫爾。」

「是綠鬣狗，馬會被牠們拖走。」

這種魔物以拉車的馬匹為獵物，會將馬兒拖走，有時也會襲擊人類。

賈吉的臉一下子刷白，雖然從椅子上看不見他的表情，利瑟爾溫柔地將手掌放到他緊繃的背上。

「我們會保護你，別擔心。」

確認那背脊放鬆之後，利瑟爾站起身來。

馬車性能優異，沒有讓他踉蹌半步，他仰頭望向正上方的開口。雙手使勁一推，只感受到些微的阻力，門一下子就打開了，證明馬車平時經過妥善保養。

「……劫爾，我上不去。」

「啊？手不是搆得到嗎？」
「請不要以為每個人都有辦法這樣把身體拉上去。」
劫爾只要單手搆著便能爬上去，他一定不懂吧。配合賈吉高䠷的身材，車廂天花板偏高也是個問題。
賈吉聽到這段對話，再次不安地發起抖來，利瑟爾之前的鼓勵功虧一簣。
「利……利瑟爾大哥……，別勉強……！」
「沒問題的。劫爾。」
「喏。」
多虧看過了魔銃，賈吉稍微能夠想像利瑟爾戰鬥的情景了，不過內心的想像到了這個關頭也逐漸煙消雲散。利瑟爾對此毫不知情，直接朝著坐在原位不動的劫爾開了口。
劫爾伸出手，動作像是邀請他到座位上一樣。利瑟爾領會了他的意思，露出苦笑。
「我是不是該把鞋子脫掉比較好？」
「別鬧了，快點。」
利瑟爾攀著車廂上方敞開的窗緣，單腳踏到劫爾手上。
他伸出的那隻手腕沒有任何支撐，承受利瑟爾全身的體重卻仍然文風不動。究竟怎麼鍛鍊才能練成這副德性？利瑟爾心存疑問，一口氣將身體撐了上去。
「朝這邊過來的有五隻。」
「知道了。」
腰部以上探出車廂之後就簡單了，利瑟爾踏上略帶弧度的車頂，站起身來。賈吉擔心地探頭看向車頂，利瑟爾朝他揮揮手，接著看向目標所在的前方。

陽光眩目，拂過草原的風迎面吹來。他抬手遮住陽光一看，清楚看見了鬣狗在草原上躍動的影子。換言之，牠們距離不遠了。

「嗯，五隻。」

那毫無疑問是狗群狩獵的姿態，若不是被牠們認定為獵物，眼下的美景也許會令人看得出神。

「利瑟爾大哥……」

「繼續前進，沒問題的。」

利瑟爾不知第幾次開口為他打氣。被想成這麼不可靠的人還真有點受到打擊，他笑著想道，取出了魔銃。

「馬匹聽到巨大聲響會不會怕？」

「咦……啊，不會，應該沒關係……」

清脆的爆裂聲隨即撼動賈吉的耳膜。

連續好幾聲巨響，他不明白發生了什麼事，只能縮起肩膀。過了短短數秒，聲音戛然而止，賈吉不知不覺閉上的眼睛戰戰兢兢地睜了開來。

「好了，結束囉。」

不知何時，利瑟爾越過車頂走近他，蹲下身輕輕摸著他的頭。

「咦……？」

賈吉一時間不明白話中的意思，愣愣看向不久前鬣狗跑來的方向。不論他怎麼找，眼前不見任何影子的動靜，仔細一看，才發現一具綠褐色的屍體倒在大地上，在綠草掩埋中若隱若現。

賈吉不禁啞然，再回過頭來，看見那把槍靜止在半空中，飄浮在利瑟爾身邊。

「那是……怎麼……」

「為了避免後座力，所以用魔力操縱它使用。」

一陣混亂之中，賈吉開口提問，此刻開始緩緩咀嚼利瑟爾的回答。

賈吉對魔法原本就不甚熟悉，再加上腦中一片混亂，只能直接接受利瑟爾的說法。

「那我就回車裡囉，賈吉。你駕車的工作也加油哦。」

「好……好的。」

「不過這還真高……劫爾。」

「你是哪裡來的淑女啊。」

隨著劫爾無奈的聲音，利瑟爾的身影也沒入車廂內。目送他回到車上，賈吉一臉魂不守舍的表情，重新握好韁繩。優秀的馬兒處變不驚，仍然邁著規律的步伐前進。

他忽然想起先前的對話，想起那天聊到利瑟爾的繪畫。賈吉在腦海當中，將剛才的光景裱框掛到牆上。清靜地佇立於迷宮當中，火槍隨侍在側，面露微笑的身影，假如成了繪畫……

「利瑟爾大哥，配上火槍……感覺可以賣到很好的價錢……」

賈吉無意間喃喃說出聲來，回到他背後的利瑟爾也聽見了。不必說，接下來的對話內容自然是：「咦，我要被賣掉了嗎？」

由於不必在每次看見魔物的時候都停下馬車，旅途顯得非常順遂。

今天是第一天，結果除了綠鬣狗以外沒有遇上其他魔物，進度也遠遠超過了預定行程。到了接近夜晚的時候，已經走了接近兩天份的路程。

車上行李很少，馬車十分輕盈，馬匹看起來也沒有疲倦的樣子。不過他們可沒有不要命到敢在夜裡行軍，也不趕時間，於是三人按照原先的安排，開始準備紮營。

「賈吉，要不要我……」

「沒關係，二位坐著就好！」

話雖如此，動手準備的只有賈吉一個人。

利瑟爾好幾次想幫忙，都被他回絕了。現在他烹調料理的身影也洋溢著活力，看那俐落的動作，想必很喜歡做菜吧。

要說利瑟爾對自己的烹飪手腕有沒有自信呢，他從來沒下過廚。他覺得自己還是乖乖坐著比較安全，因此現在正坐在馬車車廂後方。

「劫爾，你擅長烹飪嗎？」

「大概就一般能吃的水準吧。」

「好厲害哦。」

一聽利瑟爾的反應，劫爾馬上就明白了。既然知道他的來歷，這也不難想像。

利瑟爾對什麼事情都抱持旺盛的學習意願，手基本上也還算靈巧，只要有人指導，學會料理也許並非難事。只是本人是個偶爾會幹出蠢事的傢伙，令人有點疑慮。

看他模仿賈吉的動作，握著假想菜刀練習的樣子，雖然這麼說有點抱歉，但發揮學習成果的一天恐怕不會來臨吧。

「晚飯差不多快做好了，請再等一下。」

到了飯菜開始飄香的時候，賈吉從一只皮箱裡雀躍地拿出桌椅，在車廂內安頓好，又準備好一盞燈擺在桌子正中央，接著是玻璃杯，還有裝在瓶子裡的飲用水。

「要是習慣了這種待遇，感覺就沒辦法再接賈吉以外的護衛委託了。」

「我想也是。」

劫爾無奈地回了一句，利瑟爾笑了出來，看向一個接一個變出餐具的皮箱。

「空間魔法真不錯。」

「這麼說來你們那邊沒有啊。」

「習慣之後真不知道回去該怎麼辦。」

利瑟爾低頭看向自己的腰包，不知道能不能設法帶回去。不過，既然這一點在如此酷似的環境之中仍然不同，空間魔法在那一邊也許無論如何都不可能存在。

「哪天去見見空間魔法師好了。」

「連他們所在地的消息都沒人聽過。」

「我也沒有見過耶。」

假如連販賣空間魔法包包的賈吉都沒有見過，要探聽到他們的情報也許相當困難。如果空間魔法可以對應到那一邊的傳送魔術，那可能是血脈的問題？

就在利瑟爾思索的時候，料理一盤接著一盤端到了桌上，那料理怎麼看都不會錯。

「豪華全餐出現了耶，劫爾。」

「那傢伙只用了一個平底鍋啊。」

賈吉一開始就擺好了整套餐具，端出來的菜餚就連擺盤都精緻講究，是完美的宮廷料理。

在賈吉活力充沛的巧手下誕生出來的料理，從利瑟爾眼中看來也毫無任何不自然之處。二人一邊就座，一邊目不轉睛地看著真正從一柄平底鍋變出來的豪華全餐。

「二位請用！」

二人在賈吉燦爛的笑容下不客氣地開動了，不用說，料理當然十分美味。

「利瑟爾大哥，你吃這個好適合哦。」

「是嗎？」

「（那是他本行啊。）」

賈吉本來打算繼續擔任服務生，二人讓他坐了下來，三個人一起共進晚餐。

馬車的事情、接下來的行程、到商業國想買的東西，話題怎麼聊都聊不完。原本客氣拘謹的賈吉也越聊越開心，露出軟綿綿的笑容。

晚餐差不多結束的時候，利瑟爾喝著水，忽然看向劫爾。

「這麼說來，夜間紮營需要守夜對不對？」

「嗯。」

「馬車上算是裝了驅逐魔物的東西……不過還是需要有人守夜呢……」

驅逐魔物的東西只是多少有一點安心效果而已。

它只能讓魔物覺得不太想靠近，當然也有魔物完全不把這種效果放在眼裡，直接襲擊過來。馬匹也繫在外面，難保沒有盜賊出沒，還是必須有人在外看守。

「我……我來……」

「你已經駕了一整天的馬車，就好好休息吧。」

賈吉自告奮勇，利瑟爾則溫和地勸阻。

人手不足，又有好幾位委託人的時候，委託人也可能負責守夜，但是賈吉只有一個人。白天他必須負責駕馬，萬一弄壞身體可就本末倒置了。

「能讓我先守夜嗎？熟睡之後我沒什麼自信可以醒過來。」

「咦，好意外……」

「基本上這傢伙早上都起不來。」

「真失禮，還沒有到起不來的程度呀。」

必要的時候，利瑟爾和劫爾白天也可以在馬車中輪流休息，但他存疑的是自己能否完成守夜的職責。利瑟爾當然不打算敷衍了事，他會全力以赴。肉眼能看見魔物的狀況下沒有問題，但他完全感受不到所謂的氣息。

「啊，原來這就是感受氣息的訓練……」

利瑟爾領悟了什麼似地喃喃自語。這人又在說奇怪的話了，劫爾在一旁望著他。

「要我一個人守夜也行。」

「但我不希望這樣。」

「我知道。」

利瑟爾先負責守夜的事，就這麼定了下來。

晚飯後的收拾工作，果然還是賈吉一個人做完了。利瑟爾也出聲問過他「至少收拾工作讓我來吧」，卻被賈吉活力充沛地拒絕了。看樣子他是閒不下來的那種人。

看著馬車中逐漸鋪上厚實的墊子和毛毯，利瑟爾點點頭。

「他是盡心付出的人呢。」

「還會作飯之類的，沒想到還滿多才多藝的嘛。」

「不過還是當商人最適合他。」

鋪滿寬敞車廂的墊子看起來好睡得沒天理，再加上餐點又如此令人垂涎，消息要是傳開來，每次賈吉提出護衛委託的時候，想必都要引發一場爭奪大戰吧。

「椅子我就放在這邊囉，請儘管使用。」

「我對這種場合的印象都是直接坐在地上耶。」

「不行，怎麼可以讓利瑟爾大哥坐在泥土地上……！」

看見賈吉拚命搖頭，利瑟爾好笑地向他道了謝。

只不過，聽他剛才的說法，之前的護衛是不是沒有椅子坐？座椅、料理、其他無微不至的款待，或許也是這次才有，想到這裡，利瑟爾停止了思考。

他明白賈吉沒有其他意思，只是希望單純的好孩子一直當個單純的好孩子就好。

「劫爾，你覺得可以看書嗎？」

「別放鬆警戒。」

「好的。賈吉，你要好好休息哦。」

「好……好的。」

利瑟爾在椅子上坐了下來，拿出一本書。他翻開書本，朝賈吉露出慰勞的微笑，柔和的眼神中多了幾分寵溺。

「晚安。」

「晚……晚安！」

這麼一來，多少能讓一臉歉意的賈吉放鬆下來休息了。利瑟爾目送賈吉有點害羞地慌慌張張鑽進馬車，也朝著劫爾揮揮手。

「有什麼事就叫我。」

「你也要好好休息，不然就不跟你換班囉。」

「蠢貨。」

劫爾笑了笑，也跟著進了馬車。

利瑟爾想像兩個高個子的人並排著睡覺的模樣，壓抑內心想要探頭往車廂內看看的衝動。反正等到換班的時間就看得到了，真期待。他從半掩的門扉上移開視線。

利瑟爾翻開手邊那本剛開始閱讀的書。

若有似無的泥土氣味、柔和的微風都令人心曠神怡。傳進耳中的只有樹葉摩擦的細微聲響，以及柴火偶爾響起的劈啪聲，夜幕籠罩之下，周遭顯得加倍寂靜。

搖曳的火光沒那麼適合閱讀，不過偶爾體驗一下也還不壞，利瑟爾靜靜露出微笑。

12

闔起不知道第幾本書，利瑟爾仰頭望向天空。

月亮已經稍微過了頂點，差不多該換班了，他從椅子上站起身。結果這段時間什麼事也沒發生，利瑟爾守夜時做的事情，也只有時不時追加木柴，不讓營火熄滅而已。

他小心翼翼不發出腳步聲，探頭看向馬車半開的門內。月光隱約照進車廂，兩個男人蓋著毛毯躺在裡頭。

「（不愧是兩個高個子。）」

馬車本來還算寬敞，這下子看起來卻顯得有些侷促，利瑟爾一邊想，一邊跪到車廂地板上。他動作十分小心，木板只響起細微的吱嘎聲，但其中一團毛毯伴隨著一陣窸窣聲動了起來。

「……換班了嗎。」

劫爾坐起身，邊伸手撥亂頭髮邊看向利瑟爾。

輕聲傳來的嗓音低沉沙啞，這也許是劫爾剛起床的聲音，他第一次聽見。利瑟爾一點一點將身體挪近他，小心不讓鞋子沾上地板，探過頭去看著他的臉。

「為什麼你一下子就醒了，該不會沒睡吧？」

為了不吵醒賈吉，利瑟爾悄聲問道。

下一秒，劫爾原本蓋著的毛毯便落到他頭上，想必是抗議他毫無根據的懷疑吧。利瑟爾取下遮住視線的毛毯，挪動身體往後退。
劫爾也起身坐到車廂後頭，兩條腿隨便往外頭一伸。
「我在外面不會熟睡。」
「那種睡法不是沒辦法恢復疲勞嗎？」
「已經夠了。」
利瑟爾也像他一樣坐在車廂後方，脫下鞋子。
接著，他忽然從上方握住劫爾擺在他身旁的手。體溫感覺比平常低了些，表示他剛才確實睡著了吧。
劫爾以單手靈巧地穿好鞋子，輕輕動了一下指尖。利瑟爾鬆開手，拿出兩本書。
「劫爾。」
「嗯。」
劫爾接過他遞過來的書，確認了一下封面便拿走了。
他對書籍沒什麼講究，無所謂偏好，不過從他幾次從利瑟爾那邊拿走的書籍種類推測，這兩本書讀起來應該不會膩。
至少能讓他打發時間吧，利瑟爾想道，稍微打了個呵欠，鑽進車廂內。劫爾遞來的毛毯帶著一點餘溫，他一面將毛毯披到肩上，一面挪近面朝牆壁睡著的賈吉。
「（嗯，睡得很甜。）」
探頭看看他的表情，那張娃娃臉睡著時顯得更稚嫩了，現在正呼出平穩的鼻息。
自己也早點睡吧，利瑟爾躺了下來。守夜時一點也不想睡，不過一躺到墊子上，睡意便湧了上來，看來自己也還算能夠警戒。

利瑟爾蓋上毛毯，擋住照進車廂的月光，輕輕閉上眼睛。

隔天早上，天還濛濛亮的時候，賈吉便醒了過來。

往朝陽的反方向看去，夜空還沒有完全消散。由於要準備開店的關係，賈吉起得很早，對他來說這是平常的起床時間。

「（在外面睡得這麼熟，說不定這還是第一次呢。）」

他撐起睡意朦朧的眼皮，緩緩坐起身來。這時，身邊隆起的毛毯映入眼簾。

在身材高眺的賈吉看來，那是團小小的隆起。利瑟爾的身高也絕不算矮，不過跟賈吉一比，所有人不分男女大概都顯得嬌小，這也沒辦法。

賈吉以剛起床遲鈍的頭腦望著那團毛毯，忽然起了一點點好奇心。他慢慢靠過去，戰戰兢兢朝毛毯伸出手。

「一下下就好……」

他說出不知道給誰聽的藉口，輕手輕腳掀開毛毯。

利瑟爾正好面朝著他睡，那張睡臉從毛毯底下露了出來，賈吉心裡一股無以名狀的感動。他平時總是害羞，沒辦法好好看著利瑟爾，不過現在就沒問題了，賈吉聚精會神地凝視他的睡臉。

那張臉孔稱不上耀眼奪目的美貌，左右對稱的端正臉龐卻醞釀出一股清靜的氣質。看見他緊閉的雙眼，賈吉才注意到那眼神雖然溫和沉穩，卻時時帶著高貴的色彩。正因為那色澤被掩藏起來，此刻他才能毫無顧忌地盯著利瑟爾看吧。
「（皮膚好好哦……我要跟史塔德炫耀。不過，應該會被打吧。）」
賈吉口中喃喃吐露對男人來說有點微妙的讚美之詞，緩緩伸出手指。
他的手幾乎要碰上那臉頰的瞬間，傳來「嘰」一聲細微聲響，門打了開來。
「……你在幹嘛？」
「嗚哇！」
「我還納悶你都醒了為什麼不出來。」
「不……不是的……！」
聽到劫爾的聲音，賈吉嚇得一屁股跌坐到地板上，莫名其妙開始辯解。
劫爾有趣地望著他的反應，就在這時候，利瑟爾也醒來了。真是熱鬧的早晨。

熱鬧的旅程也到了第四天午後，利瑟爾一行人終於抵達了商業國馬凱德。
雖說是「終於」，以商人的馬車之旅來說，這速度已屬可圈可點，本來這一趟路得花上整整五天。現在，他們正在排隊等候進城。
該說這裡真不愧為商業國嗎？貨物與人潮從各國匯聚而來，城門前排滿了馬車與旅人，熱鬧非凡。入城審查不算太嚴格，不過似乎得花點時間。
「犀果果汁，參考看看哦，一瓶一枚銅幣哦！」
「需要寄放馬車的客人，請到進城後右手邊的克雷頓託管所！進城門之後就在您的右手邊！」

馬車的隊列旁邊，兜售商品的小販、宣傳的商人來來往往。都還沒有進城，這裡的人營商精神還真是旺盛，利瑟爾面帶微笑，側耳傾聽四周的喧囂。

順道一提，車廂後門依舊敞開，他們正好和排在後面的馬車夫大眼瞪小眼。利瑟爾打趣地朝他揮揮手，馬車夫看起來混亂到了極點。

「利瑟爾大哥、劫爾大哥，快到城門口了。」

「嗯，冒險者只要出示公會卡就好了吧，條件好寬鬆。」

「商業國沒有人潮就不像話啦。」

「要重視治安還是追求發展，很難找到平衡點呢。」

入城標準寬鬆，雖然容易有其他國家的探子趁隙進入偵察，不過另一方面，人潮、貨物、情報也匯聚於此。

對經商之人而言，這裡有如聖地，實際上現在等候入城的隊伍當中，也幾乎都是商人持有的馬車。

這種類型的城市，必須由政治權衡能力優秀、值得眾多商人信賴的首長領導，這裡的領主自然也不例外，不過這個都市的狀況有點特殊。

「聽說是唯一一位平民出身的統治者。」

「你對這種人反感？」

「不會呀，凡是優秀的人材都值得歡迎，不如說我還想主動延請他們呢。」

利瑟爾出身貴族世家，觀念卻十分開明，劫爾聽了也深感理解。

不論史塔德還是賈吉，利瑟爾主動親近的人，都可說是優秀到出類拔萃的人物。根據利瑟爾的主張，這是因為優秀的年輕人實在很討人喜歡，劫爾心想，他曾經教導過的那位國王恐怕也屬於他口中「優秀的年輕人」吧。

「不過，他不是在這一代才升上領主的吧？」

「啊，是的。商業國還稱為商業都市的時候，現在這位領主大人的爺爺獲封了爵位。」

「好像是當時的領主收了那位爺爺當養子？」

「你居然知道。」

「書上寫的呀。」

上上任領主躍居統治者的地位之前，原本只是一介商人。

他在一代以內便躋身為富可敵國的巨商，在商人之間頗有人望，精通各行各業的交易買賣。有時他會向都市挹注高額資金，整頓道路、活化運輸流通。

據說商業都市得以蓬勃發展，獲得「商業國」的名聲，幾乎都要歸功於他的偉業。

「當時的領主也真沒面子。」

「論發言力道，想必也是上上任強過了當時的領主吧。」

不過他對當時的領主常保敬意，看見上上任這麼給他面子，領主也甚感寬慰，這是最值得慶幸的事了。

「正因如此，領主才會收他為養子吧。周遭難免出現各種意見，但這一定是最和平的方法了。」

就這樣，領主將他任命為下屆領主。

當時領主膝下無子，不曾後悔下了這個決定，而一直客氣推辭的上上任領主，也表達由衷的感謝，接受了領主的好意。

上上任領主為了報答這份恩情，竭盡全力統治馬凱德。此後三代之間，歷任領主努力不懈的結果，帶來了現在商業國的繁華。說起這城市一日千里的發展，確有值得感佩之處。

「現在仍然深受商人信任，代表他身為領主、身為商人都非常優秀。」

「聽說就連小商店的營業許可、開店場所之類的，都是由領主親自管理。還有，還聽說他會關注前途有望的生意買賣，有時候也會出資呢。」

「真不簡單。」

利瑟爾直率地表示佩服。出資之類的當然也是，不過最令人敬佩的，還是連數量驚人的營業許可都全權管理這點。

在商業國擁有自己的店面、成功致富，是所有商人的夢想。親自處理所有相關業務，代表工作量也會隨之暴增，不得不佩服領主每天完成這些工作。

「我也好擔心回去的時候。」

「你說堆積的工作？」

劫爾正確理解了箇中涵義，利瑟爾朝他微微一笑，決定現在不想這件事。

「啊，原來如此，是因為忙碌的關係呀……」

「賈吉？」

「聽說現在這位領主大人從來不會在人前露面，誰也沒見過他的長相。」

不在人前露面這一點，看在利瑟爾眼中十分不尋常。

暫且撇除好壞不論，貴族受人矚目是必然的。假如身為貴族，卻完全沒有人見過他的臉孔，那一定是刻意隱藏之下的結果。既然如此，他這麼做的理由是……。

劫爾不悅地看著陷入沉思的利瑟爾，又回過頭去窺探外面的狀況。

「喂，下一個是我們。」

「啊，好的。」

沒想到這麼快就輪到他們了，坐在車夫席位上的賈吉出示了專用的通行證，利瑟爾和劫爾則出示冒險者的公會卡。

守衛看見劫爾的卡片嚇了一大跳，他在這裡的知名度也很高。接著看見利瑟爾的公會卡，守衛滿臉詫異，拚命來回打量利瑟爾和那張卡片，發現他是冒險者之後僵住了一下子。

「就叫你別這樣老是害人僵住了。」

「就說這不能怪我嘛。」

在二人的玩笑話之中，一行人從回過神來的守衛面前順利通行。

一進到城門內，利瑟爾和劫爾立刻下了馬車，因為賈吉要直接前往祖父家了。雖然他也曾邀請二人到家裡一起過夜，不過利瑟爾他們不願意打擾賈吉與家人相處，因此婉拒了他的好意。

看見賈吉一副惋惜的樣子，劫爾都同情起他爺爺來了。要是知道最溺愛的孫子比起跟自己見面，反而把捨不得離開利瑟爾的心情擺在優先順位，不曉得他會怎麼想。

「那個，那利瑟爾大哥，你們住宿的地方……」

「接下來才要開始找。劫爾也說了，別挑剔的話一定找得到空房。」

「嗯，反正旅店多得是。」

「不……不行！」

一起度過了四天，賈吉對於利瑟爾他們稍微習慣了一些，現在已經能表達自己的意見了。不過賈吉的態度依然十分客氣，鮮少聽他提出反對意見，二人一聽不由得閉上嘴巴。

「讓利瑟爾大哥住在廉價旅店……怎麼可以……我沒有辦法接受！」

「我在他心目中究竟是什麼形象呀？」

「不就表面上看起來那樣嗎。」

賈吉渾身發抖，臉色鐵青。

二人聽見他口中喃喃念著：床那麼硬，餐點品質那麼差勁……這種措辭以賈吉來說算是滿失禮了，看來他真的不願看見這種事情發生。雖然堅持提供適合客人的服務，以商人的角度來說並沒有錯。

印象太好也是個問題，利瑟爾露出苦笑。

「沒關係，我不介意的。」

「我……我很介意。」

「那我們會盡量挑一下旅店的。」

「但是，如果沒有其他空房，二位還是會在便宜的地方過夜……！」

面對最後以眼淚攻勢阻止他們的賈吉，利瑟爾屈服了，劫爾則覺得沒救了。

賈吉推薦了幾間旅店之後，為了預防萬一遭到拒絕，又遞給他們一張卡片。這是介紹卡，上頭寫著賈吉的名字以及所屬商會名稱，對商人來說是十分重要的證明。

這張卡片在商業國具有相當的效力，只要出示它，在大部分的旅店都能獲得最大限度的通融。

「這麼重要的東西，交給我們沒關係嗎？」

「是的，請收下吧！」

賈吉眼中泛著淚水，露出軟綿綿的笑容。利瑟爾心懷感謝收下了卡片，畢竟這番好意本身還是十分令人高興。

「你為什麼就是拗不過那傢伙啊。」

「看見那種眼神哭著求情，實在沒辦法拒絕呀。」

感覺再繼續拒絕下去他會絕望到心死。

利瑟爾低頭看向卡片。上面記載的商會名稱正是賈吉祖父的商會，也概略標示了商會的位置。

「那麼，三天後我們就到這個地方接你。」

「絕……絕對不可以接其他馬車的護衛委託哦，要跟我一起回去！」

賈吉也很清楚，一刀造訪商業國的消息一旦傳了開來，護衛委託的邀約肯定會如雪片般飛來吧。他拚命說完，便牽著馬車離開了。

利瑟爾微微揮了揮手，目送賈吉離開之後，重新環視了周遭一圈。

「好擁擠哦。」

「我就說吧，又吵又亂。」

這裡明明是城門口，攤商小販卻紛紛聚集，原本寬敞的空間全都擠滿了生意人。所有街道都商店林立，就連狹窄的小巷也有小販擺攤。抬頭一看，無數宣傳用的旗幟、海報掛得滿街都是。

這是名副其實的商人之城，觀光客和居民都為數眾多，街道上熙熙攘攘，到處都擠滿了人潮。

「總之先找地方下榻吧，賈吉也推薦了幾間旅店。」

二人像平時一樣並肩邁出步伐。

他們在大街上往前直走，但身在洶湧的人潮之中，總給人一種眼前擋著人牆的錯覺。在這種狀況下大家都是怎麼前進的？利瑟爾心想，跟上劫爾不以為意走入人群的腳步。

「啊，對不起。」

「哎呀，不好意思。」

「那個，劫爾，等……」

「……你走後面。」

看見利瑟爾被人潮推擠得寸步難行，劫爾抓住他的手臂，將他引到自己身後。畢竟利瑟爾沒有在人群中行動的經驗，會發生這種事也是理所當然。

利瑟爾聽話走到劫爾後面之後，前進步調順利得不可思議。除了周遭人們會避開外表兇惡的劫爾之外，也是因為他知道在人群中行走的訣竅吧。

「找到旅店之後，我們稍微逛逛吧。」

「可以啊，反正飯不也要在外面吃？」

「嗯。賈吉說，這前面……」

目不暇給的攤販時不時吸引利瑟爾的目光，就這麼走了幾分鐘。這時，只見劫爾保持面向前方的姿勢，忽然朝他伸出手臂，反手往他腰際一攬，利瑟爾也隨之往旁邊錯開一步。

利瑟爾還來不及思考怎麼回事，便聽見身旁擦肩而過的某人咋舌一聲。他回過頭去，但在茫茫人海當中早已分不清那是哪一個人。

「……被當成獵物了？」

「大概吧。」

看來是擁擠人潮中一定會出現的特產，扒手。利瑟爾外貌打扮高貴，在他們眼中是絕佳的肥羊吧。

「你居然有辦法發現。」

「看就知道了。」

「劫爾，你有時候很依靠感覺過活呢。」

二人邊聊邊從大街轉進巷子。主要街道入夜之後仍然熱鬧非凡，為了晚上想安靜睡覺的旅客著想，有些旅舍開設在巷子深處。由於夜裡能夠俯瞰大街上的燈火，聽說觀光客常常選擇外側的旅店，不過二人是比較重視睡眠品質的那一派。

經過一家在毯子上排列著礦石販賣的攤販，利瑟爾和劫爾爬上巷子轉角的階梯，抵達賈吉推薦的旅店。

他們住進一間二人房，坐下來稍事休息。

「住三晚啊，不長不短。」

「劫爾，你有什麼想做的事嗎？」

「沒。」

「你來過馬凱德吧？守衛看見你也很驚訝的樣子。」

「只是傳聞吧，我在這也沒待多久。」

劫爾為了委託到過商業國幾次。這裡也有冒險者公會，但他不曾將馬凱德當作據點長期停留，這裡喧囂擾攘的氛圍不符合他的喜好。

即使如此仍然成為街頭巷尾的話題，無非是因為劫爾只花一個月就制霸了馬凱德周邊的所有迷宮。不過本人認為這不是利瑟爾在乎的情報，所以不會主動提起就是了。

「你呢？」

「總之我想先看看有名的景點。啊，不過對你來說是不是沒什麼新意了？」

「不會，反正也沒來觀光過。」

「那就這麼辦吧。」

悠哉休息一會兒之後，二人打算趁著天色還亮的時候四處逛逛，於是走出了旅店。

「畜生！該死的渾帳，我要宰了你！絕對宰了你！」

一名男子當眾怒吼，一隻手上拿著劍，時不時宣示憤怒似地揮舞。

地點是商業國知名的「攤商廣場」正中央，擁擠的人潮當中，唯有男子四周騰出了一圈空間。

看熱鬧的人群紛紛投來好奇的視線。事情為什麼變成這樣？利瑟爾心想，在這場騷動中心露出苦笑。

走出旅舍，逛了各式各樣的商店之後，最後映入眼簾的光景令利瑟爾不由得發出讚嘆。

領主官邸前方，有一座具有相當規模的廣場。整個廣場擺滿了攤販，從地攤到流動攤車都有，販賣的商品更是五花八門，從飲食小吃到武器防具、各式雜貨，商店多不勝數，號稱在這裡沒有買不到的東西。

廣場深處有座噴水池，在這人聲鼎沸、宛如迷宮的攤販叢林當中，唯有噴水池周邊露出色彩鮮豔的石磚地面。

噴水池後方，有道寬廣的長階梯通往官邸。人們各自坐在階梯上，大啖攤子上買來的輕食小吃。

「也差不多餓了。」

「今天就早點吃晚餐吧？」

已經到了天邊染上茜色的時間。今天午餐的時間也偏早，差不多可以開始物色餐廳了，利瑟爾邊想邊仰望遠方的官邸。

出入的人群當中，有一些看起來像是行政人員，也有商人，行政機關可能也附設於官邸當中吧。這種情況下領主還有辦法隱瞞相貌也滿厲害的，利瑟爾正漫不經心地這麼想。

這時，劫爾忽然旋身站到利瑟爾另一側，拔劍彈開襲來的劍刃。

「劫爾？」

「外行的一邊涼快去。」

路人尖聲逃竄，男子發出怒吼，劫爾舉起出鞘的大劍，站到利瑟爾身前。

利瑟爾大致審視了周遭狀況，等待人群離開他們身邊。他從劫爾身後看向男子，那人眼神扭曲，憎惡地朝這裡瞪來。

想當然耳，利瑟爾根本摸不著頭緒。

「你是不是認錯人了呢？」

利瑟爾露出和緩的微笑問道。他溫和的嗓音平時能鎮靜聽者的情緒，這次卻煽動了對方的怒火。

「怎……麼可能認錯……！」

「我們是第一次見面吧。」

「廢話，像你這種渾帳東西！當然沒有必要記得我這種人！」

聽見男子扯開嗓門嘶聲怒吼，圍觀的人群一陣騷動，又往後退了一步。

劫爾的視線一瞬間瞥了過來，利瑟爾輕輕搖了搖頭，暗示他別砍傷對方。

考量到周圍的狀況，還是早點解決問題為上，不過他至少想問出對方攻擊的理由。

「那我問你，我間接對你做過什麼事嗎？」

「還敢問什麼事……！」

男子眼中布滿血絲，氣得都要咬斷牙齒，形貌駭人，但利瑟爾的微笑絲毫不為所動，像在催促他回答似地微微偏了偏頭。

想必是覺得利瑟爾瞧不起他吧，男子握緊劍柄，往前跨出一步。劫爾靜靜按兵不動，銳利的眼光卻沒放過這個動作，他手中劍影忽然一閃。

「敢跨過來你就沒命。」

一旁路邊攤的旗幟倒了下來，像一道界線橫在雙方正中間。

看來男子雖然失去理性，仍然注意到劫爾低沉的嗓音不是在開玩笑。他停下腳步，宛如被釘在原地，滿懷憎惡的眼神瞪向利瑟爾。

「就是你這該死的王八蛋毀了老子的店！」

「我？」

「就是你！該死的平民，肖想當什麼統治者！」

搞錯人了。

「你喔……」

「就說了我這也是不可抗力嘛。」

熟悉的對話不知重複了第幾次，就連利瑟爾都有點賭氣了。

經過劫爾提醒，他在各方面都這麼努力了。當事人劫爾其實覺得大可不必，「反正久了旁人自然會習慣」，還真是傷人，不過利瑟爾毫不知情。他朝男子露出苦笑。

「我還是澄清一下，你弄錯人了。」

「放你媽的屁！在大街上亂晃的貴族除了你這渾帳還會有誰！看我不宰了你！」

利瑟爾對於無法溝通的談話對象敬謝不敏。該怎麼辦呢，他邊想邊移動視線，不動聲色地打量周遭情況。

「我還是主張你認錯人了，不過你的店鋪為什麼遇上這種事，你自己心裡有數嗎？」

然後，利瑟爾選擇了拖延對話。劫爾探詢地看向他。

「不就是你這王八嗎！關了我的店！」

「那關店的原因是？」

沉穩提問的利瑟爾，怎麼看都不像是性命正受到威脅的人。

之所以待在劫爾身後一步的位置，也不是因為對眼前男子心懷恐懼，只是為了方便劫爾保護罷了。就是這種態度才容易遭人誤會，劫爾已經放棄說出口了。

「少廢話……！」

「是難以啟齒的事情吧？」

「還不是你這渾帳……只為了那點程度的小事！」

「連自己口中只有『那點程度』的規定都無法遵守，你還想在這個城市開店？」

從男子話中透露的訊息，利瑟爾猜測大概是這麼回事。

這裡是商人之城，隨處擠滿了經商之人。尤其這裡又是攤商廣場，眾多擺攤的小販正遠遠觀望鬧事的男子。

他們聽了利瑟爾這句話，便明白男子的罪狀，他一定是犯下重大違規，才遭到領主勒令關店。商人們信任領主，毫不質疑他的決策。

「有錯在先還反過來怨恨領主，這樣不好哦。」

利瑟爾微微一笑，周遭異口同聲響起附和的呼聲。

每傳來一句怒罵，男子瞪大的眼睛就多了幾分狼狽，急急忙忙看向周遭。他一心認為一切錯在領主才保住自尊，人群的指責一點一滴奪去這份自負。

但是，逃避所有責任並歸咎於領主的男人，不可能坦然面對自己的過錯。

「看屁看！不對不對不對！全都是那渾帳的錯！」

再這樣下去，不難想像男子行為失控、危害人群的場面。面對胡亂揮舞劍刃的男子，利瑟爾不慌不忙，悠然朝他開口。

「遵守規定，和贏得信用是同一回事。」

他凝視著男子，以規勸的語氣說道。

「你不適合經商。」

就這麼將男子對著群眾的矛頭強制轉向自己。

男子發出瘋狂的怒吼突擊過來，想必眼中已經看不見利瑟爾以外的任何事物。劫爾興趣缺缺地舉劍迎擊。

「我們要立刻離開這裡，麻煩別傷到他。」

「麻煩死了。」

回應裡摻雜一聲咋舌，劫爾只彈開了男子手中揮舞的劍，趁著男子失去平衡，一把捉住他襟口摔到地上。

劫爾一腳踩住他的背，看向利瑟爾，發現他已經沒看著這裡了，而是看向圍觀的人群，正筆直凝視著某一點。

「喂。」

就在周遭群眾高聲喝采、亢奮交談的時候，憲兵的身影出現在人群之中。劫爾見狀喊了利瑟爾一聲，這時他才終於看向男子。

利瑟爾臉上仍然掛著微笑，但眼中已經失去了興趣。

「再澄清一次。」

利瑟爾從腰包拿出一枚卡片，擺在被劫爾踩在腳下，動彈不得的男子眼前，讓他看個清楚。

「你認錯人了。」

男子終於理解這張公會卡代表的意義，茫然愣在原地。利瑟爾就這麼拋下他，邊將卡片收進腰包，邊邁出步伐。

「喂，怎麼了。」

「不枉費我延長騷動，看起來好像上鉤了。」

傳來憲兵叫住他們的聲音，利瑟爾只回了句「改天再說」，便繼續前進。

為什麼要配合來找碴的男子？面對自己敬謝不敏的類型，為什麼選擇延續對話？那是因為利瑟爾心懷某項期望，正等待某人登場。

「你該不會……」

「走吧，不然要跟丟了。」

在劫爾不著痕跡從旁協助之下，利瑟爾鑽出人群，找到了目標的背影。

這男人到剛才為止都旁觀這場騷動，卻在事態落幕的同時轉身折返。一雙長腿跨出大步前進，腳程快速，二人追上他的時候已經出了攤商廣場，走在大街上了。

「不好意思，現在方便打擾嗎？」

男人的腳步未曾稍停，利瑟爾走到他身側，像朋友一樣並肩邁出步伐。

「駁回。我很忙。」

「但我身上有一封信要轉交給您。」

「駁回。我沒聽說有誰要帶信給我。」

男人看也不看他一眼，筆直面朝前方，利瑟爾見狀苦笑。劫爾聽見這段對話，眉頭皺得死緊，他不祥的預感應驗了。

「那麼……我被誤認成閣下，還差點被殺，您不請我吃頓晚飯聊表歉意嗎？」

男人驀然停下腳步。

他的視線首度轉向利瑟爾，響亮地嘖了一聲，表情透露出不情願。男人重新跨出步伐，鞋跟惱火地敲響地面。

「跟上來。」

聽見他拋來那句咕噥似的回答，利瑟爾愉快地加深了笑意。

13

這是間宛如洞窟般光線昏暗的餐廳，氣氛卻一點也不陰沉。點綴室內的燈火照亮幾塊雪白桌巾，裸露的橫梁中和了石鑿壁面的粗獷，營造出優雅沉靜的氛圍。

利瑟爾他們被帶到其中一個座位，排列在餐桌上的玻璃杯和銀製餐具熠熠反射著燈光。

「很榮幸見到您，伯爵閣下。」

「駁回，你知道我不想在這裡聽見這個稱呼吧。」

「該如何稱呼您？」

「……叫我沙德。」

馬凱德的領主報上名號，鋒利的目光直瞪著利瑟爾與劫爾。

他帶二人前來的這家店，絕不是堂堂伯爵會光顧的上流餐廳，但是沙德一身商人打扮，極其自然地融入了這個空間。

他對著端上桌的菜餚啜飲葡萄酒，舉止看起來就是位上級商人，看來完全不打算宣揚自己的領主身分。

「你又是什麼人？」

「只是區區的冒險者而已。」

沙德眼中滿是猜疑，絲毫不相信利瑟爾說的話。

他的年紀大約與雷伊相仿，髮色卻與他形成對比，是闇夜的顏色。一對血紅的眼瞳，銳利眼神底下掛著濃重的黑眼圈。

再怎麼恭維，這氣質也稱不上友善討喜，但他的相貌卻美得令人毫不在意這一點。如果說雷伊是不分男女都能留下良好印象的美男子，那麼沙德就是所有女性不分老少，看了都要停止思考的絕世美貌吧。

「（這個人要是露了臉，各方面大概會惹上不少麻煩……）」

利瑟爾感慨地想道。當然，沙德隱藏身分的理由想必不僅止於此。

「……那是一刀嗎？」

紅色的眼眸轉向坐在利瑟爾身旁的劫爾。

劫爾僅稍微瞇細眼睛回應他的視線，伸手去拿酒杯，看上去多了幾分暴戾之氣，沙德卻不為所動，繼續開口說下去。

「聽說一刀組了隊伍，性格看來倒是沒收斂多少。」

「您消息真是靈通。」

「我不需要別人追捧。」

這人真難伺候，利瑟爾露出苦笑。

接著利瑟爾朝眼前的料理伸出叉子，他也差不多餓了。

叉子捲起擺盤精緻的帕斯塔麵，送入口中。香草的氣味竄入鼻腔，醬汁辛辣得恰到好處，給人留下深刻的印象，烹調比起大眾餐廳更加講究。

算是價格稍微偏高的美味餐廳吧，以沙德現在這身打扮，帶著利瑟爾與劫爾前來也不顯突兀的餐廳當中，這可說是最佳的選項。
「非常美味。」
「既然在馬凱德開店，這是當然。」
看來沙德雖然一臉不情願，還是有意賠禮的。這可真是受人招待了一頓豐盛的晚餐，利瑟爾露出樂在其中的笑容。
「劫爾，這個奶油嫩煎檸檬魚排真美味，下次做給我吃。」
「誰會做啊。這酒來一瓶。」
既然如此就不必客氣了，利瑟爾開始大肆品嘗桌上的料理。
劫爾似乎也察覺這一點，立刻向經過的侍者點了葡萄酒。不管再怎麼有錢，有人請客還是很令人高興。
即使眼前的貴族投來蘊含殺意的視線，二人也毫不介意。
「……快說正事，你們的目的是什麼？」
「就把這頓飯當作目的也很好呀。」
「駁回。」
聽見沙德狠狠皺著眉頭這麼說，利瑟爾放下叉子，朝他遞出一封信。
沙德沒有伸手接過信，只是瞪著那信封，又質疑地看向對方。利瑟爾緩緩露出微笑，將信封翻到背面。
看見封緘的紅色蠟印，沙德咋舌一聲，終於收下這封信。
「你怎麼巴結他的？」

「我們接到子爵的迷宮品委託，繳交迷宮品的時候包裝了一下，子爵看了非常中意。」

「那傢伙真是白癡……」

聽見利瑟爾沒有否定「巴結」這個詞，沙德挑起一邊眉毛。

他和雷伊算是認識相當久了，知道雷伊會向冒險者提出迷宮品委託，也知道那個男人沒有愚蠢到讓逢迎奉承之輩輕易接近。

「（可以肯定的是這人城府很深。）」

他看向正在聽劫爾介紹葡萄酒的利瑟爾。

這男人看起來實在不像冒險者，也不像逢迎諂媚的人，甚至令人覺得他沒有必要做那種事。不過，只要他有心，攏絡別人對他來說不會是什麼難事吧。

或者是雷伊注意到這男人有意討好，也允許他這麼做？儘管注意到這一點，仍然判斷他是值得爭取的人才。不論如何，共通點只有一個：這人絕對優秀得無庸置疑。

「（不管實情如何，這封信大概是叫我別出手吧。）」

許多貴族喜歡將優秀的冒險者據為己有，但這跟自己沒有關係，他不悅地捏緊信封。

「也就是說，嗯……那個年代的是好酒？」

「也不是全部，但那支倒是不錯，給我來一瓶。」

「啊，我也順便點菜，那道醃漬料理可以幫我上一份嗎？」

「再來點下酒菜。」

信封被他捏縐成一團。

雖說利瑟爾差點被殺，最後還不是安然化險為夷，好歹也客氣一點吧。沙德刻意發出一聲響亮的咋舌，拆開那封信。

信中只寫著這麼一句話。

【勿與此人為敵。】

平時雷伊的信中總是洋洋灑灑寫滿了迷宮品的炫耀，之後才終於進入正題，這次卻只有這麼一個句子，寫在信紙正中央。

這確實是雷伊的筆跡。正因為沙德確信筆跡的主人是誰，才更不敢置信。

「（那個想將喜愛的東西全都納入手中的男人，竟然會……）」

雷伊分明對這人十分中意，甚至讓他帶著自己的信，卻不打算將他據為己有。

是留在身邊太過危險嗎，還是對方強大得無法占有？若是前者，特地讓他帶著親筆信沒有意義，那麼想必是後者了。

「（他應該只是個冒險者才對。）」

不僅利瑟爾如此自稱，匯集到沙德手邊的情報當中，確實也有這個人的傳聞。

親眼一看，這人外表相貌、舉手投足都充滿高雅氣質，甚至遭人誤認為貴族，還因此遇襲。但他確實不是任何國家的貴族，僅有E階冒險者的地位。

「有件事要問你。」

「是。」

「你怎麼知道我是領主？」

可不能讓二人知道信中寫了什麼，沙德將信封收進內側口袋，提出疑問。他原本就打算問這件事了。

唯有舊識知道沙德的領主身分，這是為了抑制上上任領主以來過於龐大的影響力，同時也是為了不讓人知道領主在何處監視，好讓金錢交易容易產生的弊端無所遁形。

「首先是您的外貌，有一本書提到了上上任領主。」

利瑟爾拿出一本書，書名是《馬凱德興盛史》，鉅細靡遺地記載了商業都市獲得「商業國」這個別名之前的歷史。

「『漆黑艷麗的髮絲，一雙鮮血般的眼睛，擁有無比端正面孔的他，能將商業談判的場合轉變為截然不同的空間……』」

「好了。」

劫爾出聲阻止連書都沒翻開就準備引用一整節的利瑟爾。

因為劫爾知道，要是不阻止這傢伙，他會一直講到話題告一段落為止，接著順勢談起書籍內容的考據。劫爾在他準備考據的瞬間就會逃走了，所以利瑟爾聊書總是聊不夠。

「駁回。只知道外貌不可能發現是我。」

「不過也是個重要線索吧？」

沙德說得對，黑髮紅眼的人不多，但也不是完全不存在。

至今為止，不知有多少人讀過《馬凱德興盛史》，沙德不可能從來沒與這些人錯身而過。面對沙德追問的嚴厲視線，利瑟爾的微笑仍然不為所動。

「另一點該說是狀況吧。」

「狀況？」

「就是剛才的騷動。您一開始只是在遠處觀望，不過對方懷疑我是領主的瞬間，您就走到前面來了，對吧？」

畢竟地點就在官邸前面，假如領主人在附近，一定會過來看看狀況，因此利瑟爾一開始就盯上了幾個外貌特徵一致的人。

利瑟爾說得一派輕鬆，劫爾無奈地仰頭飲盡杯中的酒。到底有誰會在自己性命受到威脅的狀況下，還把握機會尋找領主啊？

正因劫爾習慣了，所以只是無奈而已，沙德聽他這麼說，看向利瑟爾的眼神甚至帶著警戒。

「這理由還是缺乏說服力。」

「是嗎？」

確實，當時沙德就在附近。即使人不在附近，攤商廣場距離官邸僅有咫尺之遙，聽說有個疑似領主的男子在此遭人糾纏，他也會過來一探究竟。

他原以為有人假冒領主，到了現場之後確認利瑟爾明白澄清自己的身分，便知道是鬧事男子誤會了。

「但全場只有您一個人沒有看著鬧事的人，而是看著我。」

聽見利瑟爾面帶微笑指出這一點，沙德皺起眉頭。正如他所言，沙德沒有興趣聽無理取鬧的男人發牢騷，反而更在意遭到糾纏的利瑟爾。

這人看起來顯然是貴族，但他完全沒接到任何貴族來訪的消息，那時他還沒想過那就是傳聞中酷似貴族的冒險者。

「再來就是觀察聽到對話的反應了吧。」
「我可不記得自己做出什麼露骨的反應。」
「觀察這種細節是我的特長。您特地走到人群前方，也是因為擔心我們的緣故吧？」
「不要擅自想像。」
即使這場紛爭因自己而起，領主也沒有必要靠近危險。
以他的身分不如立刻呼叫憲兵還比較省事，沙德卻走入騷動的中心，所以利瑟爾有十足的確信。不過既然本人否認，他也不再多提。
「再來就是向本人搭話確認了。」
「駁回。我什麼都沒有說。」
「貴族之類的人物，有一種獨特的氣質吧？」
那種獨特的氣質，冒險者怎麼可能分辨得出來呢。
利瑟爾完全不讓人掌握自己真正的意圖，卻時不時說出這種煽動別人的話，沙德對這人甚至有點不耐煩了。
回想起來，他連利瑟爾搭話的目的都還不清楚。
他判斷利瑟爾不是隨便巴結權貴的男人，因此更無法理解他究竟想做什麼。這人越是交談越難以捉摸，挑動沙德在商業談判中不曾紊亂的思緒。
「然後呢，你叫住我有什麼目的？」
「這個嘛……其中之一是那封信。既然子爵要我拿這封信去用，一直留在身上也不太好意思。」

劫爾聽了斜睨著他，這理由太薄弱了。

歸根究柢，不論領主還是國王，只要利瑟爾打定主意想跟對方接觸，即使沒有親筆信，維持冒險者的身分也辦得到，劫爾深信不疑。

而他卻舉出信件為由，是為了解除沙德的警戒嗎，或是正好相反？

「你認為我要的是這種模範答案？」

想必沙德也是這麼想的，他確信利瑟爾還有其他主要目的。

這也算是正當的理由之一呀，利瑟爾苦笑，嚥下最後一盤料理剩下的最後一口。劫爾斜眼瞥見他的舉動，也將玻璃杯中殘存的葡萄酒一飲而盡。

「包括今天在內，我們會在馬凱德待上四天，今天和明天打算安排觀光行程。」

「駁回，這跟我有什麼關係。」

面對沙德那彷彿要他別浪費時間的視線，利瑟爾悠然露出微笑，放下手中的叉子。

「難得第一天到這裡觀光，當然想吃頓美味的晚餐吧？」

謝謝招待，利瑟爾他們道了謝，便直接走出店門。

只留下愕然的沙德，以及盛著酒紅液體的高腳杯。他伸手舉杯，像劫爾那樣仰頭飲盡，過度濃郁的酒香一點一滴融去腦髓。

「呼……」

與酒氣一起呼出的是轉瞬即逝的笑容。

沒想到自己會被人當作觀光導遊使喚。假如想找最熟悉商業國的人帶路，那確實是自己不會錯。想吃頓美味的晚餐，就為了如此微不足道的理由。

沙德想大動肝火，想怒吼世上哪有這麼荒唐的事，但他辦不到，他明白了雷伊那封信的意思。

「不用說，我也不打算與那人為敵。」

如果那只是個懂得鑽營的人該有多好。但是臨走之際看見的，那雙至高而沉穩的眼瞳，不允許這個可能性存在。

「（總之，得先探出他的目的。）」

沙德美麗的臉龐多了幾分險惡神色，他暗自盤算。

接近一大都市的領主，只為了吃頓飯，這真的有可能嗎？即使無意與他們為敵，這也不是能夠放任不管的人物。

包括他的真面目、出身來歷，能靠商業國的情報網蒐集到多少資訊將會是關鍵。

「方便為您清理桌面嗎？」

「順便結帳。」

後來，沙德看了店員拿來的帳單，帶著殺意把它整張捏爛，不過那又是另一段故事了。

「你這樣大肆刺激他是出了什麼事？」

「只是覺得初次見面要讓對方記住，還是留下強烈印象比較可靠。」

「你沒這個必要吧。」

「是嗎？」

這冒險者不管怎麼看都是個貴族，劫爾認為印象已經夠強了。不過在利瑟爾心目中，自己已經是個不折不扣的冒險者，所以他無從注意到這一點。即使再怎麼遭人誤認為貴族，他也只認為應該是自己行為舉止還帶點菜鳥氣質，不夠像個道地冒險者的關係。

「話說回來，領主大人獨自在外閒晃，不危險嗎？」

「有一個人跟著。」

「咦，我沒注意到。實力強嗎？」

「還可以吧。」

二人優閒走在前往旅舍的路上。

天色已經暗了下來，大街上點起燈火，人潮仍然絡繹不絕。不過客群陡然一變，宣傳叫賣的商人當中，也開始出現一些人為了所謂的「風月場所」攬客。

餐點類的攤販少了，販賣土產的攤子則增加了。

「劫爾，你的『還可以』大概是什麼程度？」

「比我弱，但不會輸給一般的傢伙。」

「哦？」

假如實力勝過劫爾，想必利瑟爾也會表現出一點興趣，若非如此他就不在乎了。他的視線已經飄向附近的攤販，明明才剛吃飽，卻看著攤子上暖胃的湯品。

「兩位帥哥長得實在好俊俏呀，如何，要不要來我們店裡坐坐，我們家的小姐們會很開心喲？」

在沙德管理之下，明顯敗壞風紀的店家不可能開在主要街道上，這時卻有個可疑的攬客商人過來搭話。

劫爾完全視而不見，利瑟爾卻一邊吹涼剛買的湯品，一邊看向攬客的男子。雖然可疑，衣著卻十分體面，應該不是什麼亂七八糟的店。

「劫爾，想去就去沒關係喲。」

「啊？」

「我稍微逛逛再回去。」

利瑟爾從史塔德口中聽說過劫爾遇見自己之前的模樣。

相遇之初談及風流情史的時候也提過，雖然不到沉迷女色的地步，不過聽說他偶爾會找女人玩玩。利瑟爾無從得知他夜半的行蹤，說不定現在還是會去透透氣吧。

「你喔……」

劫爾打從心底露出不悅的表情，看向啜飲湯品的利瑟爾。

用這張清廉的臉龐叫人「去找女人玩玩」，哪個男人看了提得起興致？倒不如說這種讓女人圍著邊拍馬屁邊喝酒的活動，劫爾本來就敬謝不敏。

只是找個等待客人的女子，享受一夜春宵，又不必擔心後續麻煩也就罷了，在小姐吵雜的嬌聲之中被簇擁著搭話，喝些不怎麼高級的酒，還得支付以酒錢來說嫌貴的金額，他沒興趣。

「喝酒我想安靜喝。」

「這樣啊。」

「哎呀，太可惜了！」

攬客的人不再糾纏，乾脆地放利瑟爾他們離開了。

儘管利瑟爾好幾次受到攤子上的舊書誘惑停下腳步，二人仍然在夜色未深時回到旅店附近。在巷子中走一小段路便能看見階梯，發現階梯前有幾道人影，利瑟爾和劫爾放緩了腳步。

「啊，利瑟爾大哥！」

「賈吉？」

也許是顧慮到時間的緣故，那人稍微壓低聲音，高眺的身影朝這邊跑來，毫無疑問是賈吉。

今天早上才剛與賈吉道別，他怎麼會在這裡？往他身後看去，兩位穿著憲兵制服，似曾相識的男子正朝這邊走近，利瑟爾見狀恍然點點頭。

「這麼說來那時把他們丟著不管了。」

「喔，是有人找碴那時候。」

二人想起在攤商廣場遭人糾纏的時候，有憲兵趕來叫住他們。

那時利瑟爾只隨便回了句「改天再說」便從騷動中脫身，看來憲兵不打算就這麼放過他們。

「那個，聽說二位突然被人拿劍攻擊，沒事吧……？」

「沒事的，你怎麼會到這裡來？」

「我聽說有個像貴族一樣的人被攻擊，正在擔心的時候，就有憲兵到我家來……我想是因為二位跟我一起進城，所以憲兵才會來找我。」

「打擾你們家族難得的相聚，不好意思。」

利瑟爾抱歉地垂下眉頭，賈吉聽了使勁搖頭否定。對賈吉來說，憲兵來訪時他正擔心得坐立難安，一直猶豫要不要去確認看看，可說他們來得正好。實際看見二人平安無事，賈吉也鬆了一口氣，肩膀的力道跟著放鬆下來。

利瑟爾拍了拍他的肩膀道謝，轉向觀望著這裡的憲兵。

「居然讓二位這麼晚了還過來找我們，請問出了什麼問題嗎？」

「沒有，只是需要向雙方確認當時的狀況而已。」

麻煩透了，劫爾咕噥道，利瑟爾朝他露出苦笑。

利瑟爾他們確實沒有什麼新的消息可以提供，當時也有許多圍觀群眾從頭到尾目擊了事件經過，理論上憲兵早該知道這件事利瑟爾沒有責任。

原因一定不僅止於此，利瑟爾再次取出公會卡。

「我是冒險者利瑟爾。這次沒想到會遭人誤認為領主大人，差點被砍，事情就只是這樣而已。」

「這樣啊……那就沒事了，打擾你了。」

兩位憲兵之一看著公會卡，似乎鬆了一口氣。

簡而言之，他們懷疑利瑟爾會不會真的就是那位相貌不明的領主本人。假如遭遇攻擊的真是領主，憲兵必須及早查證事件經過，展現出工作效率才行。

另一方面也是因為這場騷動由外地的冒險者出手解決，憲兵想要挽回名譽的關係。

「我知道你們有自己的苦衷，但是這麼晚了還硬拖著賈吉到處跑，實在不太恰當。」

「利……利瑟爾大哥……我沒關……唔！」

「你少說兩句。」
「就算憲兵自行調查，隔天也能找到這家旅舍吧？」
賈吉正要往前一步，劫爾揪住他的後領讓他閉上嘴巴。利瑟爾瞥了他們一眼，再次將視線轉向憲兵。
賈吉與敬愛的祖父僅有這短短幾天能聚首，即使不知道這件事，憲兵也不應該為了內部原因，拖著無辜民眾四處奔波。
雖然老實說，只要那是跟利瑟爾有關的事情，賈吉一點也不介意就是了。
「那是因為這次事件需要盡快處理。」
「元兇已經逮捕，也釐清了事件經過，還有什麼事情需要盡快處理？」
「這……」
憲兵無言以對。
這次利瑟爾他們沒有任何過失，單純是被捲入騷動當中，倒不如說他們才想問這是怎麼回事呢。雖然事發原因他們已經自己問出來了。
「……你不過是杵在原地讓人保護而已，還敢意見這麼多喔。」
「喂！」
正在辯解的憲兵身後，忽然傳來一道桀驁不馴的聲音，那位年輕憲兵從剛才開始便一直瞪著利瑟爾。
「那傢伙是怎樣？」
「是劫爾的擁護者呀，你看你這麼受歡迎。」

他時不時望向劫爾的眼神當中蘊含幾分憧憬。

憲兵景仰冒險者並不多見，不過這位憲兵單純是對他強悍的實力心懷敬意吧。至於為什麼因此看利瑟爾不順眼，只能說是他年輕氣盛了。

看劫爾本人一臉厭煩至極的模樣，總覺得那年輕人有點可憐。利瑟爾心想，朝著正在訓斥那位青年的憲兵開口。

「然後呢，你們要問的事情問完了嗎？」

「啊，是的，謝謝你的配合。還是確認一下，你們沒有受傷吧？」

「沒有。」

「有一刀在保護嘛，廢話。」

青年嘟囔道，聽得憲兵太陽穴上爆出青筋，臉頰抽搐。

利瑟爾輕輕搖頭表示不介意，接著朝向仍然瞪著他的青年露出微笑，看得對方一時間有些畏縮。利瑟爾揶揄似地開口說道：

「劫爾討厭那種在公務當中夾帶私情的人哦。」

「?!」

青年聽了肩膀一震，看向劫爾。

劫爾看也不看他一眼，好像在逗著賈吉取樂的樣子。青年茫然看著這一幕，不曉得他心裡怎麼想，不過經過這次教訓，他多少會改善一下態度吧。

壯年憲兵看起來由衷感到抱歉，利瑟爾輕輕朝他揮了揮手。

「好了，劫爾，跟賈吉開玩笑也別太過火了。」

「利瑟爾大哥……！」

劫爾終於放開他的後頸，賈吉泫然欲泣地靠過來，利瑟爾摸了摸他的頭以示安慰。

賈吉原本就容易畏縮駝背的背脊拱得更圓了，他一邊接受利瑟爾撫摸，一邊瞄向苦著臉凝視利瑟爾的青年。手掌伸進頭髮當中溫柔撫慰的觸感令人陶醉，他緩緩朝著青年開口。

「那個……」

是在叫我嗎，青年轉向賈吉的視線有點驚訝。

「假如敢對利瑟爾大哥做什麼事情，我不會原諒你們……喲。」

全場氣氛頓時凍結。

兩位憲兵到家裡迎接賈吉，知道他住在哪一家的宅邸。賈吉的祖父坐擁足以代表馬凱德的龐大商會，又是一手掌管國家規模物流運輸的貿易商，凡是常駐馬凱德的憲兵，賈吉一句話就足以左右他們今後的命運。

即使眼前這人老大不小了被人摸頭還一臉陶醉，都這麼大年紀了還露出泫然欲泣的表情，這也是無庸置疑的事實。

「賈吉，你不必說這種話沒關係。」

「……對不起。」

「不過謝謝你。」

那雙看著他的溫柔眼睛近在咫尺，那隻手最後又摸了一下他的頭才離開，賈吉感受著這一切，露出軟綿綿的笑容，隨即發現周遭的視線集中在自己身上，紅著臉低下頭。

視線集中絕不是因為這個理由，不過本人沒有發現。

「這傢伙也敢說兩句有骨氣的話啦。」
「畢竟跟劫爾講過話之後，大部分的事情都不可怕了嘛。」
「喂。」
利瑟爾希望乖巧靦腆的可愛孩子，可以一直當個乖巧靦腆的可愛孩子就好。看見他的成長雖然高興，但是賈吉不必為了他勉強自己，利瑟爾朝他微微一笑。
「那麼，就請你們好好送賈吉回家了。」
利瑟爾對僵在原地的兩位憲兵開口。
二人肩膀抖了一下，點頭如搗蒜。賈吉怎麼看都只是個怯懦的小男生，兩位憲兵卻對他畏懼三分，威嚴和叛逆精神早已不見蹤影。
「那個，利瑟爾大哥、劫爾大哥，晚安，早點休息。」
「好的，晚安。」
「嗯。」
憲兵頭上彷彿籠罩著愁雲慘霧，賈吉則揮著手離開。終於能休息了，二人目送他們遠去才走進旅舍。
後來，聽說某年輕憲兵變得非常忠於職守，不過鮮少有人知道箇中緣由。

14

馬凱德的一天大清早就揭開序幕，商人們競相準備開始營業。

準備進貨的店家一早就參與拍賣競標，街上隨處可見裝滿商品的木箱，餐飲店則著手調理前一晚初步處理過的備料。打從天光幽微的時分，便彌漫著一股熱鬧氣氛，果然是個又吵又亂的城市，劫爾從床上坐起身來。

隔壁床傳來的鼻息安穩依舊，當然，利瑟爾不會在這時候醒來，昨晚他已經翻開當地買到的書本讀了好久。

劫爾並不是非得在完全安靜無聲的環境下才睡得著，但他幾乎不曾與誰同室而眠，原以為說不定只能以野營的方式假寐，昨晚卻安然熟睡。

至於這是因為隔壁床睡的是利瑟爾，還是和誰同房都一樣，就不得而知了。

「（……至少接下來兩小時都不會醒來吧。）」

確認利瑟爾仍然酣然沉睡，劫爾伸手拉起被褥，蓋上他暴露在外的肩膀。

自己做出這種行為令他反感至極，但他就是無法置之不理。為了驅走這揮之不去的嫌惡感，不如到外面晃晃吧，劫爾微微將木窗打開一條縫。

「……」

這時，他察覺某人盯梢似的視線，正是監視著他們不會錯。畢竟昨天硬是擺了領主一道，這反應在他預料之中，但動作可真快。

看來還是等到行人多了再出門比較妥當，他心想，望向沉睡夢鄉的利瑟爾。

對於劫爾來說，與利瑟爾結成隊伍再自然不過了。

既然利瑟爾往後打算以冒險者身分行動，而自己會待在他身側，組成隊伍是理所當然。如果問他組隊之前與之後有何差別，他會說該做的事什麼也沒變。

那改變的是什麼？劫爾內在確實產生了某種明確的改變，卻難以用言語說明。硬要說的話，應該是意識變了吧。意識變了，所以存在方式也變了。

現在的自己，與遇見利瑟爾之前已經完全變了個人，唯有劫爾本人明白這種變化。

「……嗯……」

劫爾連開窗的動作都悄然無聲，利瑟爾絲毫沒有醒來的跡象，不過也許是察覺有人走動，他微微翻了個身。

雖然利瑟爾總說自己感受不到氣息，但人類下意識都能察覺這些動靜，劫爾不過是強化了這方面的感官，作為戰鬥使用而已。

「（有辦法繼續睡還比較優秀吧。）」

他略微勾起嘴角，走近利瑟爾床邊，拿起櫃子上擺著的其中一本書。

利瑟爾常常將自己已經看完，覺得適合劫爾的書擺在顯眼之處，櫃子上那些書全都屬於此類吧。他將椅子挪到窗邊那一小塊空間，開始讀起書來。

在利瑟爾醒來之前，不知道能不能看完一本？

利瑟爾他們下榻的旅店可以供應早餐。

不過機會難得，二人隨便換件衣服就出了旅店，走進生意興隆的大眾餐館，享用王都帕魯特達鮮少見到的異國料理。

這時，忽然有個身穿筆挺燕尾服的男人走進店內，開始向座位上的客人發放什麼東西。看見利瑟爾（氣質高雅的男人）和劫爾（凶神惡煞的男人）坐在一起，他先是眨了眨眼睛，隨即面露微笑走近他們。

「我們這城市就是這樣嘛，每天都有活動喲。」

「拍賣會？」

請參考看看，燕尾服一邊宣傳，一邊遞出一張傳單，利瑟爾探頭過去看了看。

原來有一場盛大的拍賣會，要在這附近的活動會館舉行。任何人都能參加，假如不參與競標，只是入內參觀也沒有問題。

「如果有空的話，請務必過來逛逛。」

身穿燕尾服的男人帶著親切的營業笑容說完，便往下一張桌子走過去了。

傳單上除了日期、時間之外，還概略列出拍賣商品的種類，附上插圖。拍賣會由某商會主辦，宣傳效果一定很好吧。

「啊，劫爾你看，有書耶。」

「大部分的書你都讀過了吧。」

「如果是貴重的典籍怎麼辦？」

劫爾已經吃完了，他一隻手肘撐在桌上，接過利瑟爾遞來的傳單。

拍賣項目中寫著「書籍」，光看傳單無從得知是不是貴重書籍，不過假如是迷宮寶箱中開出來的書本，那確實是獨一無二的珍貴物品。

但這種書大部分都沒什麼內容。劫爾曾經開到一本書，書名是《冒險者爆笑糗態集錦》，而且還指名道姓，行徑惡劣至極。

「你想去？」

「嗯……我今天本來打算把馬凱德的書店逛過一遍。」

「不管去不去都一樣是買書嘛。」

利瑟爾忽略劫爾無奈的視線，吃下最後一塊麵包。

舉行時間從三點鐘響開始，到六點鐘響為止。既然如此，開始前先去書店巡禮，下午再參加拍賣好像也沒問題。

至於半天之內有沒有辦法逛完所有書店，他就不太確定了。

「劫爾，拍賣會我們一起參加吧。」

「那就這時間會場見？」

「好的。」

劫爾沒有抱怨半句便答應同行，利瑟爾朝他微微一笑，將傳單收入腰包。

二人今天從一早開始就會分頭行動。利瑟爾也聽說附近有監視的耳目，不過對劫爾來說，陪著他一間接著一間逛書店也沒什麼意思吧。反正已經確認監視者沒有敵意，利瑟爾也不認為沙德會在這時候輕舉妄動。

「那就晚點見囉。」

「嗯。」

二人結了帳，在店門口別過。
不曉得劫爾這段時間會做什麼？利瑟爾漫不經心地想道，在一片熙攘熱絡的藍天之下邁開步伐。
他邊走邊抬頭仰望大街上空無數的宣傳旗幟。
偶爾隨便找個路邊攤買點東西，向攤販打聽之下，他發現這裡的書店數量還不少。利瑟爾決定先到附近的店舖看看，於是循著磨損的海報走入小巷。
大街的喧擾逐漸遠去的時候，他終於抵達了自己要找的那家店。狹小的店面密密麻麻擠滿了書，完全是人們想像中那種隱身巷弄的書店，雜然紛亂，卻美好非常。
他一言不發踏入店內，望著排列在架上的書籍。年老的店主只瞥了利瑟爾一眼，視線又立刻落回手中那本書上。
「（啊。）」
他穿越狹窄間隙，緩緩前進的腳步停了下來，從架上抽出一本書。
「年輕人，你要買那本書啊？」
一道嘶啞的聲音忽然響起，店主以審視的目光打量他，利瑟爾微笑以對。
「我之前讀過這位作者的研究書籍。」
「喔。」
「實在太難懂了，所以印象很深刻。」
「……這倒是真的。」

店主原本問他「要買那本嗎」，質疑對方眼光的視線陡然一變，雖然長相豪氣，他低聲呵呵悶笑的模樣倒是十分符合書店主人的形象。

「（雖然研究本身是很充實沒錯……）」

這本魔法研究書以獨特的風格寫成，字裡行間作者的性格一覽無遺，反而趣味十足。

利瑟爾沒把那本書放回書架，一本一本將有興趣的書籍堆到另一隻手上。來到這邊之後，利瑟爾已經讀過相當數量的書，扣掉內容重複的書籍，已經不需要像一開始那樣將整間書店買下來了。

他一本本拿下完全沒讀過的類型以及喜歡的作者的其他作品，每次手上拿不下了就整疊擺到店主的桌子上，看得店主瞪大了眼睛。凡是利瑟爾造訪過的書店，店主大抵都會露出同樣的表情。

「接下來……」

他暫且挑了五十冊左右，滿足地點了一下頭。

「店主，請問你有沒有推薦的書？同類型的也沒有關係。」

「呃，嗯。」

這些書不是利瑟爾隨手拿的，都是一一從架上精挑細選而來。店主見狀也領略到這是自己的同類，露出高興的笑容之餘，也鼓起了幹勁，這可不能隨便推薦。

他瀏覽擺在桌上的書，這裡缺少的支系，想必這位客人已經全部讀透了吧。店主沉吟苦思，這比向人推薦一個全新的類型還要困難。

「你這次買了兩本這傢伙的書，是特別中意啊？」

「哦，那兩本魔道具研究的書呀？我喜歡看圖解。」

「那你也讀讀這個。」

店主從堆積如山的書本背後走出來，踩上搬來的踏腳凳，從書架上抽出一本書。

雖然年紀大了，身高矮了些，看起來這腳凳他已經不知道踩了多少年，腳步熟練穩定，一點也不令人擔心。店主將那本有點厚度的書交到利瑟爾手中。

「這好像跟剛剛那本有點類似……嗯？」

「很有意思吧，簡直像在跟你讀過的那系列正面宣戰啊。」

研究的範圍完全重疊，但方向正好相反。

利瑟爾挑選的書，探討的是能夠量產的簡易魔道具。這本書一樣研究魔道具，內容卻比較精深，二者差別在於一個廣而淺，另一個則窄而深。

原來如此，本來還沒有發現。利瑟爾差點忍不住讀下去，店主笑著叫住他。

「喂年輕人，買了再讀啊。」

「啊，不好意思。這本書真不錯……和相同領域的書對照著讀很有意思，單看這一本也非常有趣。」

「沒有一定程度的知識是讀不來的，但你看起來是沒這個問題啦。」

利瑟爾笑逐顏開地將這本書加到書堆裡。

書店老闆是書籍的行家，大多數人都是基於興趣開店，試著請他們推薦幾本書，時不時會像這次一樣，碰上驚喜的邂逅。

「那我就買這些。」

「好是好，但你搬得動嗎？」
「我有空間魔法。」
「什麼嘛，年輕人，你這樣好像冒險者啊。」
「我是冒險者呀。」
店主哈哈大笑，恐怕是不相信他的話吧。
好吧沒關係，利瑟爾付清了店主報上的價錢。書籍這種東西絕對稱不上便宜，不過利瑟爾在這方面從來不惜砸下重金。順帶一提，最後一本是老闆免費贈送的。
「我有個不情之請，能不能請你幫忙推薦其他書店呢？」
「這請求還真是尷尬……不過，畢竟看得出來你也是個書痴嘛。」
雖然其他書店算是競爭對手，同為愛書人，老闆們還是有點交情。
利瑟爾從店主口中打聽到幾間書店，道了謝之後便走出店門。他完全感受不到監視者的存在，對方現在也跟著自己行動嗎？
被迫陪自己逛書店，監視者一定覺得很無聊吧。雖然他沒有改變行程的意思，不過午餐就找間稍微高級一點的餐廳悠哉享用吧。利瑟爾懷著對下一間書店的期待邁開步伐。
現在，利瑟爾稍稍加快了前進的腳步。
不愧是商業國，這次利瑟爾買到的書籍包羅萬象，他甚至覺得暫時沒機會遇見新書了。懷著不知該說是高興還是落寞的心情，他正走在前往拍賣會場的路上。
他跟老闆們聊書聊了個過癮，時間稍微有點趕。不曉得劫爾在哪裡？利瑟爾走近會場，才正要開始找人，劫爾的身影便立刻映入眼簾。

「（嗯，不愧是劫爾。）」

劫爾就斜倚在會場大門旁邊，一旁圍著兩位女子，應該是觀光客吧，看來她們偏好在當地尋找結伴同遊的異性。

這類女性意在追求旅途中的刺激，一旦發現對方興趣缺缺，不太可能一起同樂，馬上就會放棄了。但不知道她們是不是特別中意劫爾，即使他嫌麻煩的態度十分露骨，她們仍然毫不退縮，繼續興高采烈向他搭話。

利瑟爾覺得有點有趣，稍微看了一會兒好戲，忽然對上了劫爾的目光。接收到對方「幹嘛不快點過來」的怨恨視線，利瑟爾難掩笑意，朝他走了過去。

「我同伴來了。」

「哎呀，太可惜了，不如我們一起……看起來好像不能如願呢。」

兩位女子注意到劫爾直起背脊離開牆邊，也順著他的視線看向利瑟爾。走到近處，可以看出二人都是相當標緻的美女。

「晚上要是有機會見面，再陪陪我們吧！」

她們嬌豔的唇瓣勾起一笑，對劫爾說完便揮揮手離開了。

之所以知難而退，是因為她們一看見利瑟爾，便判斷劫爾是受他所雇，擔任拍賣會期間的保鑣。既然劫爾是在工作，那也沒辦法，因此她們便乾脆地放棄了。

「你這傢伙在旁邊看了一陣子吧。」

「被發現了？」

「喂。」

「哎呀，遇上思慮細密的女性不是很好嗎？」

能夠立刻做出那種判斷，可見她們平時習慣身邊有護衛、隨從隨侍在側，多半出身富裕人家。

「我是不是打擾到你們了？」

「蠢貨。」

二人開了幾句玩笑，踏入拍賣會場。

眼前是一座舞臺，觀眾席以舞臺為中心，呈扇形鋪展開來。各式道具準備齊全，看起來就像真正的拍賣會場，時間也差不多了，觀眾席上已經有許多來賓入座。

放眼望去，從認真挑戰競標的參加者，到順道觀光，毫不打算花錢的觀眾，各式各樣的人都有。

「歡迎貴賓光臨，今天想要參與競標還是只要參觀就好呢？」

「競標，只有我參加。」

「好的，請您拿著這張三十七號的號碼牌，祝您享受愉快的時光。」

仔細一看，正是早上來發傳單的那位男子。

他仍然穿著筆挺的黑色燕尾服，這身打扮白天在外看起來有點突兀，此刻卻無比完美地融入了這個場合。男人似乎也記得利瑟爾他們，沉穩的表情中多了幾分俏皮，朝他們眨了眨一隻眼睛。

看見他詼諧幽默的舉動，利瑟爾也微微露出笑容，走向指定的座位。

「差不多是這附近吧？」

「嗯。」

雖然指定座位，不過並不是每張座椅上都標有號碼，只是參與競標的人坐在前半，參觀的觀眾坐在後半，簡單將二者區分開來而已。

二人找到空位，並肩坐下。

「這是我第二次參加拍賣會，還真懷念。」

「你的身分想要什麼就有什麼，幹嘛大老遠跑去競標？」

「也沒到那個程度……不過，說得也是。要不是陛下為了賺零用錢，把國寶拿去拍賣，我可能也不會參加吧。」

「哦。」

利瑟爾露出溫煦的微笑，劫爾也只能回他這麼一句。

他口中那位愛徒的奇聞軼事，大部分都無法一笑置之，所以除此之外也不知該如何回應。當然，那些誇張到難以稱之為「英勇」事蹟的故事都很有意思，劫爾也不討厭他談起愛徒的時候，只在自己面前展現的那種微笑，對此他沒什麼不滿。

「……各位貴賓久等了。」

這時，舞臺上啪地亮起燈光。

「馬凱德遠近馳名的一大盛典，第二十三屆拍賣大會在此開幕！」

「已經辦了不少屆呢。」

「嗯。」

掌聲隨著主持人的宣告響起，利瑟爾也邊鼓掌邊看向舞臺。

主持人身著一襲西裝禮服，意氣風發地開始說明拍賣會的規則。會前「人人都能參加」的宣傳名副其實，規則簡化了不少。

「你的目標是書？」

「是的，那你呢？」

「沒有特別。」

在二人交談的時候，第一項拍賣商品很快登上了舞臺。

銀製托盤上擺著一個小玻璃瓶，耀眼地反射著燈光，裡頭裝滿淡紅色的液體。

「第一項拍賣品，迷宮產低級回復藥，銀幣兩枚起標。」

「銀幣四枚！」

「銀幣五銅幣十！」

回復藥原本是由藥士精心製作而成。

這種藥品難以量產，價格有一定門檻，又僅能用於外傷。除了冒險者這種必須立即療傷，否則攸關性命的族群，幾乎沒有人會以個人身分購買回復藥，大多情況下都是等待傷口自然癒合。

「迷宮出產的回復藥有什麼不一樣嗎？」

「不會痛。」

「原來如此。」

利瑟爾一聽就明白了，他沒用過回復藥，不過曾經聽人說過。

據說用回復藥療傷非常疼痛。有位廚師切菜時傷到手指，因為傷口妨礙到工作，於是用了回復藥。結果一用之下，老大不小的成年人竟然痛到放聲大哭，邊在地上打滾邊哭喊「早知道就不用了」。傷口會痊癒，但很痛。

「那低級的效果是？」

「治好表面割傷或燙傷的程度。」

「中級？」

「骨折可以接回去。」

「上級？」

「差點被扯斷的手臂都接回來了。」

上級的經驗談到底出了什麼事？

之後一段時間，推出的拍賣品都是適合觀光客競標的品項。剛開始不久推出了一本書籍，不過只是附有作者簽名才視為稀有商品，因此利瑟爾沒有喊價。

自己感興趣的書應該要等到拍賣會後半才會出現吧，利瑟爾這麼想道，悠哉地旁觀其他人競價。

「接下來是迷宮品，上至貴族下至平民都有收藏家蒐購的繪畫。各位貴賓聽好了，您眼前這幅畫作的主角，正是最近在王都搶先突破新迷宮的冒險者隊伍，現在您有機會收藏他們正在攻略迷宮的奇蹟瞬間！」

這可是稀有到在前半登場有點可惜的拍賣品，全場一陣沸騰。

布幔掀起，畫面前景繪有岔路的暗號，較遠處則是冒險者前進的背影，不過人影幾乎隱沒在迷宮深處，僅能勉強辨認出隊伍最後方的一人。

聽見耳熟的解說內容，利瑟爾凝神細看那幅畫，忽然低下頭去。

「噗哧……」

「……突然笑什麼啊。」

他抬手遮住嘴角的姿勢優雅高貴，卻藏不住那雙肩膀的顫抖。劫爾當然也注意到了，畫作中的隊伍正是艾恩他們。

那又怎樣？他看向身邊的人，利瑟爾嘴角仍染著笑意，悄悄把臉湊了過來，劫爾也稍微側身傾聽。

「艾恩走錯邊了。」

劫爾瞟向那幅畫，構圖上暗號位於畫面正中央，內容看得一清二楚。

他看了一會兒，嗤笑出聲。這岔路應該往左邊走，艾恩他們卻毫不遲疑往右邊走去，看來真的很不擅長解讀暗號。真虧他們有辦法在攻略前線維持領先，還跑來徵求利瑟爾協助。

「這層應該是走迷宮吧，他們真的是用試誤法把每條路都走過一遍呢。」

「對他們來說土法煉鋼還比較快吧。」

利瑟爾回想起那時的對話，看來他們真的拚盡了全力，雖然事情都過了這麼久，利瑟爾還是不免感到佩服。幸好那時候好好誇獎過他們一番，他心滿意足地獨自想道。

接著，經過中場休息，下半場拍賣會終於要開始了。

利瑟爾一邊啜飲發放的飲品，一邊望著氣氛漸趨熱絡的觀眾席。剛才競相喊價的參加者摩拳擦掌準備投入真正的競標戰場，打算下半場再開始全力搶標的人也挺直了背脊。

「妳看，妳看！」

「太好了！」

兩個稚氣未脫的年輕女生坐在利瑟爾隔壁，她們費盡千辛萬苦參加競標，趁著中場休息支付了款項，現在手上拿著自己的戰利品。那是上半場出品的唯一一本書籍，她們正拿著那本簽名書雀躍地交談。

看她們雙頰染上紅暈的興奮模樣，應該是那位作者的死忠書迷吧。利瑟爾也讀過同一位作者的其他作品，是用字遣詞非常優美的詩集。

「啊……」

兩個女生無意間對上他的目光，大概是意識到自己激動的模樣感到不好意思，臉頰一陣飛紅。二位真有品味，利瑟爾朝她們露出微笑。兩個女孩之間霎時引起一陣小小的騷動，看得利瑟爾有趣地笑了笑，又將視線轉向舞臺。

「各位貴賓，拍賣會即將再度開始。」

緊接著，下半場拍賣會揭開序幕。

「各位參觀的嘉賓，請盡情欣賞行家之間你來我往的競價策略！參加競標的各位貴賓，敬請期待我們自豪的拍賣品為您帶來未知的邂逅！」

這次的鼓掌喝采比剛才還要熱烈。

推出的拍賣品稀有度也大幅提升，偶然變異出罕見色彩的魔物毛皮、裝飾華美的骨董、迷宮深層開出的迷宮品，皆一一展示在眾人眼前。

當中也有許多利瑟爾從沒見過的東西，非常有意思。

「話說回來，很少看到你剝取魔物身上的素材呢。」

「麻煩。」
「你看，地底龍的逆鱗可以拍到二十枚金幣耶。」
「頭目級的我會拿，你的裝備不就是用那些素材做的？」
「嗯，的確是。」
換言之，就是只取高級素材，代替下級素材使用的意思吧。
那全都是價值連城的貨色。劫爾連頭目都能打倒，他會留下一部分素材，以備隨時重新打造裝備使用，其他全都脫手賣掉，一次出戰的獲益難以估算。
「果然自備素材製作裝備還是比較划算呢。」
「這種等級的裝備沒現成的。需要的素材不只市面上買不到，價碼還會被這種拍賣會抬得更高。」
「雖然有點晚了，我是不是付個素材費用比較好？」
「不需要。」
利瑟爾僅向匠人支付了裝備的製作費用，八十枚金幣。
聽見他的疑問，劫爾不以為意地給了否定答案。在他看來，素材不夠根本不成問題，反正再去獵取就好，這完全是絕對強者才有的論調。
那就好，利瑟爾也點點頭，再繼續客氣下去他也只會嫌煩而已。
「好了，接下來是真正獨一無二的珍品！從迷宮寶箱開出來的，貨真價實的『攻略書』登場！」
這次還真是跟優秀的冒險者締結了合作關係。正當利瑟爾有感而發的時候，終於聽到期待已久的詞彙傳入耳中。他悠然聽著此起彼落的喊價金額，偏了偏頭。

「攻略書……？」

「用來攻略開出那本書的迷宮的書，簡稱攻略書。」

就是字面上的意思。

「記載了迷宮各個階層的地圖、每層出現的魔物、魔物生態和可以獲得的素材。」

「那還真厲害。咦，但是那些想要攻略書的人看起來不太像冒險者呀。」

「是收藏家，你懂吧。所以攻略書幾乎不會流到冒險者手上，倒不如說冒險者也不需要那東西。」

「嗯？」

「它只會在深層開出來。」

迷宮突破到只剩下一層的時候，開到攻略書又有什麼用？

大部分冒險者看了都高聲吶喊「太遲啦！」內心充滿想把它摔到地上的衝動，沒真的摔到地上是因為它很值錢。

「上面雖然寫著出現魔物，但也不知道什麼地方會冒出幾隻，打不贏的東西看了書還是打不贏。」

「那有用的不就剩下地圖而已嗎？咦，但是公會就會販賣地圖了吧。」

「嗯。」

「那攻略書還有什麼用……」

「每個迷宮只會出一本，賣了可以換不少錢。」

毫無實用性可言，利瑟爾有點失望。
聽著水漲船高的競標價格，他忍不住想，出價的買家也許真的不在乎什麼實用性。
「十六號，金幣八枚！金幣八枚，還有人喊價嗎！」
「那麼，我喊十枚。」
但這種心情他不是不明白，利瑟爾也想讀讀看從沒見過的書籍。
他舉起號碼牌喊出價格，聽見至今未曾參與競價的陌生嗓音，眾人紛紛矚目。
「買那東西幹嘛？」
劫爾心裡有數，姑且還是問了一句，利瑟爾聽了朝他露出和緩的微笑。
「我想讀讀看攻略書嘛。」
他沒有大量收集的意思，真的只想知道那是什麼樣的書而已，所以買到一本就夠了。
「十二枚！」
「十五枚。」
「唔……十六！」
「二十。」
現在與利瑟爾僵持不下的對手，在拍賣會進入下半場後已經得標過幾次，除非他是專門蒐購書籍的收藏家，應該無法在一本書上花費太多預算才對。
再加上利瑟爾的相貌打扮，怎麼看都像家財萬貫的人物，對方大概也發現自己形勢不利，不再喊價。要是知道利瑟爾這副模樣竟然是冒險者，那人說不定會罵他詐欺。
「三十七號，金幣二十枚成交！」

全場響起掌聲，利瑟爾輕輕揮手答謝。

後來又推出兩本書籍，都被利瑟爾順利標下了。

第一本是迷宮品，《冒險者赤裸對話集》，收錄了曾經潛入那座迷宮的冒險者對話，從戰鬥中的吆喝到閒談，當事人的名字全都寫得一清二楚。

另一本是人稱「世界最古老懸疑作品」的書籍，據說這本書現在已經絕跡，因此利瑟爾就先標下來了。

「劫爾，你有什麼想要的東西嗎？」

「啊……足以陷入苦戰的強敵。身手都要變遲鈍了。」

「在拍賣會場說這個我也沒轍呀……不然標下那個『真偽不明！標示傳說魔物巢窟的古老地圖』你覺得如何？」

「免了。」

劫爾秒答。

假如是真品不是很有意思嗎，利瑟爾聽了只好放下正要舉起的號碼牌。

結果利瑟爾除了書籍以外沒有拍到任何東西，卻滿足到了極點。今天可是從早到晚都遇見新書的生活，對他而言就像做夢一樣。

不用說，走出拍賣會場，吃過晚餐之後，一直到睡前，利瑟爾當然把所有時間都花在勉力讀書上了。

「彙報。」

「是。」

某間宅邸內，監視了利瑟爾一整天的男人正與沙德會面。

男人報告的內容完全與沙德的想像背道而馳，他額頭上忍不住爆出青筋，手中那枝筆被他握得嘎吱一響。

「這報告內容除了他喜歡書之外還能得知什麼？」

「這……這個嘛……」

「誰想得到他真的是來觀光的啊……！」

那人說了一堆意味深長的話，把自己耍得團團轉，沒想到還真的如他所說，只是來觀光的。

這一天個人興趣的比重太過濃厚，不太像普通的觀光行程。不過從報告中聽得出來，他在商業國玩得十分盡興，絲毫看不出打算接近沙德的跡象，也沒有任何可疑舉動。

只是自己擅自加諸懷疑的目光而已。話雖如此，竟然讓優秀的部下跟監了悠哉觀光的人物一整天，這個事實正在猛力削弱沙德的神經。男人不知所措地看著這一幕，戰戰兢兢請示沙德：「伯爵，明天還是繼續監視比較……」

「駁回，你回去原本的工作崗位。」

沙德已經不認為對方今天的舉動是為了混淆視聽了。

放鬆警戒並非上策，但也不能讓一個觀光客持續佔用少數的優秀人力。正因為這個都市聚集了三教九流的人物，擅長跟監的人員永遠都不夠。

沙德目送部下離開房間，疲倦地按住眼角，眼睛底下那濃重的黑眼圈已經好多年不曾淡去。

「……那些傢伙引人注目，出了什麼事馬上會接獲情報吧。」

根據沙德取得的情報，利瑟爾他們會在這裡滯留三天。這段時間就不要到街上走動了，他如此暗自決定，繼續開始辦理永無止境的公務。

15

商業國的某個街角。

一間咖啡店的露天陽臺座位上，坐了一位氣質高雅、引人注目的男子。他翻開一本書正在閱讀，低垂眼簾讀書的身影吸引了路上行人的視線，優美得令人目眩。

也許是那人為這家店添了幾分優雅情調，使得人們忍不住想進來坐坐的關係，儘管現在早餐時段剛過，理應是來客漸趨稀疏的時間，造訪的客人還是一個個坐滿了店裡的席位。

男子點的紅茶多送了一塊茶點，這是只有店員知道的祕密。

紅茶的茶香摻雜香甜的氣味傳來，利瑟爾偶然抬起落在書頁上的視線，聽著街上愜意的喧囂仰望天空。

這條街道比主要幹道寧靜，偶爾響起馬車喀啦喀啦駛過的聲音。橫越藍天的旗幟五彩繽紛，在風中搖曳，利瑟爾悠然望著這風景稍事休息。

「（看來還要一點時間。）」

他呼出一口氣，品了一口紅茶。

利瑟爾正在等劫爾。他原本想看看馬凱德的冒險者公會，結果二人一到公會露面，立刻被人纏上了。

在冒險者之間，劫爾不論相貌或名號都廣為人知，坊間流傳著各式各樣的傳聞，其中最直接、最有名的，應屬他「最強冒險者」的頭銜了吧。對武藝越有自信的人，聽了想必越不服氣。

今天也有階級A的隊伍來找劫爾麻煩。既然如此，想必自己迴避一下比較好，利瑟爾因此到了這裡來。

『那我到那邊那間咖啡店喝個茶哦。』

『嗯。』

利瑟爾若無其事離開現場，看得挑釁劫爾的A階隊伍目瞪口呆。

換個角度看來，這也許是棄隊友於不顧的行為，但利瑟爾打從心底不認為劫爾會打輸，所以如果有人這麼說，實在太令人遺憾了。

忽然，公會所在的方向傳來一陣輕微的騷動。

看來勝負已定，利瑟爾想道，提起茶壺往殘存一點茶水的杯中斟入紅茶。茶已經冷了不少，不過這溫度正好吧。

他將書本推到桌緣，把攤在桌上的紙張疊好。沒過多久，便看見劫爾的身影朝這邊走來，他揮了揮手。

「辛苦了。」

「這些傢伙要找人打架怎麼不先把實力練好。」

劫爾坐到對面的位子上，利瑟爾朝他遞出斟得稍滿的紅茶。

「劫爾，你要碰到什麼人才會苦戰呀？」

「最近沒碰上。」

他仰頭飲盡那杯茶，利瑟爾面露苦笑，遞出事先留下一塊茶點的碟子。這點心不會太甜，他應該吃得下吧。

劫爾一口吃掉利瑟爾分成好幾口食用的茶點，伸出舌尖舔去唇邊的碎屑。看見利瑟爾等待的同伴，一旁的女服務生正感到驚訝，不料在劫爾這個小動作的時候對上他的目光，頓時紅了臉頰。

這也是其中一項變化吧，與利瑟爾在一起的時候，劫爾那種難以親近的氣質也會緩和下來。換作以前的劫爾，女服務生被他一瞥恐怕要鐵青著臉逃之夭夭。

「劫爾，關於這個……」

「啊？」

這是兩位當事人也沒有察覺的細微變化。

他們對待彼此的態度一如往常，利瑟爾將手中那本書的封面轉向劫爾，那是昨天剛買到的攻略書。

「『水晶遺跡』離這邊很近對吧？」

「從西門搭馬車大概二十分鐘，也有觀光用的馬車。」

「觀光？」

「那景色一看就知道很有看頭吧，這邊的公會會幫觀光客導覽第一層賺錢。」

原來如此，利瑟爾聽了點點頭，低頭看向封面。

「The ruin of crystal（水晶遺跡）」這行文字背後，以細膩的筆觸畫著迷宮內部的風景，圖畫橫跨封面與封底。

那幅畫完美重現了水晶的光輝，作為書籍的價值自然不必說，看來作為藝術品也價值不斐。光是圖畫就如此耀眼，實際的景色想必足以成為知名觀光景點了。

迷宮中有魔物出沒，是觀光上的瓶頸。不過正因如此，範圍才限定為危險較少的第一層，由公會主導，冒險者之類的人員擔任護衛，推出觀光導覽行程。

「碰上魔物出沒，他們反而高興吧。」

「因為可以在近處目睹冒險者戰鬥的情景？」

「說不定還可以抬高報酬。」

「不愧是商業國的冒險者公會，真有生意頭腦。」

利瑟爾打趣地笑了笑，看向手中那疊紙張。

那正是他此次造訪冒險者公會的目的之一，公會販賣的「水晶遺跡」地圖。這座迷宮經過充分探勘，所有階層的地圖皆已繪製完成。

「話說回來，你查證得可真勤快。」

「總會在意嘛。」

「攻略書不會有錯，這是常識。」

劫爾無奈地看著利瑟爾翻動攻略書。

歸根究柢，有辦法取得攻略書的有錢人根本不在乎裡面的情報正確與否。取得攻略書，同時又買下那個迷宮所有地圖的人，利瑟爾說不定還是史上頭一位。

「公會的地圖也沒有錯吧？」

「已經有幾百人進去過了，有錯誤馬上會被修正，舊迷宮的地圖大概不會有錯。」

「說得也是，確實沒有錯誤。」

指甲平整勻稱的指尖指向攻略書的某一頁。

「但公會的地圖上沒有這條路。」

「啊？」

劫爾也探頭過去看。

利瑟爾將公會的地圖並排在旁邊，攻略書上確實畫著一條地圖沒有的道路，延伸到一個小房間便戛然而止。

究竟是沒有任何人發現這條路，還是發現的人沒有向公會報告？不論如何，都表示它不是輕而易舉能夠發現的通道。

「這個房間呀，跟這裡……」

利瑟爾快速翻動攻略書。

書頁翻到接近最後一頁的地圖停了下來，圖上錯綜複雜的道路一角，畫著一個與任何一條路都不相連的四方形空間。

與剛才那一頁對照之下，可以看出二者位置完全重合，不可能毫無關聯。

「印象中這迷宮是往地下延伸。」

「是地洞之類的嗎？」

「有可能，或是傳送魔法陣。」

「像這種隱藏房間，會有什麼好東西嗎？」

「大多是珍貴的迷宮品，或是……強敵。」

劫爾瞇起眼睛，唇角浮起好戰的笑。

與淺層隱藏房間連通的那個空間，距離最深層僅有咫尺之遙。假如等在那裡的是魔物，又由於隱藏的特殊性質擁有破格強度，照理來說會是相當棘手的強敵。

既然劫爾說最近交手的都是小角色，隱藏魔物對他來說正是最好的娛樂，也是無上的觀光行程吧。

「我想看看隱藏房間，可以跟你一起去嗎？」

「想來就來啊。」

「萬一遇上強敵，不知道會不會妨礙到你。」

「我可沒這麼想過。」

劫爾嗤笑一聲，利瑟爾聽了不禁感到疑惑，這不是妄自菲薄，只是極其自然的疑問。

「可是你平常進迷宮挑戰的時候都不會找我呀。」

「那是為了不讓我的劍技退步才去的。」

確實如此，劫爾鍛鍊身手的時候，利瑟爾跟去也沒有意義。就像利瑟爾蒐購書籍的時候，劫爾跟來也沒事做是同樣的道理。

利瑟爾明白了他的意思，開始收拾書籍和地圖。

「還有，那要是普通的隱藏房間，早就有人發現了。我可沒自信找得到。」

劫爾乾脆地說完，站起身來。

利瑟爾也跟著起身，將幾枚硬幣擺在桌上，金額比紅茶的費用稍微多了一些。他追上率先邁出步伐的劫爾，並肩走在他身側，臉上浮現一抹揶揄的笑容。

「第一次被你依賴了。」

「蠢貨。」

那隻手背拍響他的額頭，果然一點也不疼。

不出所料，前往迷宮的馬車上多得是觀光客。

進入迷宮大門之後，每個隊伍會分別被隔離開來，因此準備潛入迷宮的冒險者先以隊伍為單位通過大門，觀光客則排在最後面，與導遊兼保鑣一起進入迷宮。

觀光客明明沒有組隊，卻會自動比照隊伍成員辦理，迷宮太懂得見機行事，已經成為冒險者之間的熱門話題。

利瑟爾也同樣跟劫爾一起穿過大門，身後卻傳來觀光客們驚愕的騷動。他也習慣了。

「真是不錯的觀光景點，空間明亮，景色又這麼美。」

「打鬥的時候倒是有點干擾。」

迷宮內部的景象美不勝收。

透明的水晶構築出瑰麗的遺跡，看起來一點也不像破敗的廢墟。撫過水晶光澤艷麗的斷面，晶體依照不同角度反射七彩光芒，卻不會映照出利瑟爾他們的身影，相當不可思議。

「假如拿去賣應該很貴哦。」

「迷宮沒有辦法破壞。」

「這麼說來，好像沒看過迷宮內部出現損傷呢。」

利瑟爾叩叩敲著柱子，劫爾置之不理，站到迷宮門口的魔法陣上。確認魔法陣朦朧的光輝增強了些，他喊了利瑟爾一聲。

「隱藏通道在哪層？」

「十九層。」

「那我們傳到二十層走上去。」

劫爾從前攻略了商業國全部的迷宮，這座「水晶遺跡」當然也包含在內。二人都踩到魔法陣上之後，一瞬間傳來一陣身體飄浮的感受，轉眼之間，周遭的景色變了。

風景大同小異。之所以察覺到改變，是因為二人才剛傳送到這一層，身旁立刻有魔物居高臨下朝他們撲過來，嚇死人了。

「真希望迷宮不要這樣嚇人。」

「要是真的嚇到，你好歹表現出一點嚇到的態度吧。」

「稍微嚇了一跳。」

利瑟爾瞬間擊發魔銃，劫爾補上最後一刀，魔物朝地面倒了下去。白色的毛皮、龐大的身軀，是白格里茲熊。

二人若無其事地邊閒談邊回過頭，一座水晶階梯映入眼簾。

「階梯也是水晶做的耶，踩下去好像會碎掉一樣，有點恐怖。」

「不會碎掉啦。」

「只是印象嘛，印象。」

利瑟爾一步步爬上通往目標十九層的階梯，尋思隱藏房間中等待他們的是否真是強敵。

接受委託潛入迷宮的時候，利瑟爾也曾經在劫爾帶領下踏進迷宮深層幾次。雖然考量自己的階級，那完全不是他該去的地方，但劫爾的實力毋需多言，既然他沒有加以攔阻，就代表自己同行沒有問題。

當然，利瑟爾自己一個人是無法應付的。
「以後我也有辦法獨自潛入迷宮深層嗎？」
「不可能吧。」
「我想也是。」
利瑟爾表示同意，最近他隱約開始察覺，劫爾好像是某種超乎常人的例外。
爬上階梯之後，一成不變的美麗景色在眼前鋪展開來。雖然賞心悅目，看多了恐怕令人生厭，所以觀光導覽也僅限於第一層吧。
「往哪走？」
「這邊。」
「有你在真好，樂得輕鬆。」
「這是誇獎嗎？」
利瑟爾面露苦笑，行經岔路口的腳步毫不遲疑。
一般冒險者碰上類似情況，只能漫無目的亂走，或是一邊警戒四周、一邊停下腳步攤開地圖。劫爾的個性本來就不算特別有耐心，攤開地圖也嫌麻煩，可說他最大限度享受了利瑟爾帶來的好處。
「從距離來看，應該在這附近。」
沿著筆直的通道稍微前進了一會兒，利瑟爾停下腳步。
理應通往那條隱藏通道的地方，只有一整面光滑的牆壁，怎麼看都不像有門的樣子。
伸手去摸也感受不到任何凹凸起伏，沒有機關，也沒有任何線索。

「連一條縫也沒。」

「整面牆壁都很平滑呢。嗯……」

利瑟爾在那面牆上東摸摸、西瞧瞧，兀自苦思。停留在原地會引來魔物靠近，每次都由先注意到的一方動手解決。

「一般都有機關吧？」

「一般是按下牆壁的特定區塊，或操作機關開門。」

「就算要找門，這裡可是連一點縫隙也沒有呢……」

偶然壓到某塊牆壁，就這麼剛好開啟了機關，碰巧打開某處的門……在迷宮裡不可能發生這種事。

正常情況下，冒險者會先注意到可疑之處，例如細微的色調差異或凹凸起伏，調查之後確信那是通往隱藏房間的門，才開始尋找開門方法。

畢竟這房間至今為止都沒人發現，再怎麼找恐怕也找不到類似線索。

「怎麼辦？」

「來試試沒有人會做的事吧。」

利瑟爾倏然架起魔銃，朝著牆壁連續擊發。

迷宮無法破壞，這條基本知識所言不假。牆壁毫髮無傷，魔力彈發出尖銳的聲音彈開，槍響迴盪之中，劫爾皺起眉頭，揮劍剷除了噪音引來的魔物。

這時，行雲流水般一邊改變位置一邊擊發的槍聲，忽然轉變為擊破障礙物的鈍重聲響，過了幾發之後，又變回高亢的反彈聲。

「嗯……剛剛是打中了哪裡？」
利瑟爾沿著牆壁確認。
迷宮無法破壞。既然這是不變的鐵則，那麼可以破壞的就只有不屬於迷宮，或者是迷宮定義為應該破壞的部分。
即使是既定的規則和剛到手的情報，這人也能反過來運用自如，劫爾佩服的嘆息裡帶著點無奈。
「劫爾，應該是這裡。」
「就算這把劍上有不壞還是不敢亂來啊……」
利瑟爾找到牆上稍微被打出缺口的部分，出聲呼喚劫爾。
這看起來一點也不像能通往另一側的樣子，但他也不認為利瑟爾有可能搞錯。劫爾的劍是迷宮品，帶有不壞加護，但是把劍砸到石壁上這種事他還是做不出來。
「你退後。」
劫爾垂下手中的大劍，揚起一條腿往下一踢。靴底猛力砸到牆上，傳來擊碎厚重玻璃般的觸感，就這麼貫穿了水晶牆面。
鏗……鏗，聽著碎片在地上反彈的聲音，利瑟爾佩服地望著崩裂的水晶。
「看起來有陷阱嗎？」
「沒。」
跨越碎裂的水晶牆面，裡頭是一條狹小的通道。
利瑟爾伸手去摸地上掉落的水晶碎片，碎片彷彿與迷宮融為一體，散落在地上便無法移動了。

雖然不可思議，不過迷宮就是這樣，沒有辦法，只能接受它的規則。

「走了。」

「好的。」

聽見劫爾催促的聲音，利瑟爾抬起頭來。

大多時候，劫爾會一臉無奈地在一旁等他，這次是相當期待與強敵交手吧。從意外之處注意到劫爾高亢的情緒，利瑟爾微微一笑。

走了不久，二人便抵達一個房間。

小房間的深處，有一座由水晶自然形成的祭壇，壇上放著寶箱。祭壇前靠近這裡的方向，有個直徑約兩公尺的魔法陣正發出光芒。

環視室內一圈，二人先繞過魔法陣，站在祭壇前方，那是黃金與水晶打造而成的美麗寶箱。

「既然這裡放著寶箱，再過去應該是強敵了？」

「傳送過去只有寶箱的話，刻意擺在這就沒意義了。」

劫爾重新握緊手中的大劍，像在確認手感。

看起來很愉快的樣子，總之先打開這個吧。利瑟爾想道，伸手開啟了寶箱。裡頭放著一張地圖，不知是哪裡的森林，正中間打了一個×記號，隱隱約約畫著路徑，除此之外什麼也沒寫。

「看來只是普通森林。」

「只有這些線索，也無法判斷它是什麼地圖。」

這張紙背面什麼也沒寫，試著撕扯邊緣也撕不破，確實是迷宮品。

「不知道拿給賈吉看看會不會有結果。」

「看不出內容吧。」

「說得也是。」

「既然擺在隱藏房間，這東西一定很貴重，你收好。」

凡是隱藏房間內的東西，不論魔物或是寶箱，稀有度都非同小可。既然如此，這地圖應該遲早能派上用場，利瑟爾小心將它收進腰包。

他站起身來，低頭看向魔法陣。

「這應該不限於單向通行吧？」

「跟一般的傳送魔法陣不一樣？」

「沒有，完全一樣。」

「那就沒問題了吧。」

雖然開口問的是劫爾自己，他也沒想到這個人竟然把迷宮裡紋樣繁複的魔法陣背了起來，忍不住面無表情地看向利瑟爾。

利瑟爾之所以具備這層知識，是由於那魔法陣與「傳送」有關，引起他的注意，因此初次進入迷宮的時候特地將它背了下來。回到旅舍之後，他將魔法陣抄錄在紙上，仔細推敲過一遍，卻完全弄不清它的原理。畢竟迷宮就是這樣，沒有辦法。

只不過，正因為連細節都調查得一清二楚，利瑟爾能夠斷言這個魔法陣與一般迷宮中用於傳送的魔法陣一模一樣，絕不會錯。

「走囉。」

「好的。」

二人站到上頭，啟動魔法陣，只見它輕輕亮了起來，接著——

「哇！」

「……！」

下一秒，一陣急遽的飄浮感朝二人襲來。

魔法陣發動的同時，腳下的地面也消失了，一回過神，他們已經在墜落當中。周圍沒有任何可供攀附的地方，利瑟爾只能任由身體往下墜落，劫爾伸手捉住了他的臂膀。

二人落下的這個地洞，寬度幾乎等同於魔法陣的直徑，大約兩公尺寬。劫爾咋舌一聲，調整姿勢將頭部維持在上方，將劍扔進腰包，攬住利瑟爾的腰，不讓他撞上牆壁。

「感覺內臟都浮起來了。」

「總之，看到底之前我們不減速。」

「好的。」

二人態度冷靜，因為只要努力一下，還是有幾種方法可以減速的。

劫爾將他按在肩口，利瑟爾從那道肩膀上移開臉，勉強看向底下。水晶的白光眩目刺眼，看不見底部。

「……有什麼東西在。」

「下墜途中嗎？」

「不是……糟了，是龍嗎……」
「咦……」
他抓著劫爾衣服的手忍不住加重了力道。
利瑟爾也聽過龍，牠們在那一邊也同樣存在。龍種全都擁有驚人的力量，人們有時稱之為災厄，牠們的存在本身甚至等同於一種環境，絕非人類能夠抗衡的種族。
沒想到迷宮裡竟然有龍。利瑟爾才剛這麼想，便感受到劫爾靠了過來，臉頰倚在他髮上，像是要他冷靜下來，於是他轉頭望向對方。
「看來你知道龍是什麼東西。」
「是的。」
「迷宮裡的不一樣，沒那麼強大。」
聽見那沉靜的嗓音，利瑟爾安下心來，放鬆了手上的力道，本來他都做好各方面的覺悟了。
「不過還是很強吧？」
「強歸強，只是龍會……」
下個瞬間，劫爾用力咋舌一聲，往下方看去，利瑟爾也跟著朝下一看。
理論上底部什麼也看不見，卻好像有光閃了一下。緊接著，利瑟爾感受到的是熱氣，肌膚確實能感受到灼熱的氣息正逐步逼近。那究竟是什麼，不必問他也注意到了。
「劫爾，該怎麼……」
「忍耐一下。」

「咦？」

那是龍族的火息。將萬物夷為焦土的烈焰填滿洞穴，不留一絲縫隙，朝這裡直逼而來。該怎麼辦？利瑟爾看向劫爾，他只是放棄似地嘆了口氣，摟緊懷中的利瑟爾。

「有裝備在，只是會熱而已。」

「一定有什麼地方會燒起來……」

看見劫爾已經冷靜地做好心理準備，利瑟爾露出苦笑。

實際上，身上仍然有些部分沒有裝備覆蓋，雖然有回復藥可以使用，但他一點也不想忍受痛楚。

「我有個方法想嘗試看看。」

「什麼？」

「我想在正中間開個風孔。」

「你有辦法？」

「一口氣灌注大量魔力的話，說不定可以維持一瞬間。」

二人正在下墜，火焰也同時高速逼近。

瞄準雙方交錯的一瞬間，順利的話應該能避開直擊。

「時機我會告訴你。」

利瑟爾叫出魔銃，硬是壓制住下墜中搖擺不定的槍身，槍口轉向正下方，瞄準垂直方向。熱氣已經逼近至刺痛肌膚的距離。

劫爾按著利瑟爾的後腦杓，將他的臉埋到自己衣服裡，鼻尖埋進那髮絲當中。可以的話，希望別燒著他一根頭髮，劫爾暗想，雙唇貼近他耳邊。

烈焰的轟鳴支配了聽覺，利瑟爾繃緊全副神經，專注於操控槍身與魔力轉移，一道低沉冷靜的嗓音在他耳畔落下。

「動手。」

一聲巨響，宛如壓縮至極限的空氣突然爆發開來。狹窄的射線中填充了異常大量的風之魔力，筆直刺向龐大駭人的熱量，催生出暴風，一瞬間在烈焰中打開了風孔。

與龍息交錯只有一眨眼的時間，熱度帶來劇烈的痛楚，利瑟爾使勁將額頭抵在劫爾的鎖骨上。火焰通過之後數秒，劫爾放開了按在他頭上的手，利瑟爾仍然保持原本的姿勢動也不動。忽然，他冷不防抬起頭。

「好燙！頭髮絕對燒起來了，絕對！」

「沒燒起來，沒燒起來。」

面臨燒灼肺部的熱氣，利瑟爾本來屏住了氣息，此刻他呼出那口氣，仰頭看向近在咫尺的劫爾。難得利瑟爾語調如此激動，聽得劫爾笑了出來，伸手揉亂平安無事的髮絲。

他放開那隻手，取出一柄巨大的銅劍。利瑟爾伸手按著熱風侵襲後刺痛的後頸，劫爾仍然抱著他的腰，將銅劍高舉過頭。

接著狠狠往正下方一扔，身體隨之一晃，利瑟爾緊緊抓住劫爾。隨後，底下傳來一聲沉悶的嚎叫。

「好像滿近的。」

「嗯。」

看來伴隨銳利聲響射出的銅劍貫穿了目標，應該不會遭受第二波襲擊了。利瑟爾安下心來，伸出手掌按在劫爾想必同樣疼痛的後頸上。

「要減速了，你還能再撐一下嗎？」

「當然。」

眼見利瑟爾粲然一笑，劫爾略為蹙起眉頭。

他明白剛才那次堪稱砲擊的攻勢耗費了大量魔力，不過辦不到的時候，利瑟爾會直接說自己辦不到，還留有魔力這點大概不假。

在戰場上動彈不得反而更麻煩，利瑟爾瞭解這一點，想必不會將自己逼到魔力耗盡的地步。反過來說，耗損到無法行動的臨界點之前，他一定會面不改色地動用魔力吧。

「就說沒問題了嘛。」

利瑟爾面露苦笑，將槍口朝向牆壁。

灌注的魔力是火屬性，朝著劫爾背後擊發。魔力衝撞壁面後爆發開來，風壓幾乎將二人甩到牆上，劫爾以雙腳承受住爆發的力道。

「別撞到頭了。」

「好的。」

在持續下墜當中，劫爾踏住壁面，靴底傳來沙沙的刮擦聲響。他伸出一隻手，上半身以攀附之姿貼近牆壁。

那指尖以強大無比的力量抓緊牆面，刮過水晶發出刺耳的摩擦聲，多虧戴著最高性能的手套，指頭毫髮無傷，只覺得燙而已。

「那我動手了。」

「嗯。」

利瑟爾瞄準劫爾的靴子下方。

他朝牆壁開了一槍，然後沿著行進方向連續擊發。蘊含水屬性魔力的子彈每次打在牆上便形成冰尖，構成小小的落腳處。

高速下墜中的劫爾一個接一個將它們踩碎，不過速度確實慢慢減緩了下來。

「啊，看見了。」

「是地底龍嗎，體型還不小。」

龍息襲來之後經過數十秒，他們看見了洞穴底部，同時確認了一頭巨大魔物的身影。牠的下顎被銅劍貫穿，血流如注，正惡狠狠瞪著他們二人。

墜落速度已經從絕對致死的高速，降到直接摔下去會骨折的程度，劫爾確認了這一點，阻止仍然持續開槍的利瑟爾繼續擊發。

「還可以再開幾槍喲？」

「你以為我沒發現？」

剛才，他抓著劫爾肩膀的手顫抖了一下，立刻又止住了。

手腳顫抖是魔力不足的典型警告症狀，嚴重時會擴展到全身。這理應不是常人能自行控制的症狀，注意到他藏起顫抖的時候，劫爾感受到的是焦躁。

對於利瑟爾絕不向自己展現脆弱一面的焦躁，還有無奈吧。

「劫爾……」

「別咬到舌頭。」
利瑟爾開口正要說什麼，劫爾出聲打斷他的話，緊盯著露出利牙的地底龍。
牠張嘴朝二人逼近，露出無數獠牙，準備撕裂眼前的仇敵。劫爾一腳踢在地底龍的鼻尖上，順勢躍向側面，靴底刮擦著地面平安著地。他放下懷中的利瑟爾，動作輕柔，心情卻不然。
劫爾拔出大劍，見利瑟爾準備站起身，便按住肩膀要他坐下。
「待在原地別動。」
「好的，你好好享受。」
握著劍柄的手加重了力道。注意到自己遭遇強敵的高亢情緒當中，存在確切無疑的殺意，他不禁自嘲。
這魔物給利瑟爾帶來不快，綳緊了他一向溫和平穩的語調，不可能原諒，也沒有留牠一命的理由。
地底龍巨大的利爪朝他襲來，劫爾舉劍擋開牠的攻勢，揚起猙獰的笑，斬向那頭龐然巨獸。

回到城裡，在旅店安穩吃完晚餐之後。
利瑟爾坐在床邊，難得沒有打開書本，望著坐在椅子上保養大劍的劫爾。難得來觀光一趟，他原本提議在外面吃晚餐，劫爾卻說要立刻回旅店，利瑟爾那雙眼睛彷彿看穿了劫爾的思緒。

他的無奈、他的焦躁，當然還有擔心，利瑟爾都明白，包括那份焦躁的原因，全部瞭若指掌。

「（明明沒有必要那樣想呀。）」

他以一如往常的微笑，藏起湧上嘴邊的笑意。

「劫爾。」

利瑟爾喚了一聲，劫爾停下手邊保養劍刃的動作看了過來。

「魔力不足的顫抖，我不想讓任何人看見。」

「啊？」

「至少在我記憶所及的範圍內，一次也沒有表現出來過。」

魔力不足這種事極少發生，即使如此，這仍然是他的原則。

劫爾一臉「這人忽然開口說什麼」的表情，利瑟爾不以為意，繼續說下去。

「即使感到疼痛，我也不會大呼小叫，到了最近，也不會發自內心抱怨什麼。雖然知道不要壓抑比較輕鬆，但是對我來說，壓抑已經是一種常態了。」

「……」

「真傷腦筋，跟你獨處的時候，不自覺就鬆懈下來了。」

利瑟爾笑了笑，站起身來。

他走近劫爾，那人仰望他的眼神裡，對此刻耳聞的話似乎有點不敢置信。利瑟爾低頭看著他，難為情地笑了。

「像你這樣對等的存在，我還不太習慣。」

劫爾睜大眼睛，不曉得他聽了這番話怎麼想。

不過利瑟爾似乎心滿意足，帶著好心情走向自己的床鋪，脫下鞋子，掀起毛毯鑽進被窩。今天早點睡吧，他心想，閉上了眼睛。

睡意立刻襲來，利瑟爾切身體會到體內魔力的匱乏，魔力耗損的時候還是多補充睡眠幫助恢復才是上策。

「……你也依賴得更直接一點吧。」

朦朧的思緒中傳來一句低喃。現在已經夠依賴了呀，利瑟爾如此回答，不過這句話大概沒有傳到劫爾耳中吧。

閒談

大家好，我是利瑟爾大人直屬的書記官。

現在我正在王城中全力狂奔。

首先介紹一下我們國家吧。

敝國歷史悠久、國土遼闊、人民富足，是面面俱到的大國。幾年前曾經與北方的大國發生戰爭，不過現在戰亂已經平息，雙方締結了和平關係。

與鄰近各國的關係也大致良好，尤其現任國王登基之後，雖然偶有檯面下的紛擾，戰爭倒是一次也沒有發生過。

沒錯，我國引以為傲的國王陛下，正是利瑟爾大人唯一宣誓效忠的對象。

陛下不愧是人稱史上無人能及的王者，領導魅力非同小可，魔力也非同小可，是那種親眼見到會令人不自覺下跪的等級。

宛如夜空中點點繁星般銀色的頭髮，月光般琥珀色的眼瞳，外貌猶如夜之化身，存在本身卻像太陽般唯一而絕對，這就是我們的國王陛下。

唯一能勸諫這位驚天動地的國王陛下的，正是利瑟爾大人。

清靜高貴的氣質，平穩的嗓音、柔和的表情。若說國王陛下是以強烈得足以訴諸本能的領導魅力，使人匍匐御前，那利瑟爾大人就是放任對方自行選擇然後憑自己的意思跪在他跟前的尊貴之人。

最重要的是，利瑟爾大人還是收留我的恩人。

總之發生了各種一言難盡的事情，我家爆炸了。不，這不是比喻，是真的發出巨響爆炸了。原因是我的親生父親身為下級貴族，還染指不當行為，嗯，反正他做了很多過分的事情。

宅邸爆炸也是國王陛下親自動的手，不過這部分先略過不提。

我完全沒有參與那些舞弊行為，反而還負責告狀揭發，所以上面沒有追究我的責任。不過，我偶爾還是會夢見老家發生爆炸、火勢沖天的情景。

幸好我還算有點能力，才被利瑟爾大人收留下來，以書記官的身分在王城效命至今。一開始因為家父的關係，周遭難免有些意見，不過大致上還是圓滿完成了分內工作。

那我現在為什麼會在王城內全力狂奔呢？

路上的女僕困擾地以看垃圾的眼神瞪我，位階比我高出一大截的貴族差點被我撞到，嚇得跌倒在地，一路上的責罵數也數不清，但我什麼也不怕了。

速度直逼百米短跑九秒後半，太厲害了，人在狗急跳牆的時候什麼事都做得出來。

越跑到深處攔阻的騎士越多，我時而滑壘時而飛簷走壁時而利用燭臺飛躍過去，背後拖著一大群數量驚人的騎士，但我沒有減速，朝著目的地瘋狂衝刺。

即使被當作叛國逆賊我也不在乎了，終於看見目的地的門扉，我全力飛撲過去。

「國王陛下!!」

砰！

來不及開門，我整張臉用力撞在門上。

這扇門相當厚重，即使伸手開門，我應該也會先被門前站崗的騎士斬死吧，被門板反彈到後面反而避開了騎士的攻勢。

我痛得滿地打滾，騎士們看了也不知道該從何拘捕起，總之先把我團團包圍起來，朝這邊刺出武器。好恐怖，但沒有閒工夫害怕了。

門扉另一頭傳來叩叩的腳步聲，聽見站在門後的騎士下令不要開門，我按住脹痛的臉，坐起身來。

騎士伸出的劍刃牽制似地刺向地面，正要將我拘捕起來的瞬間，我全力扯開嗓門放聲大喊，只希望聲音能傳到門的另一邊。

「利瑟爾大人消失了!!」

咚！

門扉猛然開啟，門邊身穿全副甲冑的兩名騎士被橫掃在地。

一位相貌精悍的青年現身，正是我們如假包換的國王陛下本尊。渾身散發出的威儀刺痛肌膚，親眼見過這威嚴的氣勢，沒有人敢批評陛下太年輕。

「在哪裡？」

「辦公室……」

最後一個音還沒說完，國王陛下便抓住我的手臂。

下一秒，景色瞬間轉變，來到利瑟爾大人的辦公室。這正是傳送魔術，流進體內的魔力如此強勁，面對這唯有被選中的人才體會得到的感覺，我不由得豎起雞皮疙瘩。

不過利瑟爾大人倒是會隨口拜託國王陛下幫忙傳送就是了，有辦法這麼做的只有利瑟爾大人而已。

這是我的傳送魔術初體驗，但現在可沒空感動了。眼見國王陛下邁開大步穿越辦公室，走向利瑟爾大人的辦公桌，我正準備開口，及早向陛下稟告事發狀況……

「利茲！」

空間轟地一震，宛如爆發般的衝擊傳了開來，撼動周遭的空氣。

這……好驚人，是魔力嗎？這魔力絕不是凡人能夠放出的等級，一股內臟被緊緊掐住的感覺，令我趴在地上動彈不得，下盤完全使不上力，手指忍不住顫抖。

國王陛下就這麼保持沉默，眼神銳利，好像在感應什麼似的。不知道過了十秒、一分鐘，還是十分鐘，陛下惱火地咋舌一聲，朝我看過來。

幾乎是出於反射動作，我原本癱在地上的身體直挺挺站了起來，領導魅力萬萬歲。

「出了什麼事？」

「利瑟爾大人坐著跟臣下說話，說到一半忽然消失了。」

「消失？」

「一眨眼就不見蹤影了，周遭也沒有什麼異樣。」

國王陛下俯視利瑟爾大人曾經坐過的那張椅子。

椅子保持在主人安坐的位置文風不動，看不出曾經拉開椅子起身的痕跡。幸好當時我腦中雖然一片混亂，還是不忘先喊一聲「保持現場完整！」再全速衝刺，這番苦功總算沒有白費。

「耳環呢？」

「兩邊耳朵都確實戴著。」

「但我卻感覺不到？」

國王陛下焦躁地撥亂瀏海，有如呼應他的情緒一般，空氣中魔力高漲的感覺隨之襲來。好恐怖，這要是爆發開來應該會死人吧，整座城堡灰飛煙滅。

我第一次見到國王陛下這副模樣。利瑟爾大人我就不知道了，不過其他人應該都只見過國王陛下自由奔放、自信橫溢的姿態。

「陛下，出了什麼……」

畢竟就連炸掉我家宅邸的時候，陛下也一樣放聲爆笑，看得我內心有點陰影。

「不准進來。」

陛下以冰冷的嗓音下令，門外追來的眾多騎士立刻噤聲。

接著，國王陛下皺著眉頭拉開利瑟爾大人的椅子，一屁股坐了下去。我一瞬間緊張了一下，該不會連國王陛下也跟著消失吧，不過完全沒有那種跡象。

我內心鬆了一口氣，國王陛下看起來卻不悅到了極點，也許陛下反而希望消失到利瑟爾大人身邊去吧。

這時，一道敲門聲響起。

「國王陛下，老夫可否進門？」

「進來。」

傳進房內的聲音衰老嘶啞，卻不可思議地充滿勁道。

我急忙跑近門邊迎接，一位老翁站在門前。那是國王陛下的親信之一，國策顧問。他是利瑟爾大人之外，唯一能向國王陛下提出逆耳忠言的臣子。

雖然國王陛下乖乖採納的機率大概是一半一半。倒不如說，面對作風勁爆的國王陛下，以及全盤包容陛下的利瑟爾大人，國策顧問能夠訓誡他們二位，是相當不簡單的人物。

「聽說利瑟爾宰相消失了？」

「好像突然就不見了，哪裡都找不到。」

「陛下可有任何線索？」

「連耳環都沒反應。」

「哎呀，這可真是……」

也許多少有了一點餘裕，國王陛下的氛圍稍微沉靜下來，從原本隨時會爆發的怒火，冷卻到岩漿沸騰的程度。

關於雙耳上的耳環，我也聽利瑟爾大人提起過，據說是國王陛下特別打造的。

其中一邊是收納魔銃用的耳環，是由史上最強的傳送魔術使用者，投注本國引以為傲的魔道具技術精髓打造而成。

另一邊耳環，則注滿了國王陛下龐大到超乎常人的魔力。魔力受到持有者強大的影響，一旦持有者遭遇危機，這只耳環便會出現反應。用途與其說是讓利瑟爾大人察覺陛下有難，倒比較像是國王陛下用來尋找利瑟爾大人的印記。

陛下剛才強力的呼喚，想必是在搜尋這只耳環的反應吧。假如耳環沒有反應，咦，這不是糟糕透頂了嗎，表示利瑟爾大人不在世界上的任何角落……？

「然後利茲他……」

「您又這樣稱呼宰相了，宰相不是不喜歡嗎？說聽起來像女孩子。」

「所以老子才這樣叫啊？」

陛下啐道，語調毫不愧對他「前不良國王」的名號。這句話一定表現了兩位大人的關係吧，國王陛下是唯一能夠忽視利瑟爾大人的不滿，堅持我行我素的人。

不過與其說是為了向周遭宣示主權，這看起來倒比較像國王陛下的個人喜好。陛下知道利瑟爾大人不會選擇自己以外的任何人，才會理所當然視之為自己的所有物呀。

「順道一問，宰相消失前說了什麼？」

「喏。」

國王陛下忽然用下巴指名我回話。

咦，說了什麼？說起我們的對話，內容可是無關緊要到了極點啊，無關緊要到令人遲疑該不該在現在這種狀況提及的程度。

我在一片混亂的腦海中，一字一句回想起那段對話。

『話說回來，人家不是常說文件整理有訣竅嗎？』

『畢竟利瑟爾大人不太擅長整理東西嘛，您特地去研究嗎？』

『沒有，只是表哥叫我把習慣改一改而已。對了，所以我就問了一下訣竅，那時候魚板（消失）』

魚板是怎麼回事呀利瑟爾大人。

為什麼會從整理文件的訣竅講到魚板這個詞呀利瑟爾大人。

我該怎麼跟國王陛下報告才好呀利瑟爾大人。

「……當時我們像平常一樣處理文件，一邊討論整理文件的訣竅。」

「那傢伙為什麼空有這方面的知識，卻不會整理東西啊？」

啊，國王陛下的臉上終於浮現了笑容，游刃有餘、自信橫溢又帶點挖苦，是對利瑟爾大人露出的那種眼神柔和的笑。

換言之，直到剛才為止，陛下都沒有那種餘裕吧。我也是現在才注意到。

話雖如此，我的情報也沒有什麼參考價值，仍然無從得知利瑟爾大人的行蹤。難道就沒有任何線索了嗎？

當我正要這麼想的時候，思索中的國策顧問沉吟一聲，撫過下巴濃密的鬍鬚，看他這樣子一定是有了什麼靈感。

「請您就當作老人家的玩笑話聽聽看吧。」

「老子沒空聽玩笑話。」

「那老夫就不說了。」

「跟利茲有關吧！快說！」

國策顧問呵呵笑著說道，國王陛下聞言扭曲了精悍的面孔，鬧脾氣似地大聲抗議。

在國策顧問面前，我們的國王陛下也會露出這個年紀應有的一面。畢竟就連利瑟爾大人都被這位顧問當成小孩子，凡是從出生開始看著一個人長大，是不是都會這樣呢？

不過，竟敢跟這種狀態的國王陛下開玩笑，這天不怕地不怕的膽量真是太驚人了。飽經世故的老人家真不是蓋的，不愧是從上上任國王任內開始，一直攝理國政至今的重臣。

別看顧問聽說利瑟爾大人失蹤，仍然一副沉著冷靜的模樣，其實他可是將利瑟爾大人當作孫子一樣疼惜。同為知識分子，二人相當合得來，我也常常見到兩位大人一起談天說地。

表面上雖然沉著冷靜，顧問心中一定也十分擔憂吧。

「據說這世界有不為人知的反面，不知您是否聽過這說法。」

「……既然在這時候提起，指的應該不是黑社會之類的吧。」

「是的。就像反轉鏡像一樣，據說這個世界的背面，有另一個世界存在。」

這還真難以置信，簡直像童話故事一樣誇張，國王陛下聽了也眉頭深鎖。

「利茲可沒告訴過我這種事。」

「老夫也是聽來的，告訴老夫這件事的人的朋友的曾曾祖父，聽說就是從那個世界跑過來的。某一天他突然就跨越了世界的交界，來到這個乍看相似，實則完全不同的世界……。」

「未免太可疑了……」

雖然可疑，卻不是不可能，這麼說來反而解釋得通。

國王陛下一次也沒提到自己的耳環出現任何反應。就像利瑟爾大人戴著的耳環一樣，國王陛下的耳環當中也注滿了利瑟爾大人的魔力。

既然如此，這就證明了利瑟爾大人的性命仍然安全無虞。

「要是從這方向去辦，別人會當我是瘋子吧。」

「哎呀，那就請您忘掉老夫的話無妨。」

「笑話，只要有任何一點可能性，本王絕不會放過。」

國王陛下站起身來。

「若只是耳環壞了，人還在這世界，那無所謂。」

國王陛下開口。

「即使放任不管，利茲也會自己回來。」

那是當然，利瑟爾大人最適合隨侍在國王陛下身側了。

「跑到同盟國他會尋求庇護，跑到敵國也能把它變成從屬國，讓人送他回到這個國家。」

陛下說得沒錯。

以利瑟爾大人的作風，做出這種程度的事情也不奇怪。他會帶著豪華大禮回國，臉上掛著和煦的招牌微笑，說這是給國王陛下造成不便的歉禮。

「但是，假如真的跑到另一邊去了……」

我們的國王陛下，有如生來就要君臨天下的天生王者。

但是，陛下安於王座僅有一個原因，不為其他，只為了利瑟爾大人一個人。只要利瑟爾大人還認為他是最適任的國王，陛下就會繼續安坐在那張寶座上。

「本王搶也要把他搶回來。」

既然如此，國王陛下不可能棄利瑟爾大人於不顧。

「總之老子先跑遍能去的地方找找看，暫時不回來啦。」

「來……來人啊！」

利瑟爾大人是不可或缺的要人，為什麼呢？因為唯有他能夠阻止自由奔放的國王陛下。

騎士們以踢穿門板的氣勢衝進來，我們一群人拚死攔阻失控的國王陛下，忍不住本末倒置地想：「唉，假如利瑟爾大人在這裡，那該有多好啊。」

冒險者的晚會

那間酒館位於王都帕魯特達一角。

酒館距離冒險者公會不遠，到了日落時分，冒險者便開始三三兩兩聚集，太陽下山之後店裡更是人聲鼎沸，熱鬧得不得了。酒館老闆原本也是冒險者，婚後從戰場上引退，開了這家店。在這裡要挑釁、要打架隨意，當事人各自負起責任。可以賒帳，不過老闆可不會放過賴帳的渾球，最重要的是，誰膽敢碰老闆最愛的妻女一根寒毛，絕對別想看見明天的太陽。

對冒險者來說，這間酒館就是這麼個不乏刺激，又舒適自在的地方。

「說到這個喔……」

最近，有個冒險者獨佔了這間酒館的熱門話題。

「貴族小哥今天自己一個人跑到公會來耶。」

長著獅子耳朵的單手劍士一隻手端著麥酒，醉醺醺地說道。聽見那個指稱特定人物的關鍵字，四周喧鬧的冒險者們也結束原本的話題加入對話。

「他還滿常來的嘛。」

「不過剛登記之後空了一段時間。」

「我沒聽說欸，有空那麼久哦？」

「大概半個月吧。」

冒險者們你一言、我一語，店內說話聲此起彼落。

酒館本來就是冒險者之間頻繁交換情報的場所，不同隊伍之間彼此交談也是稀鬆平常。話雖如此，所有人一同談論特定冒險者的情況也非常少見，自從傳說中的最強冒險者「一刀」之後，這大概還是第一次。

「那誰啊？」

忽然，有個壯年的大劍士邊啃著大塊肉邊開口。

「貴族？貴族又不能當冒險者。」

「大叔，你該不會沒見過那個貴族小哥吧？」

坐在他背後那個態度輕佻的弓箭手，向後仰著背笑著問道。

「他還滿顯眼的耶。」

「沒見過又怎樣？」

「大叔別這麼兇嘛，好恐怖喲。」

椅子發出「砰」的一聲，弓箭手坐直身體回過頭去，手中的叉子叉著小番茄指向對方，唇角勾起得意的笑容。

「就是有個冒險者呀，不管怎麼看，怎麼想都覺得他是貴族。」

「老子現在還不相信他跟我們一樣是冒險者咧。」

「怎麼看都是貴族嘛。」

「至少不可能是冒險者啦。」

酒館中又響起說話聲，眾人紛紛贊同弓箭手的話。傳聞中的人物要是聽見他們這麼說，一定百思不得其解，還會稍微有點沮喪，不過那不關他們的事。

同時各桌加點新酒的聲音四起，店裡的招牌女服務生，也就是老闆的愛女，在店裡忙碌地四處奔波。

「但他還是照樣當他的冒險者吧，怎樣，公會終於被收買了喔？」

「真是這樣就好了。」

弓箭手將小番茄送到嘴裡，一口咬破。勾勒出得意笑容的嘴巴開始咀嚼，不必等他再度開口，別桌的客人就拋來了答案。

「聽說不管公會那些傢伙再怎麼查，那個貴族小哥的身家還是連個毛都查不到。」

「查不到？」

「完全查不到。」

長著狼尾巴的短刀手，拿著跟他自豪的短刀八竿子打不著邊的餐刀揮呀揮。

結果差點揮到老闆的愛女，他慌得險些把刀子掉到地上。結果招牌服務生的白色圍裙沒沾上一點污漬，他卻不小心握到刀刃，短刀手一臉不爽地把沾在手上的肉汁抹到桌子上。

「要是那個貴族小哥真的是貴族，公會不可能不知道啦。」

「而且他又那麼顯眼。」

「顯眼到我們當中一定有人聽過這號人物。」

大劍士聽了覺得有道理，又啃了一口肉。

公會的情報網細密又廣闊，甚至無人能掌握其全貌，查不到任何情報反而令人難以置信。不過誰也不在意這一點，來歷不明的人物在這一行司空見慣，推薦人制度正是為此存在。

「所以貴族小哥跑來公會幹嘛？」

「來看委託。」

聽見短刀手這麼問，單手劍士一邊喝乾今天第三杯麥酒一邊回答。

「然後就在我們後面晃來晃去。」

「為啥？」

「因為人太多吧？」

條件優渥的委託先搶先贏，排除萬難奮力擠到委託告示板前面才是冒險者的標準做法。站在原地等到天荒地老也不可能輪到自己，冒險者只能自力搶下最理想的位置。

「太有禮貌了……」

「不，倒不如說他是那個吧，就是不習慣排隊。」

「啊……搞不懂排隊是啥的程度？」

大劍士一口吞下嚼碎的肉塊，張開空下來的嘴巴說：

「啊你們不是說他不是貴族？」

「「不他是貴族。」」

獅子耳朵的單手劍士和狼尾巴的短刀手異口同聲說。

壯年的大劍士瞟了那兩個獸人一眼，一副受不了的樣子搖了搖頭。剛才在那邊公會長公會短都是說假的嗎，完全搞不懂，他決定放棄對話。

這位大劍士現在還不知道，過幾天他會親眼見到那位話題人物，而且一看就懂了他們是什麼意思。

「貴族小哥今天也從F開始看哦？」

「啊？喔，對啊對啊。」

輕佻的弓箭手漫不經心一問，單手劍士一隻手拿著大塊串燒肯定道。

「那個人絕對每次都從F看到S階。」

「一開始還覺得他不知道自己有幾兩重咧。」

看起來游刃有餘的長槍手經過桌邊，哈哈笑著說道，手上那把長槍也跟著晃動。他才剛進到酒館裡來，幾個認識的傢伙向他打了招呼，長槍手隨意回了幾句，和自己的伙伴一起在空桌安頓下來。

「本來還想說，一個F階小菜鳥去看S階A階的委託幹嘛呀。」

「對，對！」

弓箭手邊晃著椅子邊笑。

某一桌傳來一陣歡聲，開始比酒量了。聽見鼓噪的大吼，長槍手也跟著起鬨，雙眼勾勒出笑意。

「後來就發現不是這麼回事吧？」

「沒錯。」

「那個呀，那是……」

聽得見這番對話的範圍內，已經習慣那位話題人物的冒險者不約而同點頭。

一般來說，冒險者只看自己那個階級能接的委託。偶爾會出於興趣看看高階委託，但也不會每次都幹這種事，萬一被人嘲笑不自量力也只是平添麻煩。

但那位話題人物偏偏就會做這種事，他一定會從F到S看過一遍，從剛加入公會時開始，到現在升上階級E都是如此。

「那是他的興趣。」

一路看著他到現在的人全都做出這個結論。

「說得對。」
「一直沒看到S的委託，他還一副很可惜的樣子。」
「上次出現S委託是哪時候啊？」
「呃……之前哪個迷宮有個頭目素材的委託就是S。」
「貴族大爺的委託？」
「不是，是富商大爺。」
一群冒險者吵吵鬧鬧，跟同桌的伙伴一起聊個痛快。
桌上的酒瓶越來越多，佔據了桌面，不過對他們而言，酒會才剛開始而已。錢一到手就留不過夜的冒險者們，揮霍這一天賺到的報酬，耽於一夜的逸樂。
然後拖欠住宿費用，旅店老闆都氣炸了。
「啊，說到這個啊……」
「啥？」
單手劍士灌著他的第七杯麥酒，愉快地搖著長長的尾巴，同桌的幾個人也一邊叫服務生再上新酒，一邊看向他。
「怎樣？」
「貴族小哥啊。」
「嗯。」
「如果我沒搞錯啦，他現在還會接F的委託。」
幾雙滿是疑惑的眼睛轉向單手劍士。

「為啥？」
「我哪知道。」
「他不是升上E了嗎？」
「是不是搞錯啦？」
「搞錯了一刀會跟他講吧。」
沒有人規定冒險者不能接自身階級以下的委託，但是沒賺頭又不夠刺激，充其量只會遭人指為懦夫而已。
「一刀啥都沒說？」
「啊……」

『喂，那委託是F階。』
『咦？』

「貴族小哥一臉發自內心不解的表情，結果他就不管了。」
「那傢伙就是會放著不管！」
「不要放棄啊！就是因為他這樣，貴族小哥才一直這麼貴族啊！」
拳頭砰一聲捶上桌子，餐具隨之響起悲鳴，冒險者可不是當假的，這臂力非常之優秀。
他們扼腕地吶喊出各種心聲，不知哪裡傳來「吵死人啦」的怒吼，這就是酒館最道地的日常風景。在酒館靜靜品酒反而比較奇怪，所以誰也不介意。

「所以到底是為啥啊？」
「誰知道啊……是那個吧，那個……興趣。」
「興趣……也是啦，貴族小哥嘛……」
他們一臉嚴肅地達成了共識。
怎麼可能笑他是懦夫呢？其他哪個冒險者選了低於自己階級的委託，他們會極盡訕笑之能事，但要是那張氣質高雅的臉聽見冷嘲熱諷，反而露出不明所以的表情，那真是太尷尬了。
「貴族小哥的『咦？』有種讓對方閉嘴的力量。」
「雖然本人沒有那個意思。」
接著，單手劍士他們出聲向服務生點了追加的麥酒。
在他們後面那一桌，輕佻的弓箭手也正在熱烈討論那位話題中心的冒險者。老闆的愛妻一身雪白圍裙隨著步伐翻動，為弓箭手端來第三盤小番茄，他朝著剛上桌的小番茄伸出叉子，喋喋不休地跟伙伴閒聊。
「而且沒想到絕對零度竟然跟他那麼親。」
「太扯了。」
「貴族小哥是天不怕地不怕嗎？」
那位公會職員對冒險者來說是懼怕的對象，人稱「絕對零度」的男人。
時不時有人議論：「那種人待在新手登記櫃檯沒問題嗎？」不過目前大家覺得這也沒辦法。從資深冒險者看來，絕對零度總能毫不留情地挫掉新手那種「我都當了冒險者怎能被人瞧不起」的魯莽，不讓他們不分對象隨處挑釁，造成周遭困擾，確實是幫了個大忙。

不過要是換成自己被修理，他們可不願意。

「話是這麼說，但貴族小哥基本很有禮貌吧？絕對零度對他也只是普通的臭臉職員嘛。」

「對哦……」

只要別給公會帶來麻煩，絕對零度也只是個工作能力優秀的冷淡職員而已。冒險者們也不是討厭他，只是非常不擅於應付。

「那他為什麼跟貴族小哥那麼親？」

「誰知道啊。」

「他被摸頭的時候臉上完全沒表情，畫面有夠好笑。」

「更別說貴族小哥還一副覺得他很可愛的樣子。」

最近，見到這畫面還會多看一眼的人逐漸少了，不過偶有冒險者冷不防看見這一幕，還是會嚇一大跳。尤其是前科累累，受過絕對零度好幾次洗禮的傢伙，看了更是難以接受。

弓箭手看著邊把肉塞進嘴裡邊談天的伙伴們，忽然想起什麼似地開口。

「是說絕對零度啊，他不是很我行我素嗎？」

「是啦，感覺跟他說什麼他好像都不在乎。」

「但是啊，他會觀望貴族小哥的反應欸。」

弓箭手靈巧地叉起小番茄扔進嘴裡，在頰邊滾了幾圈，露出得意的笑。

「說不定被調教出階級關係了？」

他們那桌轟然響起一陣笑聲。怎麼了？周遭冒險者的視線紛紛集中過來。

「那個絕對零度欸?!」

「貴族小哥是那個吧?!魔法師吧?一定是絕對零度比較強啦!」

在實力至上的冒險者眼中,人與人之間的地位關係全憑力量決定。帳面上的階級高低不一定能反映出真正實力,因此比起階級,實力反而更受他們重視。

「那個溫文的貴族小哥欸?!貴族小哥的地位才應該在他底下……」

他們放聲大笑,搖著手說「不可能不可能」,說到這裡忽然刷地冷靜下來。

「怎麼講起來這麼不對勁……」

「我也是……」

「我也是……」

「對吧?」

弓箭手咬破嘴裡的小番茄,吱嘎一聲靠上椅背。老闆最愛的妻子正好經過他背後,他趁機點了第四盤小番茄,接著一下子挺起上半身來。

「哎呀,貴族小哥嘛,沒辦法。」

「畢竟是貴族小哥嘛。」

於是他們碰響彼此盛滿麥酒的玻璃杯,開始飲酒高歌,大聲笑鬧了起來。

短刀手獨自落魄地垂著毛量豐厚的狼尾巴。

伙伴們帶著同情的眼光看著他。每當話題聊到某個酷似貴族的冒險者,他的心情總會因為悔恨而沉到谷底。

「如果貴族小哥是貴族就好了……」

「你還跟職員確認了好幾次嘛。」

「看你甚至跑去跟絕對零度確認，我反而佩服起你來了咧。」

短刀手心情消沉是有原因的。

那是話題中心的男子才剛剛成為冒險者的時候。他現在也一樣剛成為冒險者不久，不過這點先略過不談，那真的是最早最早的時候。

當時，短刀手遇見了那個人。他正要走出公會的時候，碰上那個人正巧要進門，二人差點撞上。短刀手以獸人的爆發力瞬間停下腳步，以條件反射開口就要嗆人。

『臭小子走路看……』

『不好意思，你有沒有受傷？』

轉向他的是沉穩的微笑、高貴的眼瞳、融化思考般的嗓音，他的反應是……

『是……啊，是是，沒事！別在意……呃……您別在意，請！失禮……失禮！您來委託是吧，請進請進！』

他嚇到魂都飛了。

「看那樣子，正常人都會覺得是貴族來委託好嗎……」

「我看你頭都快貼到地上了。」

「很少看到獸人會在乎貴族身分的耶。」

「貴族小哥的貴族力太強啦！」

他就這麼在公會門口大出洋相，幸好周遭七成的人都有著跟他一樣的誤會，剩下三成則奇跡似地全都是認為「這也沒辦法」的成熟冒險者，最糟的結果才得以倖免。

「好了啦，喝吧喝吧。」

「喝個痛快，忘了它吧。」

「嗯……」

短刀手喝乾了伙伴們端過來的麥酒，狠狠把手中的杯子砸到桌上。

「是說這本來啊！就是貴族小哥的錯嘛?!」

「不，貴族小哥啥都沒做啊。」

看他越來越激動，伙伴們隨便敷衍過去，最近他喝了酒總會失控，他們都習慣了。

「老子一般看到領主啥的！根本沒那樣想過！」

「對啊。貴族小哥就是那個啦，那個……」

「哪個啦。」

「呃……尊爵不凡？」

「「「對！」」」

他們恍然大悟似地猛然站起身來，椅子在狹窄的酒館裡一下子全都撞在一起，引來大聲飆罵，他們也大聲飆罵回去，然後吱嘎吱嘎拖著椅子重新坐下。

「太尊爵不凡啦！」

「那種尊貴感不知道是怎麼來的。」

「沒人想看到貴族跑來當冒險者，看到貴族小哥卻有種希望他是貴族的感覺。」

「我懂。」

他們喝光杯中的麥酒，大口吃肉，各自填飽肚子。短刀手也終於冷靜下來，輕輕搖動狼尾巴，舔了舔沾上泡沫的嘴唇。

他吸了一下鼻子，不曉得哪裡傳來一股香味，是煙燻魚肉的味道吧。重口味的鹹香適合下酒，他於是點了一份。

「艾恩他們那個啊，說不定是真的？」

「啊？」

短刀手的伙伴嘔氣似地說道。

「迷宮通關，有人說是貴族小哥幫他們的。」

那個隊伍最近搶先突破新迷宮，贏得了冒險者的榮耀，而他們對那個隊伍再熟悉不過了。兩個隊伍年紀相近，隊伍結構也類似，是每次見了面總要惡狠狠互瞪兩眼的關係。

「誰知道，不過他們確實不是只靠自己通關的吧。」

「畢竟那些傢伙是笨蛋嘛。」

「徹底的笨蛋。」

不是說他們書念不好，書這種東西沒有冒險者念得好。撇開這點不論，他們仍然是徹頭徹尾的笨蛋，這就是眾多冒險者對艾恩他們的評語。

「因為沒腦子，他們才有辦法對貴族小哥出手吧。」

「哦，確定啦？」

「不知道。」

跟艾恩隊伍來往過的人，心裡隱隱約約都有個底，他們尋求外力協助應該是不爭的事實。但是這些冒險者沒有目擊過事發現場，當事人也不曾公開談論這件事。

既然如此，這也不過是毫無根據的臆測罷了。冒險者攻略迷宮沒有所謂的禮儀規矩，假如艾恩他們跟人締結了某種協力關係，那就是他們憑著策略勝出而已，沒有人會為此大吵大鬧。

「早知道我們也去找貴族小哥，現在不知道在哪邊買美女，喝美酒咧。」

「老子可沒興趣像喪家犬一樣亂吠。」

「剛好你是狗喔。」

「老子是狼！」

短刀手哈哈大笑，叉起剛端來的煙燻魚肉放入口中，濃郁的鹹香刺激舌頭，一股獨特的香味竄上鼻腔。

這魚肉多少有點難嚼，不過他是獸人，牙齒比唯人[1]更加銳利，三兩下咬碎了魚肉，和麥酒一起吞進喉嚨。

「呼啊……只是啊，貴族小哥腦袋一定很聰明，為什麼還跑來當冒險者啊。」

「畢竟是那個貴族小哥嘛。」

「他也不是看不起冒險者。」

「對啊。」

看就知道，那個人是很認真在當冒險者的。雖然這麼形容冒險者稍微有點矛盾，他們的話題從未中斷，場面越聊越熱絡。

1. 唯人：指稱一般人類的用語。

「這群莽漢哦……」

游刃有餘的長槍手一隻手端著清酒，哈哈大笑。

時不時從各桌傳來的那個名字他也十分熟悉，畢竟那個人已經跨越了冒險者的界線，甚至成為主婦們閒話家常的話題之一，是個知名人物。

「年輕小夥子對八卦很敏銳嘛。」

「連一刀都對他感興趣，更不用說我們了，當然三兩下就上鉤啦。」

「說得沒錯。」

長槍手愉悅地與旁人閒談，自己往小玻璃杯裡斟了酒。

「真沒想到那個一刀會跟人組隊。」

「看了卻讓人心服口服，還真不可思議。」

就連A階級隊伍都要面臨苦戰的魔物，B階級的一刀卻能獨自將其打倒，沒有人能想像他與誰並肩作戰。看上他的實力，組隊邀約從未間斷，他一次也不曾點頭，卻選擇了一個高貴沉穩、溫文儒雅的男子。

「一刀話也變多了不是嗎？」

「那是當然，你看貴族小哥那個樣子，要完全視而不見太難了吧。」

端著玻璃杯的那隻手撐上桌子，長槍手的唇角勾起一笑。

「畢竟他還敢那樣跟人對槓呢。」

他們全都見識過。那一觸即發，卻仍清明透澈的氛圍，沉靜安穩卻能支配思緒的嗓音，那雙眼瞳裡更加深邃的高貴色彩。正因為目擊了那人展露這一切的場面，他們全都瞭然於心。

見識過的人不多，正因如此，那位話題中心的溫文男子仍然是酒館裡的趣談，沒有遭人疏遠為難以親近的存在。

「那是跟他對上的人不好。」

「就憑那傢伙，招惹不起啦。」

「哈哈，說得沒錯。」

話雖如此，他們在冒險者當中也屬於相當出眾的強者，沒道理為之喪膽，反而響起一片愉快的笑聲。

「話說回來，你們知道嗎？貴族小哥被挑釁的時候，接招方式有點可惜呢。」

「怎麼，妳什麼時候看見的？」

「你們跑出去喝酒的時候呀。我正在跟別隊的人聊天，就看見他一個人進到公會。」

人數稀少的女性冒險者難得碰了面，總會稍微閒聊幾句。

當時她也是如此，正在跟其他隊伍的女生聊天，結果那個冒險者一如往常走了進來，站到委託告示板前面，他沉穩的氣質在公會當中顯得特別醒目。

「你看，貴族小哥偶爾不是會一個人跑來嗎？」

「啊……有時候會看到他一個人在讀魔物圖鑑之類的。」

「對，就是那時候有人找他麻煩。」

和一刀組了隊伍，這就是找碴充分的理由了。所有人都料想到的事情終於發生了，當時她也這麼想。

「現在他懂得敷衍過去，但那時候應該是第一次碰到吧，他一聽就傻了。」

『喂小哥，帶種敢不敢出來單挑啦。』

『帶種？』

「沒聽過這個字啊～～～」

「那也不奇怪！」

長槍手哈哈大笑，用清酒潤了潤乾渴的喉嚨。

一看就知道對方氣質高雅，不過他們也不覺得當事人找碴的時候應該慎選措辭，畢竟他們自己也與高雅二字無緣。

但他們對那些冒險者倒是有幾分同情，他們找碴選錯對象啦。

「看到貴族小哥還在等他們解釋，找碴的傢伙也沒心情打架了吧，說句算了就垂頭喪氣走出去了。」

要是其他人這麼說，他們一定會反嗆「你是瞧不起人喔！還裝死！」但是看到那張氣質高貴的臉，冒險者也發現他是真的摸不清頭緒吧，周圍的冒險者也不同情被找麻煩的一方，反而對著找碴的人喃喃說句「節哀順變」。

「哎呀，這方面一刀會好好調教他吧。」

「那傢伙不是會裝作沒看見？」

「最低限度還是會教的，這對他來說可是最高檔的待遇呢。」

「最近感覺一刀的態度有點像在看好戲。」

聽著伙伴們的對話，長槍手微微呼出一口帶著酒氣的氣息，嘴唇勾勒出愉悅的弧度，斜眼環視周遭一圈。

「還不知道被調教的是哪一邊哪。」

他緩緩低語，仰頭飲盡玻璃杯中的酒。

究竟是那個高潔的存在會先配合他們，還是不只一刀，王都所有的冒險者先跟著配合他？

「（或者該這麼說吧，對那傢伙而言，哪一邊比較輕鬆？）」

他在內心拋出沒有對象的問句，準備再點下一杯酒。正當他回過頭，準備尋找穿著白色圍裙的身影時……

「好像有人成了當紅話題呀？」

一開始映入眼簾的是一對雙劍。他抬起視線，看見一個人影一手端著麥酒，浮起討人喜歡的笑臉俯視著他。

這人他有印象，是偶爾中的偶爾會出現在公會的冒險者。那人朝他遞出那杯一口也沒碰過的麥酒，長槍手維持不加矯飾的態度，笑一笑接了過去。

「到公會就能見到那個人嗎？」

「沒辦法馬上見到，聽說他到商業國去了。」

「哦。什麼時候回來？」

「不知道，不會太久吧？」

雙劍士點了幾次頭，揮揮手便離開了。

長槍手將手上的麥酒端到嘴邊，喝了一口，冰得透涼的酒水流過喉嚨，十分暢快。
「情報販子現在全都忙著刺探貴族小哥的情報吧。」
「不管拿來威脅還是拿來賣，感覺都能大撈一票嘛。」
如果用稀鬆平常的傳聞就能換到一杯麥酒，想必此言不假。長槍手笑著傾了傾酒杯，將一旁剛剛開始的鬥毆當作下酒的小菜。

經過一整天的觀光行程之後，利瑟爾和劫爾選擇在攤商廣場吃晚餐。
入夜之後，這個廣場熱絡的氣氛絲毫未減，黑暗的夜空下仍然燈火輝煌。隨處懸掛的燈光、地攤擺設商品的照明，擁擠的光源照得整座廣場燈火通明。
「畢竟之前沒有辦法好好參觀這座廣場嘛。」
「還不是某人害的。」
「你是說誰呀？」
利瑟爾他們走在擁擠的攤商與人潮之中。
藍天之下的攤商廣場十分壯觀，夜晚也別有一番氣氛，總覺得周遭人群的情緒也多了幾分高亢，與白天展現出截然不同的熱鬧風情。
「啊，我想吃那個。」
「嗯。」
有個路邊攤正販賣不知名的小吃，現烤的厚片培根擺上起司，烤至融化，再搭配蔬菜，以薄薄的餅皮捲起來。二人走近那個攤位。
「記得排隊。」

「我知道。」

聽見劫爾揶揄的嗓音，利瑟爾也打趣地笑了。

二人剛相遇不久的時候，利瑟爾還以為排隊的人群只是「聚集在一起」，差點像平常一樣過去買東西。到了現在，他也懂得好好排隊了，利瑟爾排到第二個位置，望著培根在火焰烘烤下滴落油脂。

「再買些東西找個地方吃吧。」

「噴水池周遭如何呢？」

「階梯那邊比較沒人吧。」

「那我們就到那邊吃好了。」

趁著手上的晚餐還沒冷掉，利瑟爾他們走向階梯，一路上又買了些吃的。真不愧是商業國，各式各樣的料理令人目不暇給。

結果，二人各自選了愛吃的東西，所以晚餐內容稍微偏向肉類料理，劫爾挑的全是肉。

「劫爾，每次都看到你在吃肉耶。」

「這是冒險者的基礎吧。」

「原來如此。」

劫爾隨便敷衍一句，利瑟爾聽了佩服地點點頭，他的常識就這樣逐漸扭曲。

抵達領主官邸前的階梯，二人並肩坐下，偶爾向往來兜售的小販添購酒水之類，眺望著攤商廣場的燈火，品嘗美味的晚餐。

明天到商業國的冒險者公會看看好了？他們邊吃東西，一邊如此閒聊。

後記

享受閱讀本書的各位讀者，雖然有點唐突，容我現在毫不留情地揭發各位的癖好：「主角受全世界照顧（關愛）」、「友愛大於戀愛」、「路人視角」、「非日常中的日常」、「沒有危機的安心感」、「其他一言難盡」。上述當中，一定至少有一項命中您的癖好。

不瞞各位說，這部《優雅貴族的休假指南》正是塞進了上述所有要素的作品。當然，以上全部正中我的紅心。

各位老朋友，承蒙照顧；各位新朋友，初次見面。我是作者岬，為各位獻上利瑟爾一行人的休假生活。

這部《優雅貴族的休假指南》，原本是我發表於網站「成為小說家吧」（小説家になろう）的作品，本來的標題是「不如當作休假樂在其中。」（休暇だと思って楽しみます。），目前仍然持續連載當中。

本作一直受到一群令我個人十分引以為傲的讀者支持，大家不僅擁有相當高的「成為小說家」讀者度（我心目中「水準度」的意思），還願意陪伴這部作品一路走來。自從連載開始以來大約過了三年，我從來沒有想過，竟然能將這部作品以書籍的形式留在手邊。

不論怎麼說，畢竟這只是利瑟爾全力享受假期的故事。利瑟爾在這裡嘗試貴族身分絕對沒辦法做的事情，被周遭的人多看一眼，讓劫爾無奈傻眼，然後有時候被周遭多看兩眼，仍然以自己的步調享受休假生活。
帶領各位讀者與利瑟爾等人一起體驗這樣的日常生活，正是《休假》這部作品的核心（標題有點長，所以如此簡稱）。

利瑟爾一行人的外貌描寫幾乎沒有出現在文章當中，感謝繪者sando老師將他們畫得如此帥氣優雅，還寬容接納我將外表全部丟給別人決定，卻對細節多所要求的行徑。卷首彩圖藏了一點若隱若現的陛下，各位發現了嗎！
謝謝向我接洽的TO BOOKS出版社與責任編輯，千言萬語也道不盡我對各位的感謝。還有大力協助本作書籍化的N，真的感激不盡。
在此向翻開本書的各位讀者，致上由衷的謝意。
接下來的第二集，我也會持續精進，努力挑動各位的癖好。只要這本書有稍微命中你的癖好，就能期待我們再次相見。

二〇一八年六月　岬

國家圖書館出版品預行編目資料

優雅貴族的休假指南。1 / 岬著；簡捷譯. -- 初版. --
臺北市：皇冠, 2020.01　面；　公分. -- (皇冠叢書；第4817種)(YA！；56)
譯自：穏やか貴族の休暇のすすめ。1
ISBN 978-957-33-3501-6 (平裝)

861.57　　108020849

皇冠叢書第4817種
YA！056

優雅貴族的休假指南。1

穏やか貴族の休暇のすすめ。1

作　　者—岬
譯　　者—簡捷
發 行 人—平雲
出版發行—皇冠文化出版有限公司
台北市敦化北路120巷50號
電話◎02-27168888
郵撥帳號◎15261516號
皇冠出版社(香港)有限公司
香港上環文咸東街50號寶恒商業中心
23樓2301-3室
電話◎2529-1778　傳真◎2527-0904
總 編 輯—龔槵甄
責任主編—許婷婷
責任編輯—謝恩臨
美術設計—嚴昱琳
著作完成日期—2018年
初版一刷日期—2020年01月

法律顧問—王惠光律師

讀者服務傳真專線◎02-27150507
電腦編號◎515056
ISBN◎978-957-33-3501-6
Printed in Taiwan
本書定價◎新台幣280元/港幣93元